머리에 꽂을

국립중앙도서관 출판시도서목록(CIP)

머리에 꽃을 : 이해경 장편소설 / 이해경 지음.
— 파주 : 문학동네, 2004
　p. ;　　cm

ISBN　89-8281-841-3 03810 : ₩8500

813.6-KDC4
895.735-DDC21　　　　　　　　CIP2004001211

머리에 꽃을

이해경 장편소설

문학동네

차례

블루 스모크

코디어는 인디언이다. 빈센트 코디어. 파란 눈을 가진 북아메리카 인디언. 불어사전을 찾아보면 cordier는 밧줄장수다. 혹은 트롤 어선의 어부. 꼬례, 밧줄로 그물을 잡아당기는 어부. 내가 아는 체를 좀 하려고 그를 꼬례! 하고 불렀을 때, 코디어는 Say what? 하며 알아듣지 못했다. 너 프랑스계 미국인이 아니냐고 물었더니, 코디어는 아임 저스트 인디언일 뿐이라고 단호히 못 박으며 나에게 독일어로 물어왔다. Wer sind Sie? 당신은 누구십니까?

코디어와 나를 친한 사이로 엮어준 것은 담배였다. 그가 처음 내 방을 노크했을 때, 나는 막 샤워를 마치고 돌아와 허리춤에 수건을 두른 채 선풍기 바람으로 머리를 말리고 있었다. 문을 연 코디어는 얼굴만 들이밀고 물었다.

"들어가도 되나요, 써전?"

나는 들어오라고 손짓하며, 사석에서는 이름을 불러도 괜찮다고 말했다. 인 프라이빗. 그때 코디어는 자대배치를 받은 지 며칠 안 된 신병이었다. 당연히 계급은 이등병. private second class Cordier. 한마디로 민간인 딱지가 덜 떨어진 초보 군인, 그중에서도 둘째 등급에 속하는 새까만 쫄병이었다. 코디어는 어려운 부탁을 하러 온 사람처럼 쉽게 말을 꺼내지 못하다가 간신히 입을 열었다.

"담배 하나 얻을 수 있을까요, 써전?"

그러고는 일층 홀에 있는 담배 자판기가 고장났다고, 물어보지 않은 사유까지 덧붙였다. 나는 웃으며 다시 한번 이름을 부를 것을 당부하고는, 서랍에서 아직 뜯지 않은 은하수 한 갑을 꺼내어 통째로 그에게 내밀었다. 휴일 오후였고, 막사 안이 조용한 것으로 보아 지아이(GI)들은 모두 외출한 모양이었다. 그렇지 않더라도 아직 군대 물정 모르는 코디어가 동료 지아이에게 담배를 얻어피울 생각을 하기는 어려웠을지도 모른다. 한국에 주둔하는 미군이 담배 인심만큼은 세계 최고 수준이라는 사실을 아직 모르고 있었다면. 원주민에게 배운 점령군의 커스텀, 그 아름다운 풍속을……

코디어는 고맙다는 인사를 거듭하며 담뱃갑을 뜯어 한 개비를 뽑고 나머지는 나에게 돌려주려 했다.

"Take them all."

나는 코디어의 기분을 상하게 할지도 모른다는 생각에 최대한 정중한 표정을 지으며 말했다. 코디어는 놀라는 눈치였다. 나는 사양하지 않는 그가 고마웠다.

"당신은 인디언 같아요. 써전…… 리……"

나는 군복을 입고 있지 않을 때는 계급을 붙이지 말라고 한번 더 강조했다.

"분대장으로서 내리는 명령이야."

내 농담에 깃든 진심이 통했는지, 코디어는 그때서야 웃으며 I got it, Lee. 병장님이란 꼬리를 떼고 나를 불렀다. 그때 나는 한국군은 물론이고 미군 문화에서도 통하지 않는 파격을 실험해보았던 셈이다. 나는 아예 신참 시절 동료 지아이들이 내 명찰에 새겨진 알파벳 이니셜을 보고 지어준 닉네임을 코디어에게 가르쳐줬다. Strong Hand. 나의 첫 보직은 '툴 룸 키퍼'였다. 이병 이상현의 손을 타지 않고는 소대 공구실 안의 어떤 연장도 제 구실을 할 수 없던 사정이 반영된 별명이었다. 코디어는 내가 정말로 인디언 같다고 되풀이하며 내 별명 '힘센 손'을 두세 번 중얼거렸다. 코디어가 나간 뒤에 나는 괜히 흐뭇한 기분이 되어 콧노래를 부르며 옷을 꿰입었다. 언뜻 떠오른 노래 〈Indian Reservation〉의 멜로디였다.

다음날 아침, 코디어는 다시 내 방 문을 두드렸다. 한국군의 점호에 해당하는 '포메이션'이 있기 직전이었다. 나는 오믈렛과 커피 한잔으로 간단히 끼니를 때우고 올라와 침대에 비스듬히 누워 FM 라디오에서 틀어주는 팝송을 듣고 있었다. Morning has broken…… 창밖에는 비가 내리고 있었다. 비 오는 캠프의 아침은 한가로운 분위기에 젖어 있었다. 태평양 전쟁 당시 일본군의 주둔지였던 W읍, 한국전쟁 최고의 격전지였던 N강 유역에 자리잡은 캠프 캐롤, 4번 게이트를 지나 오하이오 에버뉴로 접어들면 왼편에 영화관, 그 옆에 내가 기숙하는 길다란 막사 건물, 비에 젖은 아스팔트 위를 굴러가는 자동차 타이어 소리, 그 육중함으로 보아 거대한 트레일러, 느릿느릿 걸음을 옮기는 코끼리의 한가로움……

비가 오면 '투 마일즈 런'이 생략되므로 실제로 한가로운 아침이기도 했다. 새로 부임한 웨스트 포인트 출신의 중대장은 달리기를 광적으로 좋아해서, 2마일을 다 달리고도 걸핏하면 게이트를 벗어나 2마일쯤을 더 달리곤 했다. 체력 좋은 지아이들도 게이트가 가까워지면, 오늘은 제발…… 하는 기색들이 역력했다. 나는, 중대장 혼자 게이트를 빠져나가 한참을 달리다가 뒤돌아보니 부하들이 아무도 따라오지 않았더라는 우스꽝스러운 광경을 상상하며, 새벽의 기지촌 거리를 달리곤 했다. 일찍 잠에서 깬 주민들이 문 틈으로 기웃거리면, 나는 지쳐 보이지 않으려고 악으로 깡으로 남북전쟁 시절의 군가를 복창했다. 미시시피강 언덕엔 물안개가 자욱하네…… March and march again……

코디어가 방 안으로 들어왔을 때, 같은 방을 쓰는 강 이병은 맞은편 침대에 걸터앉아 있다가 자동으로 벌떡 일어서 있었다. 고참이 들이닥친 줄 알고 관등성명을 대려던 참이었다. 코디어와 같은 날 온 신병 강임기는 카투사로는 보기 드물게 순박한 녀석이었다. 반 년 넘도록 신병 구경을 못 하던 터라, 임기를 맞이하는 중대원들은 들떠 있었다. 임기의 이름은 그들에게 좋은 먹잇감이었다. 너 앞으로 임기가 얼마나 남았냐? 임기는 고지식하게, 손을 대지 않고 방바닥에 머리를 찧어댔다. 중대원들은 내 눈치를 보느라 임기를 마음껏 가혹하게 다루지는 못했지만, 나도 심한 구타는 용납하지 않겠다는 선으로 물러서서, 임기에게 가해지는 가벼운 주먹과 얼차려를 묵인하고 있었다. 한국군다운 내무반 생활로 돌아가고 싶어하는 분위기가 득세하고 있음을 나는 모르지 않았다. 그들은 내가 제대하는 날만을 기다리고 있었다.

밤이 깊어 다들 제 방으로 돌아가고 난 뒤에, 나는 임기의 침대 매트리스를 하얀 리넨으로 감싸주며 말했다. 이 방에 온 너를 환영한다는 상징으로 너의 첫 베딩을 대신 해준다, 알겠니? 임기는 상징이라는 단어를 처음 들어보는 사람처럼 어리둥절한 표정으로 대답을 못 했다. 나는 그 방에서 나를 맞았던 희귀한 고참의 감동적인 환영 의식을 흉내내고 싶어한 자신에게 실소를 보냈다. 그리고 내 앞에서도 긴장을 풀지 않는 임기를 그냥 내버려두었다.

코디어는 임기의 뻣뻣한 자세를 신기한 듯 바라보며 나에게 다가왔다. 나는 임기에게 편히 앉으라고 말했다. 임기는 앉기는 했지만 두 주먹을 무릎 위에 올려놓고 있었다. 코디어가 주머니에서 담배 한 갑을 꺼내어 나에게 내밀었다. 빨간색 윈스턴이었다.

"인디언은 약속을 어기지 않아, 스트롱 핸드."

나는 마음에 담아두지 않았던 코디어의 약속이 생각났다. 전날 그는 내 방을 나가면서 이 은혜를 꼭 갚겠노라고 힘주어 말했다. repay …… kindness…… 나는 그 말을 빈말이라고 여기지는 않았지만, 그렇다고 반드시 지켜야 할 약속으로 받아들이지도 않았다. 실천이 뒤따르지 않는다 해도, 말에 실린 진심을 의심할 생각은 없었다. 그런데 코디어는 굉장히 중요한 약속을 지키게 되어 매우 기쁘다는 표정이었다.

"자판기가 여전히 먹통이라서, 비를 맞으며 피엑스까지 갔다 왔어요, 써전……"

둘 다 군복을 입고 있다는 데 생각이 미쳤는지, 코디어는 굳이 필요 없는 대목에서 말 끝에 써전을 붙였다. 좀 전에 나를 별명으로 부른 실수를 만회하겠다는 심리가 읽혀져서, 나는 코디어가 귀여워졌다.

"땡큐, 솔저."

내 말투에 묻어 있는 흡족함을 코디어도 느낀 듯했다. 짐짓 장난스레 경례까지 붙이고 그는 내 방을 나갔다. 그렇게 코디어는 나에게 자신이 인디언임을 증명해 보였고, 나는 코디어를 통해 인디언의 습성 한 가지를 배웠다. Indians live up to their words.

코디어를 알기 전까지 나는 인디언에 대한 지식을 거의 갖고 있지 않았다. 그들을 인도 사람들로 착각한 콜럼버스 일행의 수준에서 겨우 벗어난 정도였을까. 그렇다고 서부 영화에 나오는 포악하고 잔인한 인디언의 모습을 곧이곧대로 믿었던 어린 시절에서 빠져나오지 못한 상태는 아니었고…… 그냥, 인디언에 대해서까지 뭘 알고 싶어 할 만큼 앎의 욕구가 강한 편은 아니었다는 게 정확한 설명이다. 실은 코디어를 알고 나서도 인디언에 대해 새롭게 알게 된 것은 거의 없었다. 코디어도 자기 어머니가 인디언 혈통이라는 것 말고는 인디언에 대해 별로 아는 것이 없었기 때문이다. 그 어머니도, 인디언은 약속을 꼭 지킨다는 것 말고 아들에게 들려줄 조상의 내력은 별반 없었던 모양이다. 인디언은 이웃에게 나눠주기를 좋아한다는 것, 그 하나를 더 추가할 수 있으려나. 하나 더 있다. 나중에 케빈 코스트너의 영화를 보면서 확인하게 되는 그들의 재미있는 작명법. 나는 코디어를 '파란 담배연기'라고 부르곤 했다. Blue Smoke……

코디어는 그 정도로 충분하다는 생각이었을까. 자신을 인디언이라고 내세우는 데 전혀 머뭇거림이 없었다. 내가 인디언 말을 좀 가르쳐달라고 하자, 코디어는 같이 배워보자며 도서관에서 책을 빌려온 적도 있었다. 그것도 나와의 은밀한 대화 수단을 얻기 위함이었지, 조상의 말을 익히고 싶다는 의욕의 소치는 아니었다.

코디어는 나에게 이따금 독일어로 말을 걸면서 몹시 즐거워했다. 그래 봐야 둘 다 초급 수준이어서, 이게 뭐냐, 지금 몇시냐, 하는 정도에 불과했지만. 카투사 중에는 더러 그 정도 독일어쯤은 알아듣는 친구들이 있다는 것을 알고 나서는 재미가 덜한 모양이었다. 그래서 코디어가 대용으로 삼으려 했던, 지금은 다 잊어버린 인디언 말들…… 아무튼 코디어는 스스로 인디언임을 밝히기 전에는 누구도 인디언으로 봐주지 않을, 그런 특이한 인디언이었다. 하얀 피부에 움푹 파인 커다란 눈과 우뚝 솟은 코를 달고, 완벽한 동부 사투리의 영어를 구사하는…… 인디언의 후예.

코디어는 총명하고 진지했다. 스물이 채 안 된 나이였지만, 그 또래의 지아이들이 대부분 까불고 촐랑거리는 데 비해, 코디어는 점잖고 진득한 편이었다. 대개 그보다 대여섯 살씩 더 먹은 카투사들 중에도 철딱서니 없고 무례한 인간들이 부지기수였다. 난들 그렇지 않았을 리가 없고…… 아침마다 먹는 계란 수의 관록으로 간신히 품위를 유지하는 축이었을까. 코디어는 고등학교를 졸업하자마자 입대했다는데, 공부를 싫어한 편은 아닌 듯했다. 자신이 배치된 나라에 대해 공부를 좀 했다고 하기에 코디어와 한국 역사에 대해 얘기하다가 나는 깜짝 놀랐다. 한반도 분단의 책임은 미국과 소련 양국에 있다고 똑 부러지게 말하는 데야…… 그때 세계는 아직 냉전중이었다.

코디어가 나에게 조국 분단의 책임을 묻지 않은 것이 고마워서 그를 좋아하게 된 것은 아니었다. 윈스턴 담배 한 갑에 감동해서 그렇게 된 것도, 같은 유색인종의 피가 흐르고 있다는 유대감이 싹터 남다르게 느껴진 것도 아니었다. 자신이 아무리 인디언이라고 우겨도 코디어는 영락없는 백인이었고, 설사 나에게 익숙한 인디언의 외모를 하고 있다 해도, 그것 때문에 그를 좋아할 이유는 없었다. 싫어할 이유도 없듯이. 인디언에 대해 무지했던 나는 그들에 대한 편견 또한 없었으니까. 좋은 쪽으로든 나쁜 쪽으로든.

편견에 관해 말하자면, 나는 카투사보다는 지아이 쪽을 한 수 접고 대하는 편이었다. 웬만하면 미군 병사들에게 더 호감을 느끼는 쪽이었다는 뜻이다. 성질 더러운 지아이들이 얼마나 많았는데…… 그러니 카투사 일반에 대해 나는 얼마나 질색이었던 것일까. 그래서 나를 따라다녔을 자기 혐오의 느낌은 또…… 언젠가 작전지에서, 며칠 만에 세수하고 머리 감고 면도까지 말끔히 하고 난 내 얼굴을 보고 어느 앵글로-색슨계 지아이가 말했다. You look like GI. 인종적 편견을 지니고 있었던 그에게 지아이는 곧 백인 병사를 의미했다. 그 말을 듣고 나는 싫지 않았다. 그런 내가 싫었다는 기억도 없고.

코디어는 나를 잘 따랐다. 군대가 사람 버려놓는 것은 미군도 마찬가지여서, 처음에는 순진해 보이던 녀석들도 일 주일 안에 되바라진 말투와 표정을 익히는 게 상례였는데, 코디어만큼은 예외였다. 그가 업무에 관한 나의 지시를 충실히 수행하는 것을 놓고 특히 남다르게 볼 까닭은 없었다. 워낙 공과 사를 구분하는 태도가 몸에 밴 애들인 데다가, 미군이 지휘 계통을 세우는 데 있어 보여주는 엄격함은 한국군과는 차원을 달리하는 것이어서, 괜한 피해 의식 없이 바라볼 수만 있다면 그런 경우가 드물지는 않았다. 물론 코디어는 내가 병장 계급장을 달고 있는 모습밖에 본 적이 없으므로, 그전부터 같이 생활해 온 지아이들과 같이 놓고 비교할 수는 없는 일이다. 병장부터 하사관으로 인정하는 미군의 계급체계가 카투사 병장의 지위를 우습게 격상시켜놓은 까닭도 있지만, 세월만 가면 저절로 진급이 되는 한국군의 시스템을 인정하려 들지 않는 지아이들도 많았다. 미군에 배속된 한국군, 카투사의 핸디캡과 그로 인한 피해 의식은 서투른 영어에만 있지 않았다는 게 내 생각이다. 미군은 영어만 능통한 게 아니었다. 걔들은 사병들도 프로 군인이었다. 이등병의 봉급이 카투사 병장의 이백 배가 넘는.

코디어는 프로 의식이 희박했던 것일까. 몇 주가 지나도 카투사들을 깔보지 않았다. 특히 나를 대하는 공적인 깍듯함과 사적인 친근함에는, 몇몇 좀 통한다 싶은 카투사 쫄따구들도 따라올 수 없는 극진함이 담겨 있었다. 나는 그것으로 인종이나 민족 간을 비교할 생각은 그때나 지금이나 갖고 있지 않다. 다만 코디어는 좀 남다른 데가 있는 한 개인이었고, 나에게는 특히 인상적인 한 외국인이었다는 것. 내가 그를 좋아하게 된 것이, 단순히 그가 나의 권위에 순순히 복종했기 때문만은 아니라고 말하고 싶다는 것. 코디어는 인종이나 민족, 국적, 혹은 군대의 계급 따위 모든 집단적 구별을 뛰어넘어, 나에게 한 개인으로서의 매력을 느꼈던 것이고, 나 또한 그랬다는 것을 분명히 해두고 싶은 것이다. 코디어의 그런 심성과 태도가 스스로를 인디언이라고 자랑하는 마인드에서 길러진 것이라면, 그런 한도 안에서 내가 코디어를 좋아하게 된 것은 그가 인디언이기 때문이라고 말해도 괜찮겠다. 내가 코리언으로서의 아무런 긍지나 자부심을 지니고 있지 않았다는 명백한 사실과 함께.

코디어와 나는 좀 지나쳐 보인다 싶게 붙어다녔다. 우리 둘이 잠자리도 같이 하냐고 물어오는 지아이도 있었다. 카투사들 중에는 '양놈'과 '필요 이상으로' 친하게 지내는 나를 못마땅해하는 치들이 적지 않을 터였지만, 그때 나에게 대놓고 반감을 드러낼 수 있는 군번은 아무도 없었다. 영어를 배우겠다는 일념으로 카투사에 지원한 녀석들은, 내가 말년에 독선생 하나 건져 본전을 뽑으려는 줄로 알고 당연한 소행으로 이해하는 편이었다. 코디어 쪽은? 물론 코디어의 사생활에 필요 이상의 관심을 갖는 지아이는 없었다. 우리가 동성애자들이 아니라는 것을 알고 난 다음에는 더욱 그랬다. 그 점에 관해서는 흑백을 불문하고 보수적인 집단이었다.

코디어와 나는 이틀이 멀다 하고 어울려 놀았다. 영내 식당에서 저녁을 먹는 날이 드물었다. 우리는 일과가 끝나기 바쁘게 사복으로 갈아입고 외출해서는 기지촌의 술집들을 순례했다. 대개는 미군을 상대로 장사하는 클럽들을 드나들었고, 가끔은 내가 외상을 그을 수 있는 중국집에서 짬뽕 국물을 시켜놓고 소주나 빼갈을 마시기도 했다. 간혹 내가 좋아하는 카투사나 코디어와 친한 지아이가 함께 할 때도 있었지만, 둘만 있을 때만큼 유쾌하고 편안하지는 못했다. 영내에 머물 때조차 우리는 같이 영화관에 가서 킬킬대거나 스낵바에서 노닥거렸다. 막사 안에서 빈둥거릴 때에도 우리는 대체로 함께였다. 포켓볼의 정확한 룰을 가르쳐준 쪽은 코디어였고, 나는 보답으로 그에게 끌어치는 타법이나 고난도의 뱅크샷을 전수했다. 코디어는 은하수 담배가 입에 맞는다며 보루째 빼앗아가곤 했고, 대신 훨씬 비싼 윈스턴으로 내 서랍을 채워줬다. 윈스턴은 은하수보다 두 배는 독했지만, 나는 독하게 마음먹고 내 입맛을 교정하는 데 기꺼이 시간을 쏟았다.

코디어의 룸메이트가 외박을 나간 날이면, 그 방에서 함께 음악을 듣는 것도 우리의 큰 즐거움이었다. 텍사스 출신의 그 룸메이트는 동양인이나 흑인은 물론이고 히스패닉계와도 상종하기를 꺼리는 일종의 정신병자였다. 그 사실을 모르는 코디어는 당연히 그에게 자신이 인디언이라고 소개했고, 그는 당연히 다른 방으로 옮길 궁리를 하는 중이었다. 그가 막사 안에서 가장 훌륭한 오디오 시스템을 갖춰놓지만 않았다면, 아무리 코디어의 방이라 할지라도 내가 그 방을 출입하는 유일한 카투사가 되는 일 따위는 없었을 것이다. 혹시라도 거만의 극치를 떠는 그 인종주의자와 쓸데없이 한번 더 마주쳤다가 피차 밥맛을 잃게 되는 불상사는 피하고 싶었으니까.

코디어와 나는 둘 다 그 방에 가득한 컨트리 음반들을 거들떠보지도 않았다는 점에서 음악적인 취향도 서로 통하는 바가 있었다. 코디어는 스틱스나 저니 같은 미국 록그룹들을 좋아했고, 나는 그 밴드들의 노래를 그들보다 더 잘 부르는 우리의 들국화를 들려줬다.

당시에 들국화는 나의 우상이었다. 내가 워낙 밤이면 밤마다 괴성을 질러대며 따라 불렀던 터라, 내 방이 있는 막사 삼층에서 들국화를 모르는 인간은 이미 없을 때였다. 카투사든 지아이든 최소한 〈행진〉의 후렴 정도는 흥얼거릴 줄 알았던 것이다. 행잭…… 하넌 거아…… 코디어는 단번에 들국화의 팬이 되었다. 인근의 D시에서 들국화의 공연이 있던 어느 휴일, 나는 미군에서 지급하는 샴푸와 구두약 등속을 블랙 마켓에 내다팔았다. 검은 교복을 입은 전인권이 치렁치렁한 머리카락을 쓸어올리며 무대에 등장한 순간부터 코디어는 어쩔 줄 모르고 좋아하더니, 공연이 끝나고도 커튼 콜을 외치며 거의 눈물을 쏟을 듯이 열광했다. 캠프로 돌아오는 셔틀버스 안에서 코디어는 감동이 채 가시지 않은 목소리로 나에게 말했다. 멤버들이 모두 인디언처럼 생겼어.

내가 코디어를 기특해하지 않을 수 없었던 이유 가운데 빠뜨릴 수 없는 한 가지는, 임기를 대하는 그의 마음 씀씀이였다. 같은 신병이라는 동병상련을 느꼈던 것인지, 코디어는 임기에게 친절하고 상냥했다. 카투사들은 물론이고 어떤 지아이도 임기를 그처럼 따뜻하게 대하는 사람은 없었다. 상대가 나의 룸메이트라는 점도 어느 만큼은 작용했겠지만, 임기에 대한 코디어의 배려는 분명히 그 이상이었다. 약자에 대한 본능적인 애정이었을까. 코디어의 심성이라면 충분히 보일 법한 신사의 태도라고 이해할 만하기는 했다. 말과 일에 모두 서툴러서 쩔쩔매는 임기의 곁에는 언제나 코디어라는 수호천사가 나타나 도움의 손길을 내밀었다. 영어는 고사하고 우리말 말문도 막힌 듯이 굳어 지내던 임기도, 코디어하고는 곧잘 떠듬떠듬 얘기를 나누며 웃는 표정도 보이곤 했다. 임기에 대해 적잖이 신경을 쓰고 있던 나로서는 코디어를 고맙게 여기지 않을 수가 없었다. 그렇게 아름다운 광경도 한 페이지를 장식하며, 코디어와 나…… 우리 두 코스모폴리턴의 화려한 시절은 유유히 흐르고 있었다.

후송

　임기와 코디어가 함께 자살을 기도했던 날, 나는 P시의 캠프 험프리즈에 가 있었다. 대대 본부에서 열린 카투사 선임병장 회의에 참석해야 했기 때문이다. 내가 소속된 델타중대는, 내가 입대하기 전부터 오랜 기간 파견근무중이었다. 중앙에서 멀어지면 낙후되기는 군대도 마찬가지였다. 나는 간섭받는 것보다는 뒤떨어지는 게 낫다고 보는 편이어서 불만이 없었다. 그러니 회의에서 발언할 것도 별로 없었고.
　나머지 중대 선임들은 할말들이 많았다. 하고 있는 일들이 많은 모양이었다. 그들은 내가 아직도 보직근무중임을 알고는 딱하다는 표정을 지어 보였다. 마음씨 좋게 생긴 한국군 파견 장교는 다 자신의 불찰이라며 당장 선임병장 업무에만 전념할 수 있게 조치를 취해주겠다고 약속했다. 나는 당장 선임 자리를 후임에게 물려줘야겠다고 작정했다. 중대본부에 책상 하나 갖다놓고 앉아 있으면, 시간이 얼마나 더디게 흐를 것인가. 한 달 후면 제대를 위한 클리어링에 들어갈 것이었다. 하던 일 하다보면 한 달은 금방…… 그리고 아무래도 임기가 마음에 걸리는 것을 어찌할 수 없기도 했다. 아직은 혼자 일을 해나가기에는…… 한 달 후라고 가능할까. 그나저나 다음 선임은 누구에게…… 성질이 불같기는 해도 역시 오 병장이 그 동기들 중에서는 가장…… 오기완이 맡아준다면 험한 꼴들 안 보고 제대할 수 있겠지.

그런 생각들을 하며 중대본부 안으로 들어서자마자, 나는 분위기가 심상치 않음을 감지했다. 지나다니는 발걸음들이 바빴고 얼굴들은 한결같이 굳어 있었다. 비상이 걸려도 이러진 않을 텐데…… 복도에서 중대장과 퍼스트 써전이 찡그린 표정으로 뭔가 심각한 대화를 나누고 있었다. 그들에게 인사하려다 말고 나는 인사계 방으로 몸을 틀었다.

"어디 갔다 이제 오는 거야?"

인사계는 나를 기다리고 있었던 듯, 내가 들어서자마자 입을 열었다. 뻔히 알면서 묻는다는 건…… 괜히 심술부릴 사람도 아닌데…… 나 없는 동안 무슨 일이 있었음이 확실했다. 나는 회의 결과를 보고할 생각도, 내 후임 문제를 의논할 생각도 잠시 접을 수밖에 없었다.

"무슨 일이 있었습니까?"

평소에 인사계를 대하던 것과는 달리 나도 모르게 딱딱한 말투가 튀어나왔다. 인사계는 나를 보니 한결 마음이 누그러진다는 느낌을 실어 말했다.

"임기 그 녀석…… 결국은 사고쳤다. 원투원으로 후송됐어. 황산을 들이부었댄다. 지 목구멍에다……"

코디어는 입 안이 헐었고, 임기는 식도가 심하게 망가졌다. 미군 헌병대에서 조사받으며 알게 된 둘의 안부였다. 헌병대에 일차로 소환된 사람은 나와 오기완 병장이었다. 기완이는 최초로 현장을 목격한 증인이었고, 나는 사고를 친 두 사병의 분대장이었다. 둘 다 헌병대는 처음이어서 긴장할 수밖에 없었는데, 조사관이 한국인이어서 그나마 다행이라는 표정이 기완이의 얼굴에도 역력히 드러났다. 잘못 알아듣고 잘못 얘기할 우려가 많이 줄어든 셈이었다.

"제가 타이어를 갈아끼우고 나서 못 쓰게 된 타이어를 굴리며 모터 풀 구석에 있는 폐타이어 창고 가까이 갔을 때였습니다. 이상한 소리가 들려서 컨테이너 뒤쪽으로 돌아가 보니까 강임기 이병이 땅바닥에 쓰러져 끙끙거리며 뒹굴고 있었습니다. 왜 그러냐고 물어도 대답을 못 하고…… 옆에는 오 톤짜리 덤프 트럭용으로 보이는 배터리가 엎어져 있었고, 깨진 유리컵 조각들이 흩어져 있었습니다. 제가 일단 강 이병을 들쳐업으려고 도와줄 사람을 부르려는데 프라이빗 코디어가…… 코디어 이병이 물을 가득 담은 버킷을 들고 달려왔습니다. 그러더니 다짜고짜 강 이병의 입에 퍼붓길래, 어떻게 된 거냐고 물어도…… 뭐라고 웅얼거리긴 하는데 무슨 말인지 못 알아들을 소리였습니다. 강 이병은 물을 먹더니 더 괴로워하는 것 같았고, 그때서야 사람들이 몰려들었습니다. 제가 차를 가지고 와서 둘을 태우고 영내 디스펜서리로 갔다가 양년…… 아니 미군 여자 대위가 여기서는 손을 못 쓴다고, 가까운 캠프 워커로 가라고 해서 거기 병원에 실어다 놓고는…… 바로 돌아왔습니다. 제가 중대장 드라이버라서…… 거기서 또 서울 원투원 병원으로 옮긴 겁니까?”

기완이는 영어로 준비했을 문장들을 비교적 요령 있게 진술했다. 중간에 습관처럼 양년이란 단어를 내뱉은 게 옥의 티였을 뿐, 진술의 끝을 질문으로 맺는 여유까지 보여줬다. 이 정도면 선임병장으로 딸릴 게 없는데…… 나는 골치 아픈 문제가 터진 마당에 그 얘기를 꺼내기는 틀렸다는 생각으로 아쉬웠다.

조사관은 기완이에게 보충 질문을 몇 개 던지고 나서, 나와는 짧은 문답을 몇 차례 나누는 것으로 조사를 마무리했다. 주로 임기에게 가해진 가혹 행위의 여부를 묻는 질문이었는데, 없었다고 해봐야 믿어줄 리가 없었으므로, 나는 죽을 마음을 먹게 할 정도는 아니었다고 대답할 수밖에 없었다. 조사관은 이미 임기의 신상에 대한 파악이 되어 있었는지, 그 문제를 중요하게 생각하는 눈치는 아니었다. 나머지는 인사계의 몫이었고, 조사관은 우리에게 코디어에 대해서까지 물어보지는 않았다. 코디어의 사정에 대해서라면 나만큼 잘 알고 있는 사람이 없다는 것을 아직 모르고 있을 터였다. 나는 조만간 코디어에 관한 참고인 진술을 하기 위해 다시 불려올지도 모른다고 생각했지만, 제대할 때까지 그런 일은 없었다. 코디어의 부상이 심각한 정도가 아니었기 때문이었을까. 조사관은 둘의 상태를 알려주며 천우신조라고 했다.

“황산에 빗물이 섞여 묽어지지 않았으면, 한 놈은 창자까지 다 타버려 원한 대로 골로 갈 뻔했고, 한 놈은 이빨까지 다 녹아서 병신 될 뻔했어.”

그 사건으로 인사계가 바뀌었고, 바뀐 인사계는 선임병장을 교체했다. 짤리기 전에 이미 그만둘 생각이었음을 알리는 것도 우스워서 나는 잠자코 바라던 바를 이루었다. 그러는 통에 스타일이 약간 구겨진 것을 감수해야만 했던 작은 억울함을 제외하고 나면, 임기와 코디어의 자살 미수가 나의 생활에 끼친 특별한 영향은 없었다. 새 인사계는 배가 볼록 튀어나온 초로의 특무상사였다. 스스로를 카투사 관리의 베테랑이라고 소개한 그는 전임 인사계의 미숙함과 무능함을 질타하는 것으로 부임의 변을 대신하더니, 이른바 부대원 체질 개선 작업을 의욕적으로 추진하기 시작했다. 심야를 틈타 불시에 막사를 방문해서 당시의 불온서적들을 한 보따리 수거해간 것도 그 작업의 일환이었다. 내 책꽂이에 폼으로 꽂혀 있던 알튀세르의 영문 번역판 『Reading Capital』이 마르크스의 저서로 오인되어 그 보따리로 들어가버린 것은 가슴 아픈 일이었다. 내가 캐피탈도 모를 줄 알았나, 이 병장?

특무상사는 내가 전임 인사계와 손발이 잘 맞았었다는 사실을 알아내고는 나를 확실히 찍었다. 내가 걱정한 것은 중대장이 자신의 운전병인 오기완을 놓아주려 하지 않는다는 점이었다. 기완이는 카투사와 미군을 통틀어서 중대 최고의 드라이버였다. 내 우려대로 최초의 상근 선임병장 자리는 같은 오 병장인 오경택에게 돌아갔다. 오경택은 기완이들보다 한 기수 아래 군번인데, 못 하는 게 없는 녀석이었다. 영어 잘하고, 일 잘하고, 운동도 잘하고…… 사람 패는 것도 선수였다. 신참 때는 고참을 패서 중대 분위기를 살벌하게 만들어놓더니, 일병 달고 나서부터는 폭력 고참들의 주구가 되어 아예 신병 구타 전담요원으로 행세하고 다녔던 미친개였다. 내가 소대 선임들을 모아놓고 외출 외박을 함부로 통제하지 말라고 하자, 노골적으로 얼굴을 찡그렸던 꼴통. 나를 좋아할 리 없고, 내가 좋아할 수 없는 인간. 오경택을 선임 자리에 앉혀놓고 특무상사는 한 시름 놓은 듯 뒷전으로 물러앉았다. 물 만난 고기처럼 오경택이 연일 중대 집합을 걸 때마다, 열외인 나와 기완이 동기들은 아예 캠프를 벗어나 당구 치고 술 마시다 들어와 조용히 잤다.

그럭저럭 시간은 흘러서 군바리 때를 씻어내는 클리어링 기간이 시작되었다. 오직 이때를 맞기 위해 이 년 하고도 수개월을 살아왔건만, 한없이 게을러지는 기쁨은 생각보다 데면데면했다. 그래도 역시 새벽에 한 번 깼다가 다시 잠들 수 있는 행복은 비할 바가 없었다. 낮에는 일정에 따라 그날 주어진 반납업무. 부자 군대라서 돌려줄 것도 엄청 많았다. 확인란에 사인 또 사인…… 저녁을 먹고 나면, 코디어 방에 갈 일도 없어진 나는 임기의 빈 침대가 을씨년스러운 방에서 혼자 영화관 스케줄이 적힌 팸플릿이나 들여다보며 집합이 걸리기를 은근히 기다렸다. 복도가 어수선해지고 카투사들이 집합장소인 TV 룸으로 몰려가고 나면, 나는 외출복으로 갈아입고 사제 모자를 눌러 썼다. 그러면 어김없이 기완이 동기들이 내 방 문을 두드렸고, 우리는 오래된 습관처럼 묵묵히 게이트를 통과했다.

술을 마시며 기완이들의 돈독한 우애를 지켜보고 있자면, 나는 나처럼 혼자 배치받은 임기가 생각났다. 임기와 같이 와서 같이 떠난 코디어 생각이 좀더 많았다. 한국군으로 복귀한 전임 인사계 얼굴도 어른거리고…… 내가 말없이 생각에 잠겨 있는 동안, 술이 좀 들어간 기완이는 동기들과 함께 오경택을 성토하기에 열을 올렸다. 그 새끼! 오씨 망신 혼자 다 시키고 있어. 나는 기완이가 오경택과 사단을 벌이기를 바라고 있었는지도 모른다. 나는 곧 제대니까 조용히 있다 나가야지…… 실은 겁이 났던 것일 게다. 꼭 특무상사라는 오경택의 든든한 백그라운드를 의식해서는 아니었다. 그 씩씩하고 강직한 기완이도 술자리에서나 가슴을 치며 화를 삭일 만큼 오경택은 강했다. 게다가 선임병장이라는 날개까지 달아줬으니…… 나는 임기가 자해를 하지 않았으면, 그 아래서 버텨낼 수는 있을까 생각하다가, 오경택 같은 타입이 임기한테는 오히려 편할지도 모른다고 생각하기도 했다. 분을 풀 만큼 푼 기완이가 내 잔에 술을 채우며 말했다.

"이 병장님은 좋겠어요. 열흘만 지나면 그 자식 안 보고 살아도 되잖아요. 우린 아직 두 달이나 남았습니다. 그때까지 성질 죽이고 지낼 거 생각하면…… 난 양놈들, 맘에 안 드는 점이 많지만, 솔직히 부러울 때도 많아요. 한국군이야 그럴 수밖에 없다고 쳐도, 우리까지 여기 와서 왜 티를 내야 하냐구요. 맞을 거 다 맞고 때릴 거 참아가면서 기껏 분위기 바꿔놨더니…… 신병 때도 이렇게 좆같지는 않았는데…… 임기 개 식도가 좀 짧아져서 그렇지 잘된 거 아닌가요? 그래도 사회생활 하려면 고로울 텐데…… 어쩌자고 자식……"

그 말을 시작으로 술자리의 대화는 한 달 전의 그 사건으로 옮아갔다. 둘이 왜 황산을 마셨는지는 대충 부대 안에 알려져 있었지만, 어떻게 해서 둘이 의기투합했는지는 소문만이 무성한 상태였다. 기완이는 단연코 코디어가 순진한 임기를 부추겼을 거라고 목소리를 높였다. 식당에서 스테이크를 썰다 말고, 옆에서 깐죽거리던 미군의 목에 칼을 들이댄 적도 있었던 기완이였다. 내 눈치도 안 보고 코디어를 비난한 것은 술기운 탓이었고……

"그러니까 코디어 개는 삼키지도 않고 뱉어냈잖아. 애초에 죽을 생각이 없었던 거라구. 멋모르고 따라 마신 임기 녀석만 얼결에…… 아이구 미련 곰탱이 같은 놈아."

들고 있던 녀석 하나가 농담임을 분명히 한다는 투로 색다른 분석을 내놓았다.

"야, 그거 혹시 술버릇 차이 아니냐? 임기는 쏘주 털어넣듯이 그냥 원샷 해버린 거고…… 코디어는 꼬냑이나 되는 줄 알고 입 안에 굴리면서 음미하려다가 기겁을 한 거라구."

나는 어쩐지 그 말이 우스갯소리로 들리지 않아 혼자 고개를 끄덕였다.

결혼

전임 인사계 배영 중사는 임기를 내 방에 데리고 있으라고 말하면서 서류 파일 하나를 나에게 건넸다. 임기의 신체검사 기록 사본과 담당 군의관의 소견서였다. 신체는 정상, 요는 정신이 말짱하지 않으므로 세심한 주의가 요구된다…… 임기는 우울증 환자였다. 정확히는 재발의 가능성을 배제할 수 없는 예비 환자였다.

"이런 애 군대에서 받아주면 안 되는 거 아니에요?"

나는 마치 군대가 무슨 특별한 혜택을 누리는 곳이라도 되는 것처럼 항변했다. 골치 아픈 걸로 따지면 인사계가 나보다 못할 리 없었다. 무턱대고 내 기분에 맞출 수도 없는 배 중사는 떨떠름한 표정을 지었다.

"그러게 말이다. 그래서 내가 더 알아봤는데, 훈련소에서는 아무 이상이 없었다는 거야. 오히려 누구보다 적응을 잘 했다네. 그런데 카투사 교육대로 와서는 애가 좀 심상치 않은 조짐을 보였던 모양인

데. 혼자 멍하니 있는 시간이 많아지고…… 거기 스낵바 주인이 홍
수환 어머니라며?"

그랬다. 캠프 험프리즈에서 미군부대 적응 교육을 받는 카투사들
의 대모. 시원시원한 이북 사투리로 우리들을 웃겨가며 라면을 곱빼
기로 담아주던 그리운 손길. 그런데 엉뚱하게 그 얘기는 왜?

"엉뚱하게 그 아주머니한테 가서는 권투를 배우고 싶은데 어떻게
하면 되냐고 자꾸 물어봤다는 거야. 그거야 뭐 그럴 수도 있는 거고.
아무튼 느낌이 이상했던 아주머니가 교관에게 말해가지고…… 군의
관은 가벼운 무기력 증세라고 판정을 내렸대. 부모와 통화도 했다는
데, 걔가 가끔 까닭없이 그러다가 만다고, 어떻게 합격한 카투산데, 잘
좀 봐달라고 했다는군. 군의관 생각도, 자대에 소속돼서 보직을 맡으
면 괜찮아질 거다…… 그래도 영 꺼림칙해서 이거…… 한국군이었으
면 논산에서 돌려보냈을걸. 미군부대가 그냥 놀고먹는 덴 줄 아나?"

나는, 인사계님도 처음엔 그런 줄 알았잖아요, 하는 의미의 웃음을
지어 보였다. 배 중사가 인사계로 부임하고 며칠 지나서였나, 내가
막 상병을 달았던 때였다. 그가 술을 사주겠다며 나를 읍내의 색싯집
으로 데려갔다. 돌려 말하지도 않고, 인사계는 나에게 자동차 부품
비싼 거 하나 빼돌려보라고 말했다. 내다파는 건 자기가 알아서 할
테니 나눠먹자는 얘기였다. 발전기 같은 건 몇백 달러 나간다며? 어
디서 무슨 얘기를 듣긴 들은 모양이었다. 나는 그거 다 옛날 얘기라
고, 카투사 제대하면 집 한 채 장만한다는 건 자유당 때나 있었던 전
설이라고, 인사계 허파에 부푼 바람을 단숨에 빼버렸다. 지금은 다
전산 처리해서 주문 기록이 정확히 남게 되고, 재고 조사하면 영락없

이 걸리게 돼 있습니다. 그러면서 나는 한국군도 아니고 미군도 아닌 카투사의 생활고에 대해 다소 과장 섞인 오리엔테이션을, 미군 기지를 보물창고쯤으로 알고 있는 신참 인사계 앞에서 실시했던 것이다. 더군다나 우리 같은 공병대는 그야말로 골병들어 나가요. 특히 작업 소대 사람들은 제대할 때 디스크 환자 아닌 경우가 드물다니까요.

내가 그렇게 겁도 없이 지껄일 수 있었던 것은 술기운 때문만은 아니었다. 배 중사는 형처럼 편했고 뒤끝이 없는 사람이었다. 그후에도 미련이 아주 가시지는 않은 듯, 그래도 어떻게 안 될까? 나를 보면 제너레이터나 알터네이터 얘기를 몇 차례 더 비친 적이 있기는 했지만, 여전히 그 일이 가능하다고 생각하거나 괜히 나를 괴롭히려는 것이 아님은 분명했다. 오래지 않아 배 중사는 불가능한 꿈을 깨끗이 포기했고, 대신 사병들과 호흡을 같이 하는 멋쟁이 인사계가 되기에 여념이 없었다.

그때를 회고하며 짓는 내 웃음의 의미를 알 길 없는 배 중사는, 임기에 대한 각별한 당부에 여념이 없었다. 나는 지금 내가 신병 뒤치다꺼리할 군번이냐는 푸념을, 입 안에서만 굴리다가 삼켰다.

"그렇다고 강임기를 특별 대우 하라는 얘기는 아니고, 지나친 스트레스는 받지 않도록 니가 신경 좀 쓰라고. 무슨 말인지 알겠지? 그 녀석 좀 특이한 데가 있기는 해. 정비소대로 보낸다고 했더니, 그전까지는 묻는 말에 대답도 잘 못 하던 놈이 극구 작업소대로 보내달라고 버티는 거야. 니가 뭘 잘못 알고 있나본데, 거기 완전 노가다야, 잘못하면 허리 망가져 임마, 해도 막무가내더라구. 티오가 안 나서 가고 싶어도 못 간다고 했더니 겨우 수그러들데. 하여간 희한한 놈이다. 걔 문제 있다는 거 다른 애들은 모르게 해. 우리 둘만 알고 있자구. 그게 낫겠지?"

　일 주일 후에 신고식을 치러내는 임기의 모습은 나를 안심시키기에 충분했다. 임기처럼 에프엠대로 고참들의 요구에 따라 움직이는 신병은 본 적이 없었다. 하도 방바닥에 머리를 쿵쿵 찧어대서 아래층 사람들이 항의하러 올라올까봐, 오경택조차 좀 살살 박으라고 핀잔을 줄 정도였다. 뒤풀이 자리에서 술잔을 냉큼냉큼 비우는 자세도 합격점을 받을 만했고, 음정 박자 무시하고 시키는 족족 불러대는 노래도 고참들의 귀여움을 사기에 모자람이 없었다. 저렇게 씩씩한 녀석이 무슨 우울증이야? 나는 크게 걱정할 거 없겠다고 생각하며 임기에 대한 긴장의 끈을 늦췄다. 어차피 내가 제대하고 나면 혼자 제 앞가림을 해나가야 할 터. 내가 돌보는 쫄따구라는 인식은 임기의 향후 군생활에 하등 이로울 게 없었다. 내가 저녁에 막사를 비우고 코디어와 놀러 다닐 수 있었던 작은 핑계였다.

　코디어가 나를 자주 데려간 술집의 이름은 우리말로 금문교였다. 군사우편상 한국의 주소는 샌프란시스코의 한 구역으로 되어 있다는 것을 알고 지은 이름이었을까. 분위기는 다른 클럽들에 비해 촌스러운 편이었는데, 코디어가 그곳을 즐겨 찾는 이유는 다른 데 있었다. 금문교에 처음 나를 데려갔을 때, 코디어는 자리에 앉자마자 나에게 말했다.
　"저 여자 무지 예쁘지?"

바 테이블 안쪽에 서서 손님에게 술을 따르고 있는 여자는 평범한 한국인의 외모를 갖추고 있었다.

"밉상은 아니군."

내 반응이 신통치 않자, 코디어는 열심히 그녀의 미모를 변호하고 나섰다.

"이틀 전에 처음 봤을 때는 지금보다도 훨씬 예뻤어. 특히 웃을 때 얼마나 예쁘다구."

그 말을 듣고 다시 보니, 웃는 모습은 그런대로 귀여워 보였다. 내가 고개를 끄덕이자 코디어는 비로소 만면에 뿌듯한 미소를 머금고, 그녀를 향해 돌린 얼굴을 거두려 하지 않았다. 잠시 후 정작 내 눈길을 끈 것은, 주문을 받으려고 우리 테이블로 다가오는 그녀의 날씬한 다리였다. 임기가 고참들에게 보여준 사진 속의 여자만큼 아름다운 다리를 뽐내며, 그녀는 코디어에게 다가왔다.

일을 하면서부터 임기는 힘들어하기 시작했다. 인사계 말마따나 임기는 보직에 관해 희한한 취향을 갖고 있었다. 작업소대에서 삽질하는 것보다 더 힘든 잡으로 인정받는 자동차 정비병, 이른바 메캐닉이 되고 싶어하다니. 나는 그저 사회에서 써먹을 기술 한 가지는 배워 나가겠다는 갸륵한 마음으로 받아들였다.

"니 마음은 알겠는데, 군대가 너 바라는 대로 굴러가기를 바라면 안 돼. 제대한 고참들이 어떻게 하면 기름때 안 묻힐 수 있을까 고민 고민해서 겨우 카투사 메캐닉을 없애놨는데, 니가 스패너 들고 설치게 되면 안 좋은 선례를 남기게 되는 거란 말이야. 후배들 고생길이 열리는 거라구."

　남한테 피해를 주기는 싫었는지, 임기는 사서 하려던 고생의 의지를 굽히고 내 조수로 일을 배우기 시작했다. 차량 부품을 관리하는 페이퍼 웍이 워낙 그리 간단한 일은 아니었지만, 임기는 가장 간단한 주문카드 작성조차 제대로 해내지 못하고 쩔쩔맸다. 지아이들 필체는 대개 우리처럼 반듯하지 않아서 판독에 익숙해지려면 시간이 좀 걸리는 법이기는 했지만, 동일인의 부품요구서를 하루에도 열두 번씩 못 알아보겠다고 나를 부르는 임기 앞에서 짜증이 안 날 도리는 없었다. 그런 임기를 바라보며, 나는 솔직히 일 걱정을 더 했다. 나 제대하고 나면 그 구멍을 메우지 못해 주한 미군이 붕괴되기라도 할 것처럼.

　신병이 영어 안 되는 거야 나무랄 일이 못 된다 해도, 임기는 정도가 심했다. 한번은 사무실로 걸려온 전화를 임기보고 받아보라 했더니, 아이 엠…… 더듬거리다 말고 나를 돌아보며 CO를 찾는 전화라고 말했다. 나는 중대장이 와 있나 찾아보라고 임기를 내보냈다. 웨이트. 임기는 화끈하게 통화를 중단하고는 중대장을 찾아 모터풀을 뒤지고 돌아왔다. 안 보이는데요. 나는 애가 중대장 얼굴이나 알고 있을까 하는 의구심이 생겼지만 일단 믿어보기로 했다. 전화로 없다고 말해봐. 임기는 심호흡을 한 번 하고 나서 수화기를 집어들었다. 씨오 이즈 낫 히어. 그랬는데 상대는 전화를 끊지 않고 뭐라 용건을 전하는 눈치였다. 어쩔 줄 몰라하는 임기에게 물었다. 전화한 사람은 누군데? 임기는 모르겠다고 했다. 할 수 없이 전화를 바꿔 내가 누구인지를 밝히자, 귀에 익은 웃음소리가 흘러나오는 것이었다. Sergeant Lee? This is CO speaking.

임기는 그 쉬운 영문 타자 배우는 속도도 느려터져서 간단한 서류 하나 꾸미라고 시키면 한 시간 이상을 씨름했고, 어디를 혼자 보내는 심부름일랑 꿈도 꾸지 말아야 했다. 그럴 때마다 얘가 정상이 아니긴 아닌가보네 하며, 그래도 우울증이 도지는 기색은 보이지 않는 게 대견해…… 너그러운 배려의 마음을 지니려 애썼지만, 말년에 이게 무슨 복인가 싶은 생각이 자꾸 들어 우울해지는 쪽은 나였다. 이래저래 치미는 열불을 식히려고 모터풀 마당을 거닐며 담배 한 대 피우고 돌아오면, 코디어가 임기 옆에 붙어앉아 일을 대신 해주고 있곤 했다.

코디어는 금문교의 여자에게 눈이 멀어버렸다. 그녀의 각선미가 일품이라는 것도 못 알아볼 정도였다. 내가 코디어의 여자 보는 눈을 인정한다는 의미로 그녀의 다리를 아낌없이 칭찬했더니, 코디어는 의외의 반응을 보였다.

"그렇던가? 다리는 걸을 수만 있으면 돼. 중요한 건 눈이야. 뮤즈의 눈에는 신비로운 빛이 감돌지. 사진으로 본 할머니의 눈을 닮았다구."

우리는 그녀를 뮤즈라고 불렀다. 코디어는 '리즈'라는 그녀의 애칭을 싫어했다. 나이 든 엘리자베스 테일러의 탐욕스런 눈빛이 그녀와는 어울리지 않기 때문이라고 했다. 쌍꺼풀 없이 가늘고 밋밋한 그녀의 눈에서 리즈 테일러를 떠올릴 수는 도저히 없다는 데에 나는 동감했다. 금문교의 마담이 그녀를 부르는 소리를 듣고 코디어는 나에게 물었다.

"미자가 무슨 뜻이야?"

나는 아마도 뷰티풀 걸이나 프리티 워먼쯤 될 거라고 답해줬다.

Hey, did you happen to see the most beautiful girl…… Pretty woman, walking down the street…… 만족스러운 표정으로 노래를 흥얼거리던 코디어가 Aha! 눈빛을 반짝이며 말했다.

"그녀에게 뮤즈라는 이름을 선물하겠어. 어때, 어울리지 않아?"

뮤즈는 코디어와 나의 중간 나이였고, 인생 경험으로 따지면 우리보다 훨씬 어른이었다. 한국 남자들의 페니스는 작지만 단단하다, 피부 감촉에 있어서는 흑인이 최고다, 그런 얘기들을 실감나게 들려주는 그녀에게, 코디어는 귀여운 동생이었고 나는 철모르는 오빠였다. 코디어가 자기는 인디언이라고 하자, 뮤즈는 농담인 줄 알고 손바닥을 입에 댔다 뗐다 하며 인디언 소리를 냈다. 나는 코디어의 눈치를 살피며 잠시 긴장했는데, 그는 재미있다고 웃으며 그녀의 동작과 소리를 흉내냈다. 어버버버버…… 코디어가 다시 자기는 정말 인디언인데, 인디언과 섹스를 해봤냐고 묻자, 뮤즈는 고개를 가로젓고 나서 손으로 권총 모양을 만들어 코디어를 겨누었다. 유 마이 퍼스트 인디언.

기지촌에 온 지 일 년 남짓밖에 안 돼서 아직 능숙한 영어를 구사하지는 못했지만, 영어로 얘기하는 그녀의 표정과 제스처만큼은 본토 사람들 뺨치게 자연스러웠다. 코디어는 내가 제법 꼴을 갖춰 뱉어내는 영어 문장보다 뮤즈의 콩글리시를 더 잘 알아들었다. 그녀는 틀릴까봐 두려워하지 않았으므로 막힘없이 코디어와 대화를 이어갈 수 있었고, 나는 말도 안 되는 그녀의 말을 알아듣는 코디어가 신기해서 나대로 색다른 재미를 느끼며 그들의 대화에 귀를 기울이곤 했다. 하우 유어 아메리카? 뮤즈가 천연덕스럽게 말하면, 코디어는 내가 그 물음의 정확한 뜻을 가늠할 틈도 주지 않고 대답했다. ……lonely and gloomy in States. It's too big country to me. Too far from neighbors……

막사에서 임기는 늘 혼자였다, 고 내가 말할 수는 없다. 그러나 적어도 내가 어쩌다가 막사에 남아 있던 저녁에, 임기는 늘 혼자였다. 신고식에서 보여줬던 씩씩한 모습을, 그는 빠르게 잃어갔다. 당직 근무를 서는 소대 고참을 위해 라면을 끓이거나 서투른 버퍼질로 방바닥에 광을 내는 따위의 일을 끝내고 나면, 임기는 자기 책상 앞에 가만히 앉아서 시간을 보냈다. 『Vocabulary 22000』을 펴놓고 있었지만, 페이지가 넘어가는 것을 본 적은 없었다. 영화라도 보고 오지 그러냐고 권하면, 그냥 방에 있으면 안 되겠습니까? 임기는 마치 적진으로 돌격하라는 명령을 받기라도 한 것처럼 간절한 투로 사정했다. 특별히 우울한 기색은 아니었기에, 나는 임기의 고요한 세계를 웬만하면 깨뜨리고 싶지 않았다.

사흘 동안의 첫 외박에서 돌아온 임기는, 소대원들이 모인 가운데 큼지막한 보따리를 풀어 김밥이며 갖가지 음식들을 펼쳐놓았다. 나는 임기 바로 위 고참에게 나무라는 눈길을 보냈다. 녀석은 억울한 표정으로 임기를 윽박질렀다.

"내가 이러면 안 된다고 몇 번을 말했냐!"

나는 아들의 편한 군대생활을 기원하며 음식을 장만했을 임기 어머니의 정성스런 손길을 생각했다. 그리고 신병 때, 스무 줄은 족히 될 김밥 가방을 끌어안고, 에어컨이 고장나 찜통 같은 군용열차에 몸을 실어 처음으로 귀대하던 무거운 마음의 기억. 하루 종일 나만 기다렸다는 고참이 김밥 하나 입에 넣더니 표정을 일그러뜨리는 순간, 나는 입대 후 석 달 만에 변심하고야 만 여자의 싸늘한 눈초리가 잊혀질 만큼 눈앞이 노래졌다. 씨발, 김밥이 쉬었잖아. Mother fucker!

어떻게 냄새를 맡았는지, 오경택이 자기 소대 애들 몇을 거느리고 내 방으로 들어왔다. 오경택은 입 안 가득 음식이 담긴 채로 임기에게 물었다.

"너, 사흘 동안 애인하고 몇 번이나 했냐?"

임기는 얼굴을 붉히며 아무 말도 못 했다. 신고식에서도 그런 종류의 질문에 대해서만큼은 씩씩하지 못했던 임기였다. 나는 애들 앞에서 고참을 나무라기도 마땅치 않아 잠자코 젓가락질을 계속하며 못마땅한 표정을 짓는 것으로 그쳤다. 내 심기를 더 건드리고 싶은 마음까지는 없었는지, 오경택은 더 캐묻지는 않고 혼잣말처럼 중얼거리는 것으로 임기 애인에 대한 관심을 거두었다.

"그 아가씨, 남자 꽤나 밝히게 생겼던데……"

모두들 돌아가고 방 청소를 끝낸 임기는, 제 둥지에 내려앉은 새와 같은 모습으로 자기 책상 앞에 앉아 있었다. 일요일이었고, 햇살이 아직은 따가운 오후시간이었다. 나는 임기에게 앞으로는 너무 서둘러서 귀대할 것 없다고 말해줬다.

"집에서 저녁까지 먹고 출발해도 괜찮아."

임기의 집은 부대에서 가까운 D시에 있었다. 가만히 있을 줄 알았던 임기가 뜻밖에 말을 받았다.

"이 방에 있는 게 더 편합니다."

이 녀석이…… 나는 어이가 없기도 하고, 왠지 마음이 짠하기도 하여 이렇게 말하고는 입을 다물어버렸다.

"임마, 그런 소리는 상병 달고 나서야 할 수 있는 거야. 너, 다른 고 참들한테 그런 말 지껄이면 안 돼. 알았냐?"

하루는 식당에서 햄버거로 점심을 때우고 디저트로 아이스크림을 가져다가 파먹고 있는 나에게, 코디어가 정색을 하며 물었다.

"내 룸메이트가 그러는데, 카투사는 일병으로 진급하기 전까지는 아이스크림을 먹어서는 안 된다며? Is that true?"

몇 달 전까지만 해도 사실이었다. 미군 부대에서 카투사가 누릴 수 있는 모든 혜택은 고스란히 억압과 징벌의 수단이었다. Not now…… 나는 창피해서 대답을 얼버무렸다. stupid, ugly 어쩌구 해가며 빈정 거렸을 그 한심한 인종주의자의 느끼한 얼굴이 떠올랐다. 그따위 인 간에게 한심해 보이는 나는 얼마나 한심한 인간인가. 입 안에 달착지 근하게 남아 있는 아이스크림 맛을 찬물로 헹구며 나는 서둘러 화제 를 바꿨다.

"참, 너 뮤즈하고는 잘돼가니?"

내 말에 코디어의 눈매가 가늘어졌다.

"오우…… 그녀의 몸은 놀라울 뿐이야. I've never fucked so hot and tight pussy in States."

코디어는 다행히 못난 카투사의 어리석은 커스텀에 대한 호기심은 완전히 날려버린 듯, 뜨거운 뮤즈의 몸에 빠져 허우적거린 황홀했던 순간을 생생하게 전하느라 몸까지 써가며 열을 올렸다.

"특히 그녀의 그 미끈한 다리가 내 허벅지부터 발목까지 휘감아 조이는 느낌이란……"

애한테 이런 면도 있었나? 다리는 걸을 수만 있으면 된다고 할 때는 언제고. 그 순간의 코디어는, 때와 장소를 가리지 않고 엉덩이를 전후좌우로 돌리며 간밤의 섹스를 떠벌리는 여느 지아이들과 전혀 다를 바가 없었다. 나는 그 분야에서만큼은 코디어도 영락없는 양코배기라고 인정해주려던 참이었는데…… 코디어는 어느새 순정만화의 주인공 같은 표정으로 돌아와 이렇게 말을 맺었다.

"I'm gonna marry her someday."

임기는 애인과 잘 안 되는 눈치였다. 애인을 지척에 두고도 주말을 막사에서 보냈다. 나는 혹시 소대 고참들 중 누군가가 임기의 외출 외박을 통제하나 싶어 눈여겨봤으나 그런 낌새는 보이지 않았다. 그 마음 내가 알지. 군대 와서 일찌감치 실연의 아픔을 겪은 나로서는 임기를 그냥 내버려두는 게 최선의 배려임을 모를 수가 없었다. 고달픈 군대생활이 오히려 어지러운 마음을 다스리는 데 도움이 되리라. 나는 경험을 통해 터득한 이열치열의 요법이 임기에게도 통하기만을 바랄 뿐이었다. 자기 감정을 함부로 드러낼 처지가 아니기도 했지만, 임기는 풀리지 않는 연애의 스산함을 묵묵히 견뎌내고만 있었다. 좀 우울해 보이는 거야 너무도 당연해서, 나는 임기의 우울증조차 잊고 지냈다.

어느 날 저녁, 외출을 준비하는 나에게 임기가 조심스레 말을 붙여왔다.

"이 병장님, 오늘부터 체육관에 좀 다녀도 되겠습니까?"

애는 꼭 내가 못 하게 해서 뭘 못 하고 있었다는 식으로밖에는 말을 못 하나. 잠깐 짜증이 나기도 했지만, 여간 해선 바깥출입을 꺼려하던 녀석이 기특하다 싶어 나는 두말 않고 그러라고 했다. 그래, 그렇게 땀을 쏟으며 털어버리는 거야. 사랑이란 감정은 몸 속에 쌓인 노폐물 같은 거지. 나는 이 년 전쯤의 나를 떠올리며 속으로 제법 아픈 만큼 성숙해진 시늉을 해보았다. 임기는 내 허락이 떨어졌음에도 아직 미진한 구석이 있었는지 주춤거리며 한마디를 더 보탰다.

"오 병장님이 같이 다니자고 해서……"

"누구? 오기완이?"

"아니오, 오경택 병장님이……"

이게 어디서 남의 소대 애까지 지 맘대로, 내 허락도 없이…… 오경택이 아니었다면, 평소에 소대간의 친화를 강조하던 나에게 하등 불쾌할 게 없는 일이었다. 나도 모르게 찌푸려진 얼굴을 본 임기가 움찔하는 눈치였다. 이러면 안 되지. 고참들의 불화까지 스트레스의 항목으로 하나 더 얹어 가뜩이나 힘겨울 녀석을 괴롭힐 수는 없었다. 오경택과 잘 지내는 게 임기한테는 필요하기도 하지. 나는 재빨리 표정을 바꾸고 지극히 편안한 말투를 꾸며냈다.

"그래, 오 병장이랑 같이 다니면 무슨 운동이든 제대로 배울 거다. 잘해봐."

임기는 아무 대답 없이, 여전히 뭔가 시원하지 않은 기색으로 내 앞에서 물러나지 않고 있었다. 녀석의 그런 답답한 모습만큼은 좀처럼 참아내기가 힘들었다. 더 있다가는 벌컥 화를 내고 말 것만 같아

서둘러 방을 나오고 나서야 내 머릿속을 스친 생각은 이런 것이었다. 쟤가 혹시 나한테서 안 돼, 라는 답을 듣고 싶었던 거 아닌가?

　뮤즈의 결혼식은 읍내의 작은 예식장에서 치러졌다. 시간에 쫓기지 않고 다채롭게 꾸며진 그 결혼식은, 내가 본 어떤 결혼식보다 정갈하고 성스러웠다. 정복을 차려입은 지아이들은 전에 볼 수 없이 의젓하고 진지했다. 영화의 한 장면에 들어와 앉은 것처럼 어색한 나는, 왠지 모르게 부러웠고 부끄러웠다. 결혼식을 마친 신랑 신부가 예식장 마당으로 나설 때, 지아이들은 축복의 메시지와 함께 쌀을 뿌렸다. 나는 비틀즈의 노래 〈Eleanor Rigby〉의 한 구절이 떠올라 가만히 흥얼거렸다. ……picks up the rice in the church where a wedding has been……

　결혼 피로연은 신랑이 읍내에 마련한 방 두 칸의 아담한 기와집 마당에서 열렸다. 한식과 양식이 고루 풍족한 식탁 앞에서 웃고 떠들면서도, 나는 어쩔 수 없이 코디어에 대한 걱정으로 머리 한켠을 채우고 있었다. 결혼식에 참석한 카투사는 나 하나뿐이었다. 나를 뺀 카투사들이 모두 그런 것은 아니었겠지만, 한국 여자가 미군과 결혼하는 것을 못마땅해하는 친구들이 최소한 절반은 넘을 것이었다. 더욱이 신랑이 일본계라는 사실 앞에서, 우리의 열혈 민족주의자들은 혈압이 오른다고들 씩씩거렸다. 상대가 코디어였다면 사정은 조금 달랐을까. 아무도 인정해주지 않는 뮤즈의 연인, 나의 인디언 친구 코디어는, 지금쯤 어디서 남몰래 흐르는 눈물을 닦고 있을까.

화려한 파티

정비소대의 선임하사관인 마쓰모토 중사를 우리는 줄여서 마 중사라고 불렀다. 영어밖에 할 줄 모르는 그는 중대 최고의 젠틀맨이었다. 마 중사가 부임한 직후 캠프 전체에 비상이 걸렸을 때, 나는 술에 취해 침대에 자빠져 잠들어 있었다. Alert! 그 소리가 잠을 깨우는 날들만 사라져준다면, 나는 이른바 김치 지아이가 되어 미국 국적을 자랑하고 싶었을지도 모른다. M16 소총과 방독면을 끌어안고 중대 본부 뒤뜰 화단에 걸터앉아 졸고 있는 나에게 마 중사는 다가와 말했다.

"써전 리, 군용 양말로 갈아신고 오시오."

단순히 취기 때문이었을까. 전형적인 일본인 얼굴에 어울리지 않는 마 중사의 유창한 영어 발음이 귀에 거슬렸는지도 몰랐다. 나는 못 들은 척하고, 바삐 나오느라 고무줄로 대충 여민 바지 밑단과 군화 사이에 드러난 하얀 양말을 내려다보고만 있었다. 마 중사는 한번 더 지시하더니, 여전한 나의 무반응에 약간의 노기가 서린 목소리로 또박또박 말을 던졌다.

“Do not, you, understand, English? Sergeant Lee!”

주위의 병사들이 카투사 지아이 할 것 없이 모두 나를 예의주시하는 분위기였다. 나는 확실히 술기운에 힘입어, 고개만 위로 치켜들고는 마 중사를 노려보며 대답했다.

“No!”

그날부터 일 주일 동안, 나는 저녁을 먹고 다시 모터풀로 가서 야간근무를 해야 했다. 마 중사가 나에게 먹인 페널티였다. 카투사들 사이에서는 나를 마치 항일투사인 양 떠받드는 분위기가 팽배했지만, 그 일 주일이 지나고 났을 때, 마 중사에 대한 나의 반감은 깨끗이 사라졌고, 나는 그의 고매한 인격에 완전히 매료되고 말았다. 마 중사는 나의 야간근무에 하루도 빠짐없이 동행했는데, 내가 진짜 일을 하는지 감시하기 위한 목적이 아니었음은, 누구보다도 내가 잘 알 수밖에 없었다. 마 중사는 공평무사한 군인이었고, 인간에 대한 예의를 아는 휴머니스트였다. 하급자의 과오는 곧 자신의 책임이기도 하다는 철저한 인식하에, 마 중사는 나와 동등하게 일했고, 날마다 푸짐한 밤참을 마련했다. 비록 양말 색깔이 문제가 된 우스운 시비였지만, 아무리 사소한 사안이라 할지라도 상급자에 대한 항명을 징계하는 미군의 준엄함은 서릿발같은 것이어서, 마 중사는 규정대로 나를 벌했을 뿐 개인적인 감정 따위는 전혀 품고 있지 않았다. 동고동락의 마지막 날, 나는 진심으로 사과했고, 마 중사는 영어를 몰라서 받아줄 수 없다는 조크로 나의 사과를 기분 좋게 받아줬다. 코디어처럼 같이 어울리지는 못했지만, 마 중사는 나와 마음이 통하는 극소수의 지아이 중 하나가 되었다.

　소대 회식이 있어 들어간 스낵바에, 마 중사는 뮤즈와 함께 앉아 있었다. 마 중사가 나를 반기며 자신의 약혼녀라고 뮤즈를 소개했을 때, 나는 두 사람의 얼굴을 번갈아 쳐다보며 속으로는 코디어를 생각하느라 축하의 인사도 제대로 전하지 못했다. 뮤즈는 처음에 조금 당황한 듯했으나, 곧 편안하게 웃으며 나와 구면임을 숨기지 않았다. 마 중사는 모든 한국인들이 서로를 알고 있는 것으로 알고 있기라도 한 듯, 별로 의아해하지 않았다. 나는 자연스러운 미소를 지으며 뮤즈에게 한국어로 말을 건넸다.
　"코디어는 알고 있나요?"
　코디어라는 이름을 알아들은 마 중사가 뮤즈에게 영어로 코디어도 아냐고 물었다. 뮤즈는 손님으로 몇 번 같이 잔 적이 있다고, 특유의 원주민 영어를 동원해 스스럼없이 밝히고는, 나에게 말머리를 돌렸다.
　"내 결혼을 개한테 알려야 하나요?"
　나는 말문이 막혀 어색한 표정을 지었다. 마 중사가 결혼식에 꼭 와달라는 말로 침묵을 깨준 것이 고마울 따름이었다. 나는 여부가 있겠냐고, 뒤늦은 축하인사와 함께 화답하고는 서둘러 회식 자리로 돌아갔다. 마 중사는 뮤즈가 돈을 벌기 위해 몸을 팔아온 사정을 진심으로 이해하고 있음이 분명했다. 약혼녀의 당돌한 말을 듣고도 전혀 흐트러지거나 꾸미지 않고 온유했다. 나는 뮤즈가 정말 좋은 남편을 만났다는 생각이 들면서도, 뮤즈를 사랑하는 코디어가 걱정되어 마음이 편할 수 없었다.

뮤즈의 결혼 소식을 접한 코디어는 버본 위스키를 병째 들이켜려
했지만, 술이 잘 넘어가지 않아 괴로워했다. 대신 물 한 컵을 단숨에
마시고 난 뒤, 속을 차린 듯한 코디어는 가라앉은 목소리로 자신의
심회를 주절대기 시작했다.

"써전 리. 아니, 스트롱 핸드…… 넌 내가 얼마나 그녀를 사랑하는
지 알지. 내가 단지 그녀의 몸만 사랑하는 게 아니라는 걸…… 알지?"

나는 알 것도 같아 안다고 답했다. 코디어는 눈물을 글썽이며 말을
이었다.

"뮤즈는 맑은 영혼을 가진 여자야. 눈이 내 어머니를 닮았지. 어머
니는 당신에게 할머니가 물려준 유일한 인디언의 유산은 눈이라고 말
했어. 아버지가 반한 것도 어머니의 눈이었다지. 지금껏 이런 얘기는
안 했지만…… 어머니는 내가 어렸을 때 교통사고로 한쪽 다리를 잃
었어. 그 사고로 아버지는 죽었고. 내가 고등학생이 되었을 때 어머니
는 혼자서 인디언 보호구역으로 들어갔어. 돌아갔다고 해야 하나?"

코디어가 발음한 indian reservation이 나에게 까닭 모를 슬픔을
불러일으켰다. 나는 코디어와 비슷한 표정이 되어, 이어지는 얘기에
귀를 기울였다.

"뮤즈가 다리 하나 없는 강아지를 키우고 있는 건 모르지? 얼마나
끔찍이 돌보는지 몰라. 그 강아지를 같이 보살피면서, 여기 한국에
머물러 살고 싶었는데……"

코디어가 갑자기 얼굴을 찡그리며 목소리를 높였다.

"왜 하필이면 마쓰모토 중사냐구! God damn Japanese! 지옥에나 떨어지라 그래!"

나는 코디어가 어쩌다 반일감정을 품게 되었는지 의아했다. 할아버지가 태평양전쟁에서 전사하기라도 한 것일까. 아니면 부모가 당했다는 사고와 무슨 관련이라도…… 그냥 해본 생각이었는데, 나의 추측은 둘 다 적중했다.

"할아버지는 이차대전 당시 공군 조종사였어. 태평양 어느 작은 섬에 불시착해서 구사일생으로 목숨을 건졌는데, 일본군의 잔인한 린치로 곧 죽었다는군. 내 부모가 탔던 버스의 운전사도 일본인이었어. 그놈은 손가락 하나 다치지 않고 멀쩡했다구."

말은 그렇게 했지만, 저주를 퍼부을 정도로 일본인에 대한 그의 악감정이 드센 것이라고 느껴지지는 않았다. 뮤즈의 일만 아니었다면…… 평소에 마쓰모토 중사를 존경하며 따르던 코디어에 대한 기억이 그런 나의 느낌을 뒷받침했다. 그보다는 코디어의 다음 말이 나를 황당하게 만들기에 충분했다.

"뮤즈는 자존심도 없나? 어떻게 일본 사람이랑 결혼할 생각을 할 수 있지? 일본이 한국을 지배하며 저지른 온갖 악행을 벌써 잊었단 말이야?"

한국 근대사에 대한 코디어의 지식이 상당하다는 것을 이미 알고 있었기에 그리 놀랄 만한 발언은 아니었지만, 명실공히 한국인인 나로서는 하얀 피부의 인디언으로부터 그런 얘기를 듣고 앉아 있다는 게 아무래도 거북하고 우스운 일이었다. 한일 양국의 골치 아픈 관계를 논할 생각은 아니었는지, 코디어는 다시 힘없는 목소리로 돌아와 뮤즈와의 근황을 들려주기 시작했다.

"그녀가 나에게 특별한 여자인 만큼, 그녀도 나를 특별하게 생각해주기를 원했어. 나는 그녀와의 사랑을 위해 돈을 지불한다는 게 내키지 않아서 선물을 사들고 찾아가곤 했는데, 그녀는 그런 나를 이해하지 못했어. 한번은 그냥 하면 안 되겠냐고 사정했더니, 그녀가 인디언은 다 그렇게 꼬질꼬질하냐며 꼬나보더군. 나는 화가 나서 영어나 제대로 하라고 소리질렀지. 그래서 우리는 하지도 못하고 싸우다가 헤어졌어. 근데 후레자식이 무슨 뜻이야?"

나는 차마 아비 없는 자식이라고 가르쳐줄 수가 없어서, 그냥 별뜻 없는 아주 가벼운 욕이라고 말해줬다. 그러고도 한참 동안, 코디어는 이루지 못하게 된 사랑의 안타까움을 실어, 뮤즈와 보낸 날들을 회상했다. 술에 취해 고향 노래로 목청을 돋우기 직전에, 코디어는 이렇게 말하고는 눈물을 훔쳤다.

"나는 그녀의 모든 것을 알고 싶었고, 그녀가 나의 모든 것을 알게 하고 싶었어. 그녀는 자신에 관해 말하고 싶어하지 않았지. 나는 서운했지만…… 이해할 수 있었어. 그게 사랑 아니야? 그녀의 닫힌 과거를 열기 위해서는 나부터 열어야 한다고 생각했지. 나는 그녀에게 인디언의 역사에 대해 말해주고 싶어서 도서관을 뒤졌어. 하지만 그녀는 내 말을 귀담아들으려고 하지 않았어. 내가 인디언 얘기만 꺼내면 장난스럽게 손을 입에 대고 어버버버버…… 하는 거야. 귀여운 것도 한두 번이지. 나는 무안하고 언짢았어. 나중에는 그녀도 짜증을 내더군. 그녀는 내가 인디언이란 게 싫었음에 틀림없어. 나도 내가 인디언이란 게 싫어졌어."

나는 뮤즈의 결혼을 이해할 수 있었다. 코디어는 착하고 똑똑했지만, 아직 철없는 어린애였다. 내가 뮤즈에 대해 잘 안다고 할 수는 없지만, 그녀가 코디어에게 자신의 인생을 맡길 만큼 대책없이 순진한 여자가 아니라는 것만큼은 확실했다. 무엇보다도 중사와 이등병이 받는 봉급의 차이는 현격한 것이었다. 뮤즈에게 유달리 인디언을 배우자로 꺼려할 이유 따위야 있었겠는가. 더군다나 인디언 같지도 않은 인디언을. 다만 뮤즈에게 코디어가 중사 계급장을 달 때까지 어버버버버…… 장난이나 치면서 기다리기를 바라는 것은 누가 봐도 비인간적인 요구였을 뿐이다. 게다가 마 중사만큼 너그럽고 착실하고 믿음직스러운 남자는 한·미·일 삼국을 통틀어 흔치 않을 것이었다. 결혼을 위해 뮤즈가 한 일은 강아지를 친구에게 부탁하며 그 녀석의 잘린 다리 부위를 쓰다듬는 것뿐이었다. 그것만큼은 마 중사가 단호히 요구했다지만, 강아지를 싫어하면 남편 노릇 제대로 못 한다는 얘기는 동서고금을 통해 들어본 적이 없고…… 뮤즈는 인생에서 단 한 번 찾아온 행운을 놓치지 않은 현명한 여자였을 뿐, 그 이상도 이하도 아니었다.

뮤즈의 결혼을 전후로 해서, 코디어는 부쩍 임기와 친해졌다. 예전의 둘의 관계는 코디어가 일방적으로 주는 쪽이었던 데 반해, 그 무렵에는 서로가 동등하게 주고받는 사이로 달라진 듯 보였다. 코디어가 임기로부터 무엇을 받는지는 확실하지 않았지만, 어렴풋이 어떤 위로 같은 게 아닐까 짐작할 수는 있었다. 임기는 누구를 위로할 처지가 못 되었고, 그것이 코디어에게는 심심한 위로가 되지 않았을까…… 둘이서 무거운 자동차 부품을, 이를테면 대형 배터리 같은 것을 맞들고 나르느라 낑낑대는 모습을 보고 있노라면, 마치 사이 좋은 이복형제 같다는 느낌이 들곤 했다. 임기의 표정이 유일하게 편안해 보이는 순간이기도 했다.

임기는 오경택을 따라 열심히 체육관을 드나들었다. 그러더라고 기완이가 나에게 전했다.

"헌데 임기 걔는 운동하는 것도 엉뚱해요. 한 시간이고 두 시간이고 내내 샌드백만 두들긴다니까요. 내가 볼 때마다 그러고 있었으니까, 매일 그런다고 봐야겠죠."

나는 임기가 카투사 교육대에서 홍수환 어머니에게 권투를 배우고 싶은데 어떻게 하면 되냐고 자꾸 물어봤다던 일화가 떠올라 웃음이 나왔다. 얘가 제대하고 나면 복서가 될 생각인가? 기완이는 오경택이 임기를 후계자로 찍어 구타 전문요원으로 키우려고 집중훈련을 시키는 게 아닌지 모르겠다고 말하고는, 곧 자기 말이 농담임을 밝혔다.

"경택이가 체육관에서 임기를 그다지 터치하는 것 같지는 않거든요. 중대 농구팀 멤버로 끼위주지도 않고…… 가끔 쉴 때마다 임기한테 다가가서는 무슨 얘기를 나누곤 하던데…… 야단치는 분위기는 아니구요. 운동 끝나면 임기만 데리고 스낵바로 가는 경우도 종종 있어요. 경택이 그 새끼 무슨 꿍꿍이속이 있기는 있을 텐데……"

기완이는 그런 눈치에 둔감한 편이었다. 오경택의 속셈은 뻔했고, 그래서 나는 임기와 오경택 둘 다 측은해졌다. 자신에게도 냉랭한 애인에게 고참의 소개팅을 주선해달라고 사정해야 할 임기도 그렇고, 미녀가 자기처럼 예쁜 친구를 곁에 두고 있을 거라고 믿는 오경택의 순진함도 그렇고…… 그러나 순진한 쪽은 나였다. 오경택을 측은해 할 이유가 눈곱만큼도 없다는 것을 머지않아 알게 되었기에 그랬다.

제대파티는 그 주인공이 어떻게 군대생활을 했느냐에 따라, 신병 신고식보다 더 혹독한 시련의 장이 될 수도 있고, 말 그대로 파티의 화기애애한 분위기로 흐를 수도 있다. 그 결정은 오로지 남아 있을 자들에게 달려 있는 것이기에, 나는 낙관하는 마음으로 지난 시절의 내 행적을 돌아보면서도 긴장의 끈을 늦출 수 없었다. 나도 모르게 그들이 나로 인해 스트레스를 받았을지도 모르지…… 고맙게도 소 대원들은 신고식 절차를 아예 생략하고 바로 술판을 차려줌으로써, 그 동안 내가 소신 있게 추진해온 내무생활의 개혁, 요컨대 '어설프 게 한국군을 흉내내지 말자' 라는 캐치프레이즈 아래 지켜온 수수방 관의 자세가 적어도 나 자신에 대해서만큼은 결실을 거두게 되었다 는 보람을 안겨주었다. 파티가 시작되자, 장식용으로도 쓸모 없게 촌 스러운 감사패를 전달하는 관례를 깨고, 소대원들은 세련된 디자인 의 선글래스를 선물함으로써 나의 감격을 배가시켰다. 건네오는 잔 들에 술이 채워지기가 무섭게 깨끗이 비워내기를 거듭함으로써 나의 사랑스런 소대원들을 향한 고마움을 표하기에 진력하는 가운데, 나 는 입대 이후 가장 빠른 속도로 취해갔다.

파티가 한창인 내 방으로 오경택이 들어서는 순간, 나의 흥겨움은 반쯤 달아나버렸다. 실내의 공기가 갑자기 탁하고 무겁게 느껴진 것은, 나보다 훨씬 경직될 수밖에 없는 나머지 사람들이 일제히 취한 부동자세 때문이었으리라. 하지만 오경택은 일찍이 볼 수 없었던 부드러운 태도로 파티의 분위기를 어지간한 만큼은 되돌려놓았고, 나 또한 마지막 대면이려니 생각하게 되자 전에 없이 너그러운 마음으로 오경택과 술잔을 부딪칠 수 있었다. 그렇게 내 생애 단 한 번일 감격스러운 파티는 밤이 깊어감과 더불어 무르익어갔고, 나는 그리 많이 묻어 있지 않을 군바리의 때를 하나도 남김없이 씻어내려고 작정이라도 한 것처럼, 열과 성을 다해 마시고 또 마시며 희희낙락했다.

내가 지나치게 마음을 풀어놓았던 것일까. 어느 틈에 내 곁으로 옮겨앉은 오경택이, 사회에서 만나면 깍듯이 형님으로 모시겠다며 자기 식으로 화해를 청했다. 다른 때 같았으면 그런 싸구려 대사를 듣고 말로든 표정으로든 경멸을 표하지 않고는 못 배기는 고약한 버릇을 가진 나였지만, 그날은 어쩐지 그런 오경택의 말본새가 밉지 않았다. 사회에서 다시 만날 일은 없을 거라는 확신이 가져다준 관대함이었을까. 나는 한술 더 떠 오경택의 남자다운 매력과 출중한 능력을 칭찬하고 앞으로도 중대 선임이라는 막중한 책무를 소홀히 하지 말아달라는 삼류 대사를 기꺼이 읊어댔다. 오경택은 내 말을 듣고 진심으로 기뻐하는 기색이었다.

"실은 그 동안 제가 이 병장님 눈에 들지 못해 얼마나 속이 상했는지 아십니까? 이렇게 뒤늦게라도 이 병장님의 인정을 받고 보니……"

말을 잇지 못하는 오경택의 손을 쥐어주며, 나는 이렇게 순박한 녀석을 내가 왜 그토록 괄시했을까 반성하지 않을 수 없었다. 그러느라 또한 마음 편할 날 없었던 어리석음에 대한 후회와 함께. 자정이 가까운 시각이었다. 하지만 누구도 자리를 뜨려 하지 않았다. 나는 다음날이 휴일이라는 것도 잊고, 그 또한 나의 성공적인 군대생활에 대한 방증이 아니겠냐는 생각으로 흐뭇했다. 일 욕심 많은 중대장을 실어나르느라 방금 전에야 합류한 기완이만 빼면, 그 자리에서 맨정신의 소유자는 찾아볼 수 없었다. 기완이는 신파조로 흘러버린 나와 오경택의 대화를 떫은 느낌으로 주워담고 있었을 것이다. 내가 몽롱한 정신으로 이따금 술자리를 둘러볼 때마다, 좌중의 취기를 단숨에 따라잡고야 말겠다는 듯 맹렬한 기세로 소주를 입 안에 들이붓고 있는 기완이의 모습이 잡혔다. 오경택이 나에게 무슨 얘긴가 하던 끝에 임기 얘기를 꺼냈다.

"강임기 개도 참 안됐지만, 그런 녀석 받아주는 군대, 이거 문제 있는 거 아닙니까?"

오경택과 나의 생각이 일치한 것은 그때가 처음이었다. 알고 보니 이 녀석도 아주 꼴통은 아니구만. 그런 생각을 하며 머리를 끄덕이는 나에게 오경택은 불만스럽다는 투로 말했다.

"그 자식이 정신병자라는 얘기를 미리 해줬으면 나도 몸조심했을 거 아닙니까? 이 병장님은 항상 전임 인사계와 둘이서만 쑥덕이는 게 문제였습니다. 난 찬밥 신세였다구요. 임기 그 새끼가 미친놈인 줄도 모르고 공들인 거 생각하면……"

오경택은 지금도 재수 없다는 말을 소주와 함께 삼키는 표정으로 잔을 비웠다. 그러고 보니 어느 순간부터인가, 오경택은 나에게 무례했음을 뉘우친다고 지난 일들을 들먹이면서, 술이 들어갈수록 은근히 나에 대한 서운함을 내비치고 있었던 것도 같았다. 오경택이 혼잣말처럼 뇌까린 다음 대사는 그 이상이었다.

"배 중사도 한심한 인간이지. 그런 문젯덩어리 신병을 이 병장님 같은 날라리 고참에게 맡기다니. 한국군에 가서 고생 좀 해야 정신이 들 거라구. 지 무덤 지가 판 거지 뭐겠어."

이 자식 보게? 내가 그냥 넘어갈 수 없어서 무슨 말이든 하려고 혀를 놀리려는데, 그때까지 잠자코 나와 오경택의 대화를 듣고 있기만 하던 기완이가 술기운이 잔뜩 밴 목소리로 끼어들었다.

"오경택이 너 임마! 그게 무슨 말버릇이야! 이 병장님 제대한다고 간땡이가 부었냐? 그리고 너, 임기 데리고 다니면서 무슨 수작 벌인 거야? 뭐라고 꼬드겼냐고? 걔가 죽으려고 한 거랑 무슨 관련이 있지? 말해봐! 뭐? 임기가 미친놈이라고? 너는 미친개라는 거 모르냐? 나쁜 새끼!"

흥청거리던 술자리가 한순간에 조용해졌다. 기완이와 오경택은 언제고 한번 대판 붙을 사이였지만, 나는 취중에도 재빨리 그날이 내 제대파티 날이어서는 안 된다고 판단했던 것 같다. 진작에 붙었어야지. 아니면 내가 나간 다음이거나. 기완이가 대신 한바탕 퍼부어준 덕에, 오경택의 방자함에 대한 나의 노여움도 많이 가셔 있었고, 사태가 어떻게 전개될지 숨죽여 지켜보는 사랑스런 후배들에게, 사태를 수습해내는 멋진 모습을 마지막으로 남기고 싶었던 나는, 최대한 인자한 미소를 띠려 애쓰과 동시에 오경택의 등짝을 토닥이며 입을 열었다.

"기완아, 그만 해라."

최고참의 관록을 물씬 풍기고 싶은 마음과는 달리, 내 혀는 다음 말을 만들어내지 못하고 있었다. 둘을 동시에 제압하는 촌철살인의 한마디는 무엇일까. 내가 할말을 다 한 게 아니냐는 의구의 눈초리들이 하나둘씩 불을 켜는 게 느껴졌다. 다행히 기완이는 잠잠했고, 오경택이 기완이를 들이받을 기색도 없어 보였다. 마음이 한결 가벼워진 나는 가벼운 마무리 멘트를 생각해냈다.

“사실 경택이 애도 임기 사건의 피해자 아니겠냐. 연애 한번 해보겠다고 정성을 쏟다가, 닭 쫓던 개 쳐다볼 지붕마저 의가사제대를 해버렸으니.”

오경택이 다시금 개에 비유된 것이 마음에 걸리기는 했지만, 그런대로 재치 있는 마무리였다. 굳어 있던 분위기가 풀어지는 느낌이 완연했다. 나를 생각해서 참고 있는지, 오경택의 무반응이 의외라서 제풀에 꺾였는지는 알 수 없었지만, 기완이도 묵묵히 술잔을 입으로 가져가는 중이었다. 분위기를 한층 끌어올리기 위해 내가 에브리바디 원샷을 제안하려는데, 오경택이 한 발 앞서 건배를 외쳤다. 위하여! 언제나 목적어를 숨기는 그 수상한 전치사의 공허한 울림 속에서 약간 씁쓸한 기분에 젖어들고 있던 나에게, 빈 잔을 내려놓은 오경택이 말을 걸어왔다. 녀석은 기완이의 질책쯤은 한 귀로 듣고 한 귀로 흘려버린 듯 태연자약했다.

“이 병장님 말마따나 좆된 건 접니다. 임기 그 새끼가 다 말합디까? 내가 다른 사람한테 말하면 죽인다고 그렇게 단속을 했는데도, 겁대가리 없이…… 정말 정신나간 놈이구만.”

내가 오경택이라는 인간을 좋아할 수 없는 이유 중의 하나는, 그런 안하무인격의 거친 말투였다. 내 속이 다시금 뒤틀리기 시작했다. 남의 속을 배려할 리 없는 오경택의 취중진담은 계속되었다.

"아닌 말로 한강에 배 지나간다고 자국이 남는 것도 아니고, 내가 잘 교육시켜서 명기로 다듬어서는 지 제대하거든 곱게 돌려주겠다는데, 뻗대기는……"

애가 지금 무슨 소리를 주절대고 있나? 그 정도면 감이 잡히기에 충분한 얘기였지만, 전혀 짐작하지 못했던 내막이었기에, 나는 일단 영문을 몰라 어리둥절하다는 표정을 짓지 않을 수 없었다. 기완이와 나의 시선이 얽혔다. 곧 기완이는 뭔가 참을 수 없다는 듯 이글거리는 눈빛으로 오경택을 쏘아봤다. 오경택은 아랑곳하지 않았다. 내가 오경택에게 지금 무슨 소리를 주절대고 있냐고 물을 필요는 없었다.

"이 병장님도 다 안다니까 내가 얘기하는 거지만, 그리고 뜻밖에 우리 이 병장님이 내 마음을 알아주다니, 역시 싸나이로서 통하는 데가 있다는 말씀. 혹시 나하고 똑같은 흑심을 품고 있던 거 아닌가? 어쨌거나 꿈 깨야지. 헌데 아직도 꿈에 그 깔치가 나타나서 미치고 환장하겠다니까. 진짜 잘 빠졌어. 안 그렇습니까, 이 병장님? 임기 그 미친놈이 갖고 있던 사진, 다들 봤지? 애들은 봐도 모를 거다. 그 숨겨진 굴곡, 터질 것 같은…… 아, 우리 같은 프로는 한눈에 알 수 있지. 그런 애는 살짝 건드리기만 해도 봇물이 터진다니까. 질질 싸게 되어 있다구. 안 그렇습니까, 이 병장님? 혹시 벌써 선수친 거 아니야? 입 딱 씻고 있는 거 아니냐구? 임기 그 쪼다 같은 새끼…… 그날 저녁에 전화번호랑 다 말해주기로 해놓고는, 그새를 못 참고 뒤지겠다고 난리를 쳐? 누가 지 애인을 강간이라도 하겠대? 그냥 고참이 다 깊은 뜻이 있으려니 생각하면 되는 거지. 안 그렇습니까? 이 병장님……"

나는 안 그렇다는 대답을 말로 하고 싶지 않았다. 오경택이 실실

쪼개며 섞어 쓰는 반말에 기분이 상해서였을까. 그냥 술을 마신 탓이라고 해두자. 건너편의 기완이가 몸을 날려 오경택의 안면을 노렸지만, 그 펀치는 빗나가고 말았다. 그전에 간발의 차로 내 주먹이 먼저 오경택의 턱에 꽂혔기 때문이다. 그 싸움의 결과에 대해서는 말하고 싶지 않다. 다만, 그렇게 해서 나는 군대생활의 마지막을 구타로 장식하게 되었다는 것. 그것이, 숨죽여 지켜보던 사랑스런 후배들의 기대에 부응하는 유일한 수습책이었다는 것. 싸움을 말리는 손길은 대체로 둔하거나 약했다. 아, 다시 못 올 흘러간 내 청춘. 피가 튀고 살이 떠는 화려한 파티였다.

재회

코디어를 다시 본 것은 제대하고 나서 이 년쯤 지난 후였다. 나에게 미국에 갈 기회가 주어졌던 것은 아니었고, 우리는 서울 어느 대학가의 라이브카페에서 만났다. 약속이 되어 있었던 것은 아니었다. 담배연기 자욱한 카페의 어두운 공기를 뚫고 코디어와 나의 시선이 마주쳤을 때, 상대를 먼저 알아본 쪽은 코디어였다. What's up? Buddy!

나는 제대와 더불어 군대에 관한 모든 것이, 흩어지는 담배연기처럼, 깡그리 잊혀지기를 원했다. 그렇게는 되지 않았지만, 그 만남이 없었다면, 그 만남 없이 세월이 조금만 더 흘렀다면, 코디어에 대해서는 물론이고 군대생활에 대한 나의 기억은 태반이 날아갔을 것이다. 특별할 게 없는 날들이었으므로. 제대하고 나서 나는 정말 그런 기분이었다. 이 년 반 동안 어디서 무엇을 하며 살았던가.

한국군을 갔다 온 친구들 틈에서 카투사 출신이 늘어놓을 수 있는 군대 얘기는 없었다. 있어도 자꾸 끊길 수밖에 없었다. 결국은 군대에서 얼마나 고생했는지가 관건인데, 내가 고생한 얘기를 하다보면 다들 떫은 표정을 짓기가 다반사였다. 너 지금 해외여행 가서 호텔생활 하다 온 거 자랑하는 중이냐? 내가 억울하다는 표정으로, 카투사도 나름대로 힘들어 임마, 하며 반미의 선봉으로서 겪어야 했던 정신적 고통을 하소연해봐도 통하지 않았다. 니들 카츄샤가 반미의 선봉이면, 전두환 노태우는 구국의 영웅이겠네?

그것은 '나름대로'를 내세우는 자들이 언제나 미리 먹고 들어가게 되는 열패감, 그 비굴한 자세가 낳을 수밖에 없는 뻔한 결과였다. 나는 '미 육군에 배속된 한국군', 원어로 'Korean Augmentation Troops to United States Army'와 관련해서 우리 사회에 만연한 오해와 편견을 바로잡겠다는 신념으로, 이렇게 말하고는 입을 다물어버리곤 했다. 카츄샤가 아니고 카투사라니까. 케이, 에이, 티, 유, 에스, 에이.

He was my favorite katusa. 코디어는 나를 그렇게 소개했다. 바로 앞에 있는 사람을 놓고 '그'라니. 새삼 영어가 참 무정한 언어라고 생각되면서 나는 코디어에 대한 거리감이 느껴졌다. 입 안이 헐었던 건 다 나았나보군. 코디어 곁에 앉은 여자는 금방 정확한 발음을 들어놓고도 나를 보고 이렇게 말했다. 아, 카츄샤였군요. 한국 여자였다. 나는 내 곁의 여자에게 코디어를 이렇게 소개했다. 이 친구는 코디어라고 합니다. 인디언이죠. 소개받아서 두 번 만난 여자와 세번째 만난 날이었다. 물론 한국 여자였다. 물론? 아무튼 그녀는 고개만 끄덕이며 말이 없는데, 코디어 곁의 여자가 내 말을 듣고 미심쩍었는지 코디어에게 물었다. 당신이 어떻게 인디언이지? 물론 영어였다. 코디어는 자신이 인디언이라는 게 정말로 싫어진 모양이었다. 난 인도에는 가본 적도 없어. 여자는 괜찮은 조크였다며 웃고 넘어갔다. 제대로 알아들은 뿌듯함을 만끽하는 웃음이었다. 내 곁의 여자는 내 통역을 들으며 나를 달리 보는 눈치였다. 기분이 꼭 좋지만은 않았다.

코디어의 짧지 않은 머리와 고급스러운 정장 차림이 낯설기도 했겠지만, 나는 그가 달라졌다기보다는 달라져 보이고자 한다고 느꼈다. 먼저 나를 알아보고 손을 흔들 때의 코디어는 분명 예전 그대로의 모습이었다. 맑고 환한 미소, 친근감 넘치는 목소리…… 나는 너무도 반가운 나머지 같이 들어온 여자를 챙기는 것도 잊고 뛰다시피 그에게 다가갔다. 그 짧은 사이에, 나는 코디어가 자신의 모습을 바꾸는 것을 보았다. 뭐라고 해야 할까, 안면을 싹 바꾼 것까지는 아니었지만, 잠시 내비쳤던 옛 모습이 쏙 들어가버린 것만큼은 확실했다. 코디어는 상당히 시건방져 보이는 표정으로 나와 악수를 나누고 나서, 나를 뒤따라온 여자에게 매우 느끼한 윙크를 던지더니, 제 곁의 여자 어깨에 손을 얹으면서 무척이나 심드렁한 목소리로 나를 소개한 것이었다. 지 맘에 드는 카투사였다고.

그 자리에서 나는 별로 말을 하지 않았다. 말을 하고 싶지 않았다고 말하고 싶지만, 실은 말을 하기가 쉽지 않았다. 코디어는 쉴새없이 떠들었는데, 군대에서 나를 대했을 때와는 달리 말하는 속도가 무지하게 빨랐다. 게다가 영어를 멀리한 지 겨우 이 년 만에 나의 듣기 능력이 현저히 떨어져버렸음을 뼈아프게 인정해야만 했다. 코디어의 얘기를 다 알아듣는 것처럼 보이는 데에는 큰 무리가 없었지만, 영어로든 한국어로든 무슨 말을 늘어놓을 만큼 내 정신이 여유로울 수는 없었다. 코디어 곁의 여자는 나보다 더 나을 게 없어 보임에도 불구하고, 연신 깔깔대며 즐거워했다. 상대적으로 내 곁의 여자만 점점 소외되고 있었다.

제대해서 귀국했다는 애가 왜 여기 있을까. 내 속에서는 군대에 관한 기억들이 살아나면서 코디어에게 묻고 싶은 것들도 하나둘씩 떠오르고 있었지만, 그의 이상한 모습을 계속 보고 있노라니 그 질문들은 도로 하나둘씩 사그라들었다. 두 여자가 화장실에 간 틈에 코디어가 얼른 나에게 물었다.

"How's she? So pretty, isn't she?"

재 어때? 예쁘지, 예쁘잖아? 내가 보기에는 이 년 전의 뮤즈가 열 살쯤 더 먹으면 갖게 될 얼굴이었다. 다리는 미처 관찰을 못 했고, 화장 탓인지 눈매는 뮤즈보다 훨씬 표독스러워 보였다. 나는 솔직하게 대답할 만큼 코디어가 친하게 느껴지지 않았다.

"응, 그래. 아주 명랑한 여자군."

그랬더니 코디어가 의외라는 제스처를 보이면서 그녀가 명랑하기도 하냐고 되물었다. 그때서야 나는 그가 내 곁의 여자를 두고 물어봤다는 것을 알아챘다. 개 어떠니? 예쁘군, 예뻐. 뒷문장은 자기 확인의 부가의문문이었고, 그 앞의 물음은? 코디어가 곧 그 'how'의 정확한 의미를 확인해줬다.

"아하! 침대에서는 말이 많은가보군. 소리도 죽여주니?"

나는 그날이 겨우 세번째 만남이라고 말해주려다 말았다. 당시의 코디어가 뿜어내던 위악의 기세라면, 나를 바보 취급 하려 들 게 뻔해서였다. 두 번씩이나 만났으면서 아직도 같이 안 자고 뭐 했니?

"She's like a virgin!"

물론 코디어의 말이었고, 이번의 'she'는 표독스러운 눈매의 명랑한 그녀가 분명했다.

"나이 든 여자치고는 아주 싱싱해. 그리고 무엇보다도, 돈이 무지 많나봐. 나 봉 잡은 거 같아."

그러면서 코디어는 자신의 달라진 여성관과, 그에 따른 인생관의 변화를 자랑스럽게 천명했다. 화장실에서 돌아온 내 곁의 여자는 그만 집에 가기를 원했고, 나는 그녀를 혼자 보낼 만큼 코디어와 더 같이 있고 싶지는 않았다. 내 명함을 받아든 그는, 자신은 거처가 일정하지 않다고, 그런고로 연락할 일이 있으면 자기가 하겠다고 말했다. 역시 뻣뻣했다. 카페를 나서려는데, 무대 위의 무명가수가 막 전인권을 닮은 목소리로 들국화의 노래를 부르기 시작했다. 세상을 너무나 모른다고…… 나보고 그대는 얘기하지…… 나는 반사적으로 코디어의 자리를 향해 고개를 돌렸다. 그 언젠가, 들국화를 들으면 영혼이 송두리째 뒤흔들린다며 몽롱해지던 파란 눈의 인디언, 그 창백한 얼굴이 거기 있었다.

제대와 복학과 졸업, 그리고 취직까지…… 그 이 년 동안 나는 정신없이 바쁘게 살았다. 과거를 찬찬히 돌아본다거나, 차근차근 미래를 구상한다거나 할 여유가 없었다. 나처럼 군대에서 학교로 돌아온 이들은 대개 졸업과 취직 사이의 공백을 최소한으로 줄이기 위해 기를 쓰며 살아야 했다. 무엇이 되고 싶었는지 생각나지 않았고, 뒤늦게라도 무엇을 하며 사는 게 최선일까 따져보고 싶지 않았다. 그저 끊이지 않고 어딘가에 소속될 수만 있으면 그것으로 그만이라는 최면 비슷한 것에 걸려 있었던 게 아닐까. 다행인지 불행인지 나는 졸업과 동시에 일자리를 구해 더욱 바빠졌다. 문화잡지의 붐이 일기 시작한 시기였다. 세상에 문화 아닌 것은 없다고 배웠으므로, 나는 넝마주이처럼 돌아다니며 쓸 만한 문화들을 주워담았다. 그것으로 일용할 양식과 바꿀 요상한 물건을 만드느라 한 달에 열흘은 밤을 새우며 살아가고 있었다.

그런 형편이었으므로, 코디어가 아니라 코디어 할아버지가 살아 돌아왔다고 해도 내 정신을 빼돌릴 수는 없었을 것이다. 코디어와 헤어지자마자 나는 다시 그를 잊었다. 그런데 아주 그럴 수가 없었던 것은 코디어의 탓이 아니었다. 그를 만난 이후로, 이상하게도 나는 군대에서 만난 사람들과 자꾸만 부딪쳐야 했다. 그전까지는 코빼기도 안 비치던 인간들이 작당이라도 한 듯 연락하고, 찾아오고, 때로는 코디어처럼 내 앞에 나타나는데…… 길 가다가 정말로 부딪쳐 호상간에 가벼운 타박상을 입은 경우도 두 번인가 있었다. 어쨌든 좀 친한 사이였으면 차 한잔, 마침 끼니때면 밥 한끼는 나누게 되는 게 인지상정. 군대 얘기를 하다보면 십중팔구 임기와 코디어의 자살 소동이 메뉴의 절정을 차지하곤 했다.

황당했던 것은, 임기와 코디어가 자살에 성공한 것으로 알고 있는 사람도 있다는 사실이었다. 그런가 하면, 그 사건을 알 리 없는 내 고참이 그 얘기를 꺼낸 적도 있었다. 개네 둘이 호모였다며? 소문이 그런 식으로 돌다보면, 임기 대신 내가 사건의 주인공으로 알려지지 말라는 보장이 없었다. 개 양놈이랑 좋아 지내다가 같이 돼졌다며? 그게 사실이라면, 나는 죽은 자이기 때문에라도 별로 할말이 없었을 것이다. 사실이 아니더라도, 양놈이든 엽전이든 남자든 여자든 누구와 좋게 지냈다는 소문이야 나쁠 게 없었다. 나는 소문에서조차 어떻게든 살고 싶어서 사건의 진상을 소상히 밝힐 필요를 느꼈지만, 밝히다 보니 의외로 내가 그 사건의 진상에 대해서 정확히 아는 게 많지 않다는 진상만 백일하에 드러났다. 코디어를 만났을 때 물어보지 못한 것이 후회막급이었다. 그러느라 그를 잊고 지낼 수가 없었다.

그 여러 만남 중에 그래도 기완이와는 차도 마시고 밥도 먹고 술잔도 기울였다. 세 가지가 다 되는 곳에서 줄창 눌러앉아 있었으므로 그리 번거롭지는 않았다. 차만 마시고 가겠다는 기완이를 나는 순순히 보낼 수 없었다. 우리가 어떤 사이인가. 워낙 통하는 데가 있는 사이이기도 했지만, 내 제대파티에서 우리는 피를 나눈 진정한 전우로 거듭나지 않았던가. 그 자리에 기완이가 없었다면, 나는 장렬히 전사했을지도 모른다. 아니다. 기완이만 없었다면, 나는 무모한 선제공격을 감행하는 판단착오를 일으키지 않았을 것이다. 결과적으로는 기완이나 나나 다시 입에 올리고 싶지 않은 전투였으므로, 우리는 약속이나 한 듯 그 싸움에 대해서는 일언반구 뻥긋하지 않았다. 더욱 그럴 수밖에 없었던 것이, 기완이 옆에는 굉장한 미녀가 우리의 모든 얘기에 다소곳이 귀를 기울이며 앉아 있었던 것이다. 내가 박봉에도 불구하고 밥값 술값 다 내가며 기완이를 한사코 붙잡았던 진짜 이유는 그것이었다.

그러잖아도 기완이 소식이 궁금하던 차였다. 어중이떠중이들은 죄다 나돌아다니는데, 정작 보고 싶은 사람은 소문으로도 만날 수가 없으니, 원…… 하며 혀를 찰까 말까 망설이고 있는데, 전화가 걸려 왔다.

"이 병장님, 저 오기완입니다."

생각하고 있던 사람이었기에 태연히 응했던가. 아니면 같은 이유로 놀라며 반겼던가. 나의 첫 응대는 기억나지 않는다.

"이 병장님 소식은 모르는 애들이 없던데요. 나중에 재향군인회장 선거에 출마하시렵니까?"

기완이의 실없는 농담을 듣고 내가 쓴웃음을 지으며 했던 대꾸는 확실히 기억난다.

"야, 이 병장님은 무슨 얼어죽을…… 그냥 편하게 불러."

다행히 내가 한 살 더 많았기에 망정이지, 같거나 반대였다면 그뒤의 대화는 심히 불편해질 뻔했다. 그 정도로 심하지는 않았겠지만, 기완이로서는 나를 갑자기 편하게 부르기가 편치 않았을 것이다.

"혀, 형…… 저 결혼합니다, 이 병장님."

졸업보다도, 취직보다도, 결혼이라는 절차를 먼저 밟겠다는 발상이 상큼해서, 그 용기가 가상해서, 나는 열렬한 축하인사를 거듭해서 건넸다. 기완이는 거듭 고마움을 표한 끝에, 결혼식 전에 약혼녀와 함께 나를 꼭 만나고 싶다는 용건을 전해왔다.

"형도 모르는 여자가 아니에요. 만나보면 알게 될 겁니다."

그래서 만나보고 내가 모르는 여자가 아니라는 것을 알게 된 순간, 나는 기완이를 한 사백 번쯤 구타하고 싶은 분노가 역류하는 것을 느껐다. 나는 내가 차버렸거나 나를 차버린 여자들 중 하나가 아닐까 예상하고 있었다. 그리고 그런 예상이 빗나가리라는 예상도 어느 정도 하고 있었다. 그렇게 만반의 준비를 갖추고 있었기에 내 예상은 어느 쪽으로든 적중할 수밖에 없었고, 적중한 쪽은 후자였다. 어디서 본 듯하기는 한데…… 모르는 여자가 아니라는 기완이의 귀띔이 없었다면, 아마 그녀를 닮은 여배우를 생각해내는 것으로 만족하고 넘어갔을 것이다. 음식점 문을 열고 들어선 기완이와 그녀가 구석자리의 나를 발견하고 다가오는 동안, 나는 그녀를 어디서 봤는지 알아내기 위해 힘썼고, 그들이 내 앞에서 멈췄을 때 섬광처럼 떠오른 사진 한 장이 있었다. 강임기! 임기가 품고 있던 그 사진 속의 미녀.

그들이 자리를 잡고 앉았을 때 내 분노는 이미 가라앉아 있었다. 인간사가 다 그러게 마련이라는 이치를 어렴풋이 알 만한 나이였던 것이다. 오경택에게 폭발했던 것은 워낙 미움이 쌓였기 때문이었고, 남의 여자를 가로채려는 뻔뻔한 의도와 야비한 수단이 역겨웠기 때문이었지. 공정한 게임이 아니었으니까. 아니야, 실은 나도 품어보지 않았다고 할 수 없는 그 음흉한 속셈을 정직하게 까발린 데 대한 응징이 아니었을까. 어차피 공정한 게임이란 없지. 그래도 기완이는 오경택과 달랐을 거야. 고민했겠지. 그리고 결혼한다잖아. 부럽군. 나는 부러운 눈길로 기완이를 바라봤다. 그리고 곧 남의 아내가 될 여자의 마음에 들기 위해, 이지적이면서도 야성이 느껴지는 표정을 지으려고 최선을 다했다. 기완이는 나의 반응이 의외인 모양이었다.

"어, 별로 안 놀라시네. 화도 안 내고…… 다 알고 있었어요? 아니면, 아예 기억을 못 하시나?"

나는 역시 여자를 의식하며 대꾸할 말을 골랐다.

"산다는 게……"

그때 웨이트리스가 와서 주문을 청하는 바람에 끊긴 나의 우아한 인생론이 다시 이어질 기회는 찾아오지 않았다. 웨이트리스가 자리를 뜨자마자 기완이의 약혼녀가 나에게 말을 걸어왔던 것이다.

"안녕하세요. 강연기라고 합니다. 말씀 많이 들었어요. 오빠 때문에 고생 많으셨다구요."

"고생은요 무슨…… 오히려 기완이가 저 때문에 많이 힘들었죠."

그렇게 말하면서도 나는, 그녀의 이름을 듣는 순간 찾아든 이상한 느낌이 가시지 않은 가운데, 뭔가 헛다리짚는 대꾸를 하고 있다는 기분이었다.

임기는 결국 죽었다고 했다. 기완이의 말이었다. 임기의 여동생이 옆에서 고개를 떨구는 것으로 보아 사실임이 분명했다. 그 말을 들으면서 나는 딴생각을 하고 있었다. 기완이처럼 제대하기 전에 임기네 집을 찾아갈 생각을 왜 못 했을까. 이승에서 다시는 임기를 볼 수 없다는 안타까움일 리는 없었다. 임기네 집 대문이 열리며, 자신도 눈여겨봐둘 수밖에 없었던 사진의 주인공이 얼굴을 내밀었을 때, 기완이는 깜짝 놀랐다고 했다. 집에 드나드는 사이라고 생각하니 이상하게 마음이 착잡해지더라는 거였다. 오빠는 죽었어요. 그 말을 듣고 기완이는 침통한 가운데에도 한가닥 희망을 엿보며 물었다고 했다. 임기 친동생이신가요? 고개를 끄덕이는 그녀의 모습에 기완이는 침통한 표정을 유지하기가 힘들었다고 했다. 그 말을 듣고 웃는 그녀는 눈부셨다. 나는 침통한 표정을 유지하는 게 전혀 힘들지 않았다. 기완이 자리에 내가 앉아 있을 수도 있었다고 생각하면 침통하지 않을 도리가 없었으니까.

　두 사람과 헤어지고 나서야, 나는 임기의 허망한 죽음에 가슴이 아려왔다. 셋 다 그 죽음에 대해 길게 얘기하고 싶지는 않았기에, 내가 임기의 죽음에 대해 알게 된 것은 몇 가지 건조한 사실의 조각들뿐이었다. 임기의 건강은 상당히 회복되어 있었고, 우울증도 많이 잦아든 상태였는데, 어느 날 외출한 임기는 돌아오지 않았고, 시신은 집에서 먼 도시의 병원에 있었고, 뺑소니 운전자가 붙잡혔고, 임기는 얌전히 걷고 있었다고 목격자가 증언했고…… 내가 더 알고 싶어했어도, 기완이가 더 알고 있었을 것 같지는 않았다. 기완이에게 정보를 제공했을 약혼녀 강연기씨가 죽은 오빠에 대해 알고 있는 수준도 별반 나을 게 없어 보였다. 오죽했으면 나에게 물어봤을까. 오빠가 그 도시에는 왜 갔을까요? 혹시 짚이는 게 없으세요? 뭔가 짚어보는 것처럼 눈을 가늘게 뜨고 내가 떠올린 것은 기껏, 교도소로 유명한 그 도시의 칙칙한 이미지뿐이었다. 두 사람과 헤어지고 나서, 임기의 허망한 죽음에 아린 가슴을 달래기도 할 겸 거북한 속을 비워내느라 식도를 괴롭혔더니, 녀석의 실패한 자살 기도가 자꾸 생각날 뿐이었다.

　그때 임기는 왜 죽으려고 했을까. 알고 있다고 생각했는데, 제대파티에서 모든 걸 이해했다고 생각했는데, 이제 보니 그게 아니지 않나. 그렇다면? 동생을 애인이라고 속인 것이 탄로나서 고참들한테 맞아 죽게 생겼으니, 그러기 전에 미리 죽어준다? 우울증에 걸리면 다 그렇게 되나? 하기는 이제 다시 생각하니, 임기가 정상이었다면 내가 전에 이해한 줄 알았던 자살 기도의 동기도 말이 안 되기는 마찬가지네. 아직 애인을 빼앗긴 것도 아니었는데. 설사 빼앗겼다고 해도 그렇지, 그깟 일로 목숨을 끊을 수 있나? 헷갈리는군. 그건 사실이 아님을 알았으니 잊어버리고…… 어쨌든 임기는 정말 미친놈이었는지도 모른다. 미친놈…… 죽으려고 난리칠 때는 못 죽더니, 뭐? 얌전히 걷다가 뺑소니를 당했다고? 기어코 소원성취 하고 말았구나…… 그나저나 니 예쁜 동생은 시집을 간단다. 왜 나한테 털어놓지 못했누? 그러고 나서 죽든지 말든지 할 것이지. 썩을 놈……

기완이가 임기의 애인인 줄 알았던 미모의 여동생과 정말로 결혼하는 모습은 볼 수 없었다. 결혼식에 가지 못했기 때문이다. 그날 나는 코디어와 함께 있어야 했다. 함께 있고 싶어서 함께 있었던 것은 아니라는 얘기다. 차마 혼자 둘 수가 없어서…… 정이 들긴 들었던 모양이다. 그날 따라 코디어는 한 마리 집 잃은 강아지처럼 불쌍해 보였다. 이 년 만에 마주친 나를 머쓱하게 했던 코디어의 거드름, 그 변화된 모습은 온데간데없었다. 코디어는 이전보다 더 코디어다웠는데, 이번에는 그 자기다움이 너무 심해서 전혀 코디어 같아 보이지 않았다. 코디어는 상냥하고 친절하기는 했었지만, 확실히 비굴하거나 나약하지는 않았었다. 뮤즈로 인해 상처받았을 때에도 최소한의 품위는 잃지 않았었다. 그랬던 코디어가…… 그날 내 앞에서 그는, 총기를 잃어 푸르죽죽한 눈동자를 상하좌우로 굴리며 손발을 방정맞게 떨어대는 딱한 모습이었다.

일요일이었다. 나는 늦잠을 자고 있었다. 잠은 깼지만 계속 자고 있는 그런 상태에서, 결혼식에 갈 것인가 말 것인가 생각중이었다. 간다면 봉투에 얼마를? 꽃단장한 신부를 보는 대가로 얼마를…… 나는 마치 화대를 계산하는 오입쟁이처럼 머리를 굴리며 침대에서 뒹굴고 있었다. 그때 코디어로부터 전화가 걸려왔다. 코디어 생각을 가끔 하기는 했지만 전화를 걸어오리라고는 전혀 생각하지 못했는지라, 나는 당황했다. 영어가 잘 들리지 않았고, 따라서 잘 나오지도 않았다. 간신히 알아들은 소리는, 자기 있는 데로 좀 와달라는 내용이었다. 거절하려면 긴 영어가 필요했으므로, 나는 결혼식에 안 가는 걸로 간단히 마음의 결정을 내렸다. 그러고 나니까 허망한 지출을 막아준 코디어가 고마워지기도 했다. 아 유 오케이? 다 죽어가는 코디어의 목소리가 걱정을 불러일으키기도 했다. 나는 바람처럼 코디어에게로 달려갔다.

레너드의 마법

코디어가 묵고 있는 여인숙 방에서는 고약한 냄새가 진동했다. 저절로 얼굴이 찡그려졌다.

"내가 머물기 전부터 이 방에 배어 있던 냄새야."

코디어가 억울하다는 투로 말했다. 하지만 의심을 사도 쌀 만큼 코디어는 더러웠다. 나는 여기서 이럴 게 아니라 어디 가서 밥을 먹거나 차라도 마시자는 의미의 고갯짓과 함께 몸을 돌려 방문을 열었다. 코디어가 기겁을 하며 소리를 질렀다.

"안 돼! 가지 마!"

나는 '그게 아니라'에 해당하는 영어가 얼른 떠오르지 않았다. 더 생각하기도 귀찮고 해서 그냥 묵묵히 문을 닫고 앉았다. 역시 후각은 금세 마비되어 그 방에서 뭘 먹을 수도 있겠다 싶은 정도까지 되자, 배가 몹시 고파왔다. 코디어가 짬뽕을 좋아한다는 게 생각났다.

"짬뽕?"

나는 거두절미한 채, 된소리와 울림소리가 절묘하게 어우러진, 그야말로 여러 언어가 짬뽕된 것 같은 어감의 단어를, 물음표의 억양과 더불어 시원하게 터뜨렸다. 코디어가 익히 알고 있는 단어인지라, 괜히 믹스, 핫, 누들…… 해가며 영어를 고생시키지 않아도 되어 좋았다. 코디어는 침을 꿀꺽 삼키느라 말은 못 하고 고개만 크게 여러 번 끄덕였다. 잠시 후에 짬뽕 두 그릇과 군만두 한 접시, 그리고 고량주 두 병이 배달되었다. 나는 코디어의 눈이 물기에 젖는 것을 보았다. 그러자 내 안에서는 코디어를 위해 돈을 물 쓰듯 쓰고 싶다는 강한 욕구가 일어났다. 내가 낼 수 있는 결혼식 축의금액의 한도 안에서.

알고 보니 코디어에게 필요한 것은 그까짓 몇 푼의 돈으로 어떻게 할 수 있는 성질의 것이 아니었다. 코디어가 절실하게 원하는 것은, 실로 어마어마한 액수의 돈이었다. 웬만한 결혼식에 접수된 축의금을 양가 모두 합쳐야 마련될까 말까 한 거금이, 없어서는 안 된다는 것이었다. 코디어가 그런 사정을 털어놓았을 때는, 대낮부터 우리가 벌인 술판이 어느덧 일몰을 맞고 있었다. 어둑한 여인숙 방바닥에는 대여섯 개의 빈 고량주 병이 뒹굴었고, 내가 큰맘 먹고 추가로 시킨 탕수육과 군만두도 몇 점 남아 있지 않았다. 당시에는 아직 군만두가 서비스로 따라올 만큼 한물간 음식이 아니었다는 사정까지 감안한다면, 결코 만만하다고 할 수 없는 지출이었다.

그런 나의 호쾌한 씀씀이가 코디어의 기대를 부추겼던 것일까. 돈이 필요하다고 말하는 코디어의 표정에는 희망의 빛이 역력했다. 하지만 내 호주머니는 물론이고 통장들의 잔고를 모두 뒤져서 그만한

돈의 일 퍼센트라도 나온다면, 나 스스로를 다시 생각해보는 계기로
충분할 것이었다. 코디어는 실망했고 나는 절망했다. 둘 다 한잔 술
에 타서 마시기에 알맞은 설움이었다. 친구를 곤경에서 구할 능력이
없는 내가 친구를 위해 할 수 있는 유일한 일은, 친구로 하여금 곤경
을 잊도록 도와주는 것뿐이었다. 나는 집에 돌아갈 차비만 남겨놓고
술을 사왔다. 역시 취하니까 영어가 좀 되는 느낌이었다. 내가 못 알
아듣거나 상대가 못 알아들을지 모른다는 두려움이 사라졌기 때문이
리라. 나는 코디어가 현재를 망각할 수 있게 하려고, 혀 꼬부라진 소
리로 군대 시절 얘기를 열심히 지껄였다. 내 의도는 들어맞았다. 침
울해 보이던 코디어의 표정이 밝아지며, 자기도 질세라 군대생활의
추억을 들추어내기에 바빠진 것이었다.

　둘이 무슨 얘기를 그렇게도 신이 나서 떠들었던 것일까. 그 대화의
자세한 내용이 기억나기를 바라는 것은, 술에게 가하는 중대한 모독
이며, 디오니소스를 경배하는 세상 모든 떨거지에 대한 심각한 도전
이다. 어차피 내용이 중요한 대화가 아니었고, 서로 제대로 알아듣고
이어간 대화도 아니기가 쉬웠으므로, 차라리 기억나지 않는 편이 개
운하다고도 할 만하다. 그저 영어와 영어 비슷한 어떤 소리가 때로
엇갈리고 때로 부딪치다가 가끔은 서로 통하기도 했었다는 아슴푸레
한 기억. 그런데 끝없이 흐리멍덩하게 이어질 것 같던 기억 속의 대
화가, 돌연 안개가 걷히듯 선명하게 떠오르기 시작하는 대목이 있다.
　“I wanna see IK…… You remember Kang, right?”
　코디어의 말이었다. 나는 처음에 아이케이가 누구를 뜻하는지 알

아듣지 못했다. 실은 사람이라고 생각하지도 못했다. 오랜만에 듣는 이니셜 호칭이 낯설었기 때문일 것이다. 내가 한 박자 늦게, 임기를 보고 싶다는 말이었음을 막 이해한 순간, 마침 코디어는 내가 기억 못 하는 줄 알고 임기의 성이 강씨임을 환기시키려 했던 것이다. 그 소리, 캥…… 내가 그 순간부터의 대화를 말짱하게 기억할 수 있는 것은 순전히 캥, 하는 그 소리 탓이었다. 상투적으로 표현하면 날카 로운 금속성이라 할 수도 있고, 좀 억지를 부린다면 덜 자란 개가 한 대 얻어맞고 내는 소리 같기도 한…… 그 소리의 이상한 느낌을 나 는 잊을 수가 없다. 어떤 날것이랄까…… 그래, 모든 날것이 뿜어내 는 비릿한 싱싱함. 말하자면 어떤 퇴폐적인 명징함 같은 것. 내가 미 국에서 십 년 이십 년을 살아도 결코 흉내낼 수 없을 코디어의 그 발 음이, 그 이상야릇하게 맑고도 탁한 콧소리의 울림이, 술에 마비되었 던 내 의식을 흔들어 깨웠던 것이라고밖에, 나로서는 달리 설명할 길 이 없다. 의식이 마비된 만큼 빠져든 환각상태에서 예민해진 나의 청 신경이, 그 날카롭고도 부드러운 소리의 파문에 생으로 떨렸을 것이 라고밖에……

  임기가 보고 싶다는 코디어의 말을 내가 냉큼 알아듣지 못한 것으 로 보아, 그전에 임기에 대한 얘기를 나누지는 않았던 것 같다. 나야 굳이 피할 얘기가 아니었고, 오히려 임기가 자살을 기도한 정황에 대 해서 묻고 싶은 마음이 컸지만, 그러다가 괜히 코디어의 상처를 건드 려 덧나게 할까봐 취중에도 조심했던 모양이다. 그런데 코디어가 먼 저 임기 얘기를 입에 담았고, 그래서 맨정신으로 돌아온, 정확하게 말하면 맛이 간 상태에서 반대쪽으로 한번 더 맛이 가버린 나는, 마

치 몸이 물 속으로 가라앉으면서 동시에 수면 위로 떠오르는 것 같은
느낌 속에서, 코디어의 회고에 집중하느라 눈을 부릅떴다. 눈을 크게
뜨면 더 잘 들리기라도 할 것처럼. 그리고 다시 노 스피킹 잉글리시.
임기가 죽었다는 말도 못 한 채 얌전히 입 다물고, 코디어가 캥, 캥,
거릴 때마다 숨골에 전기가 통하듯이 움찔거리며, 나는 정녕 '프라이
빗 캥'을 구할 수 없었던 것일까…… 지금이라면 그쯤으로 치장될
질문을 스스로에게 던지며, 되풀이해서 던지며 그렇게……

그렇게 나는 황금 같은 휴일을 종일토록 더럽고 우중충한 여인숙
에서 처박혀 보낸 끝에, 얼렁뚱땅 해치우고 넘어왔던 마음의 숙제를
다시 꺼내 골머리를 썩는 신세가 되고 말았다. 코디어는 내가 생각했
던 것보다 훨씬 더 많이 임기에 대해 알고 있었고, 더 깊이 임기를 생
각하고 있었다. 내가 코디어만큼 임기에게 신경을 썼다면, 그래도 임
기가 죽을 결심을 했을까. 자꾸만 내 안에서는, 임기의 자살 기도와
그로 인한 조기 제대와 그러지 않았으면 당하지 않았을 사고와……
그런 식으로, 임기를 죽음으로까지 몰고 간 일련의 흐름이 한 가닥
끈처럼 잡히는 것이었다.
코디어도 자기대로 부담스러웠는지, 임기와 함께 황산을 마신 순
간에 대해서는 얘기를 않고 있었다. 나도 쉽사리 물어볼 수 없었다.
임기와 연락이 되냐고 코디어가 물었을 때, 나는 고개를 젓기만 하고
는 침묵했다. 임기가 죽었다고 말하려 해도 그 죽음에 대해 아는 것
이 너무 없었다. 그보다 더 큰 내 침묵의 이유는, 한번 닫힌 말문이
열리기가 쉽지 않다는 데 있었다. 말이란 그런 것이다. 뭐라고 말해

야 하나 생각하게 되면 좀처럼 입을 열 수가 없는 것이다. 그 말이 영어였으니 오죽했을까. 떠들어대는 통에 술이 깬 듯한 코디어도 침묵했고, 우리의 대화는 거기서 끝나거나 최소한 다른 화제를 찾아야 할 때가 된 것 같았다. 그때 코디어가 불쑥 말했다.

"지금은 어찌 됐는지 모르지만…… 캥한테는 사랑하는 여자가 있었어."

그 여자의 정체를 말해줘야 하나. 나는 잠깐 망설였다. 지나친 침묵은 기만이 아닐까. 코디어를 속이고 싶은 마음은 추호도 없었다. 하지만…… 왜 임기가 여동생 사진을 애인 거라고 속였는지, 그리고 그 사실이 들통나는 게 뭐 그리도 큰 일인지 납득시키기가 쉬울 리 없었다. 나 자신이 납득을 하고 있는지도 의심스러웠으니까. 그리고 그 얘기를 꺼내고 나면 나머지 얘기를 줄줄이 하지 않을 수 없게 될 것이었다. 아무리 그때 내가 이왕 버린 몸이었다 해도, 실제로는 여전히 악취가 코를 찌를 그 방에서, 돈도 안 되는 영작문을 하느라 밤새도록 낑낑댈 수는 없었다. 나는 이번에도 역시 입을 굳게 다물고 고개만 끄덕였다. 나도 너만큼만 알고 있는 걸로 알고 넘어가다오, 친구야. 그런데 납득할 수 없는 것은 코디어의 반응이었다.

"어? 알고 있었어? 나한테만 말하는 거라고, 너한테도 말하면 안 된다고 신신당부했는데…… 캥이 말이야."

임기가 왜 그랬을까. 그 사진을 못 본 카투사가 누가 있다고? 싱거운 녀석. 아니지, 혹시 임기 걔가 지 동생을 정말 좋아했던 거 아니야? 그날의 신혼부부인 강연기와 오기완이 공식적인 첫날밤을 치르고 있을 시간이었다. 머리가 복잡해지려는데, 옆방에서 가느다란 신음 소리가 새어나왔다. 그 순간 나는 처음으로 알았다. 소리만 들리는 섹스가 사람을 얼마나 흥분시키는지. 코디어도 그 소리를 포착했는지, 하던 얘기를 중단하고 귀를 세우는 눈치였다. 나는 슬며시 머리를 벽에 기대고 눈을 감았다. 상상 속의 여자는 임기의 여동생으로 정해졌다. 남자는 기완이도 됐다가 나도 됐다가…… 임기가 될 때 가장 자극적이었다.

옆방의 정사가 싱겁게 끝나버리지 않았더라도, 내 성욕이 오래 지속되지는 못했을 것이다. 갑자기 근친상간을 영어로는 뭐라고 하면 되나 생각하게 되는 바람에, 한 곳에 신경을 집중할 수 없게 되었던 것이다. 흡족한 영어 표현은 좀체 떠오르지 않았고, 근친상간이라…… 되뇔수록 참 멋대가리 없고 말소리도 천박해서, 실제 의미와 이미지의 상상을 통해 전달되는 자극을 현저히 둔화시키는 단어였다. 누가 처음 그따위 표현을 입에 담았을까? 아무도 고치고 싶다는 생각을 안 했을까? 나는 임기와 그 여동생에 대해 갖게 된 의혹이 혼란스러워, 그렇게 짐짓 딴청을 부리고 있지 않았나 싶다. 잠시 조용하던 옆방에서 다시 들려온 소리는 잠이 들었음을 널리 알리는 소리였다. 코디어는 으레 그러려니 하는 품새로 쉽게 아쉬움을 털고 끊어졌던 얘기를 다시 이어갔다. 내가 이미 다 알고 있다고 생각하니 김이 새는 모양이었다.

"캥도 거짓말을 다 할 줄 아네. 연기가 일품이었어. 자기 애인 얘기를 내가 발설할까봐 몇 번이나 다짐을 받았는데, 그래놓고 지가 떠벌리다니, 이상한 친구잖아? 혹시 감옥에 있다던 그 애인도 거짓으로 꾸며낸 게 아닐까?"

코디어가 맨 끝에 뱉은 단어, 감옥을 뜻하는 'jail' 이라는 단어가, 전혀 모난 데 없는 소리임에도 불구하고 내 귀를 날카롭게 할퀴고 지나갔다. 나는 몇 초 뒤에야 그 이유를 알아챘다. 임기가 사고를 당했다는 도시. 그 도시, 하면 떠오르는 건물. 교도소…… 나는 갑자기, 내가 임기에 대해 아는 것이라곤, 이제 그가 이 세상 사람이 아니라는 사실밖에 없다는 느낌이 들었다. 임기 본인도 죽고 없는 마당에, 임기에게 다가갈 수 있는 유일한 통로는 코디어였다. 나는 다급함을 감추고 물었다.

"걔가 너한테 뭐라고 그랬는데? 그 여자에 대해서 말이야."

코디어는 내 물음을 반가워했다. 각자가 들은 임기의 애인 얘기를 비교해보자는 심사가 얼굴에 씌어져 있었다. 예전의 코디어는 그렇게 의심에 능한 친구가 아니었다.

"같은 컬리지를 다녔다지. 오빠가 권투선수였다고 했어. 죽었대. 스파링하다가……"

거기까지 말하고 나서 코디어는 턱끝으로 어때? 하는 물음을 던졌다. 너도 그렇게 들었니?

"……"

들은 바가 전혀 없는 나는 긍정도 부정도 할 수 없었다. 그 순간에라도 왜 모른다고 털어놓지 못했을까. 코디어는 알고 나는 모르는 임기의 비밀이 있다는 게, 내가 모른다는 것을 코디어가 알게 된다는 게 그다지도 싫었을까. 나는 그저 임기 애인의 오빠가 복서였구나 하는 속말을 무슨 깨달음이라도 되는 양 되풀이하며 고개를 주억거렸다. Go ahead. 코디어는 나의 침묵을 그렇게 알아듣고 얘기를 이어갔다.

　“둘이 어떻게 만나서 어떻게 애인이 됐는지, 자세한 사연을 들은 적은 없어. 캥은 워낙 짧게 말하니까. 무슨 말인지 모를 말들도 많고……”

　자기만 순순히 털어놓고 싶지는 않다는 의사표시였다. 할 수 없이 나는 코디어가 말한 만큼만 아는 척을 하며 임기의 비밀을 캐내려 했다.

　“그녀 오빠가 복서였다는 얘기는 나도 들은 대로야. 캥이 그래서 그렇게 샌드백을 열심히 두들겼잖아. 그건 그렇고, 그녀가 어쩌다 감옥에 가게 됐다고 말하디? 너한테는?”

　그러자 코디어는 묻는 말에 대답은 않고 대뜸 이렇게 물어왔다.

　“어? 캥이 그렇게 말했어? 그 오빠 때문에 권투 배울 생각을 했대? 내가 들은 얘기랑 다른데…… 오빠 때문에 왜? 이유가 뭐래?”

　나는 괜히 짐작으로 꿰어맞춘 얘기를 끼워넣은 것이 후회됐다. 코디어가 들은 것과 달라도 상관없으므로 아무 이유나 지어내도 괜찮았겠지만, 나는 그러지도 못하고 우물쭈물했다. 질문을 받고 보니 별로 그럴 만한 이유가 성립하는 것 같지 않아 보인 탓이었다. 애인 오빠의 한을 풀어주기 위해? 글러브를 낀 오빠 모습이 멋있었다는 그녀의 말을 듣고? 대답에 궁색한 나를 코디어는 더 다그치지 않고 쉽게 넘어가줬다. 아마도 영어가 잘 안 만들어져서 그러는 거라고 이해했을 것이다. 영어의 편리함은 그런 데 있다. 난처하면 안 해도 된다는 것. 나는 왜들 자꾸 죽나 하는 딴생각에 난처한 표정을 지어 보였고, 코디어가 나 대신 편안하게 영어를 쏟아내기 시작했다.

　“캥은 슈거 레이 레너드가 누군지도 모르더라구. 권투에 취미가 없다는 증거지. 그런 친구가…… 참, 넌 알지? 혹시 레너드가 토머스 헌즈랑 붙었던 거 기억나? 오래 전 게임인데. 칠팔 년쯤 전일걸."

기억나는 정도가 아니었다. 나는 얼른 고개를 끄덕이며 간단하게 Sure, 라고 말했다. 레너드는 내가 가장 좋아하는 복서이고, 그 경기는 세계 권투 역사상 최고의 명승부였다. 오죽했으면 그 경기를 보고 나서 권투가 시들해지기까지 했을까. 나는 더이상 재미있는 경기는 있을 수 없다는 것을 직감했던 것이다. 레너드는 그토록 완벽했다.

"Leonard was perfect! He's not just a boxer, but an artist. So great artist……"

그 유명한 not/but 구문을 멋지게 구사한 사람은 내가 아니라 코디어였다. 나는, 내 머릿속에 막 지어졌던 문장이 코디어의 것과 똑같았음을 기뻐해야 할지, 그 문장을 코디어가 선수쳐버린 것을 안타까워해야 할지, 어정쩡한 감정상태에 빠져 더욱 말할 기분이 아니었다. 코디어는 내가 했어야 할 애기들, 이를테면 14라운드에서 상대를 넉아웃 시킬 때까지 레너드는 매회 변화무쌍한 모습으로 링이라는 무대를 연출했다든가, 그 게임은 레너드의 시나리오대로 진행된 한 편의 드라마였다는 찬사를 유창하게 늘어놓고 나서 이렇게 덧붙였다.

"이런 애기들은 다 나중에 주워들은 거고, 사실은 그때 난 어려서 뭐가 뭔지 몰랐어. 헌즈가 더 잘하는 것처럼 보이기도 했거든. 실제로 판정에서는 헌즈가 앞서고 있었다잖아. 하지만 어린 나로서도 잊을 수 없는 순간이 있지. 피니시 블로를 먹이기 전에 말이야, 레너드가 양손을 번쩍 치켜들었던 장면 기억나?"

기억나다마다! 이미 헌즈가 결정적인 타격을 입었음을 간파한 레너드는 서두르지 않고 승리를 확신한다는 포즈부터 보여줬지. 이상하게도 오만해 보이지 않았어. 펀치를 뻗는 동작만큼이나 자연스러웠는걸. 그게 뭐였을까. 레너드는 그 순간에도 집중력을 잃지 않았던 거야. 그리고 또 뭐였을까. 그 순간 내가 느꼈던 아름다움은 어디서 온 것이었을까. 나는 말하기를 아주 포기하고 그런 생각에 빠져서는 코디어의 레너드 예찬을 건성으로 흘려듣고 있었다. 이제 그만 여기서 나가야지. 이게 무슨 꼴이야? 피 같은 휴일에 여인숙 골방에 처박혀서, 술은 마실 만큼 마셨는데 맘대로 지껄이지도 못하고…… 나는 입 속에서 빳빳이 굳어 있는 혀 때문에 견딜 수 없도록 갑갑했다. 이거 감옥이 따로 없군 그래. 어서 빠져나가야지 안 되겠어. 이러다 잠이 들기라도 하면, 아침에 눈을 떴을 때 얼마나 끔찍할까. 그런 상상을 하고 있는데 왜 다시 또 레너드가 떠올랐는지…… 두 팔을 브이 자로 치켜드는 그의 뒷모습. 감옥을 생각하다 사각의 링이 떠올랐을까. 네 줄로 둘러싼 로프, 출렁이는 감옥, 프로페셔널하게 출렁이는…… 감옥 안에서 누릴 수 있는 최고의 자유. 그것은 레너드의 잘 빚어진 아름다운 등짝, 그 팽팽하게 당겨진 어깻죽지. 날개를 막 펼치는 새처럼……

벽에 걸린 시계를 올려다보며 엉덩이를 들썩이는 나를 보고, 코디어는 신나게 떠벌리던 영어를 멈췄다. 순식간에 불안하고 두려워 보이는 표정으로 변해 있었다.

"벌써 가려고? 아직 열두시도 안 됐는데? 술도 아직 남았잖아. 그리고…… 그래, 아직 할 얘기도 많다구. 우리 캥에 대해 얘기하고 있었지. 그 얘기를 더 해줄까? 들어봐. 그녀가 무슨 이유로 감옥에 가게 됐냐 하면……"

　그래, 임기 얘기가 아직 안 끝났지. 까먹을 뻔했군. 하지만 나는 옆으로 샜던 얘기가 제 길로 돌아오지 않아도 별로 상관없다는 마음이었다. 아까처럼 궁금하지가 않은 것이었다. 못 들었지만 다 아는 얘기 같아서, 안 들어도 답답할 게 없다는 느낌이었다. 확실히 그랬다. 확실히, 그것은 레너드의 덕이었다. 정확히 설명할 수는 없지만, 코디어가 불러낸 레너드의 기억이 나에게 비상한 직관과 예지의 힘을 부여했던 것은 틀림없는 사실이다. 지금도 그 느낌이 내 속에 남아 있으니까. 고스란히 되살릴 수는 없지만 아주 죽어버린 것은 아닌 느낌으로. 아무튼 그때 나는, 불세출의 흑인 복서가 보여준 '아름다운 등짝'의 이미지가 채 가시지 않은 상태에서, 감옥에 갇힌 한 여자와 그 감옥 근처에서 죽은 한 남자의 사연을 한순간에 몽땅 알아볼 수 있었다. 그 정도가 아니라, 그때 나는 순간적으로 뭔가 굉장한 세상의 비밀을 이해해버렸던 것인지도 모른다. 감옥에 가거나 차에 치여 죽는 따위 자잘한 인간사쯤은 거대한 파도에서 튀는 한 알의 물방울과 같은 것으로 여겨졌던 것이었는데, 이후로 다시는 그런 상태가 된 적이 없으니…… 단 한 번의, 강렬했지만 짧았던 체험, 이제는 희미해진 먼 기억을 가지고 알아듣게 얘기하기는 힘든 노릇이다. 내가 이해한 세상의 비밀을. 그저 굉장했다는 것 말고는 달리……

　"실은…… 캥이 무슨 얘기를…… 하기는 했지만…… 무슨 얘긴지…… 기억은 다 나지만…… 솔직히 무슨 얘긴지…… 잘 모르겠어서…… 이해가 잘 안 돼서…… 뭐라고 말해야 할지…… 뭐든 너에게…… 말하고 싶은데…… 말해야 하는데……”

잔뜩 뜸을 들인 끝에 코디어가 꺼낸 말이었다. 말이라기보다는 웅얼거림에 가까웠는데, 눈을 내리깔고 웅얼거리는 코디어의 표정은 거의 울음을 터뜨리기 직전이었다. 나는 코디어를 안심시키기 위해, 비어 있는 두 개의 잔을 술로 채우고, 최대한 퍼질러앉는 자세를 취하려고 애쓰다가, 아예 한 팔로 머리를 받치고 모로 누워버렸다. 얘를 이대로 혼자 두고 나가서는 안 돼. 그런 마음의 변화가, 바뀐 몸의 자세를 따라 일었다. 코디어가 또 자살을 기도할까봐 걱정이 됐을까. 오래 전에 읽은 소설 하나가 떠올랐던 것인지도 모른다. 그 소설에도 여관방이 나오지. 여관방에서 한 남자가 목숨을 끊는다. 동행했던 두 남자는 그와 같은 방에 들기를 꺼렸지. 귀찮았던 거야. 아침에 그가 죽었다는 것을 알고도 두 남자는 그냥 여관을 빠져나온다. 도망친 거지. 세상에 연루되기 싫었던 거야. 두려웠다고 하는 게 더 맞을까. 아무려나, 내가 딱 소설 속의 그 두 남자와 같은 족속일 텐데…… 오히려 그래서 차마 소설을 흉내낼 수는 없다고 마음을 정했는지도 모른다. 나는 누운 채로 술잔을 들어 코디어의 잔에 살짝 부딪쳤다. 코디어는 좀 안정이 되는 기색이었다. 나는 여전히 레너드가 베푸는 신비한 기운을 듬뿍 받아 전지전능으로 빛나는 상태였다.

“그래도 얘기해볼까, 캥이 뭐라고 했는지?”

코디어가 다시 입을 열었다. 한결 침착해진 목소리였다. 나는 그러라는 눈빛을 보냈다. 물론 더이상 궁금할 것은 없었다.

“다시 말하지만, 내 얘기가 이해하기 힘들어도 내 탓은 아니야.”

코디어가 또 뜸을 들였다. 나는 그렇게 시간을 끌지 않아도 된다고 말해주고 싶었지만, 코디어가 무안할 것 같아서…… 라기보다는, 말하기가 귀찮아서 그냥, 여부가 있겠냐는 표정을 지어 보였다.

"나중에 캥한테 물어보라구. 나도 물론 물어봤지만, 캥이 내 말을 거푸 못 알아듣기에, 안됐어서…… 네버 마인드, 그러고 말았지. 캥에게 별명을 지어줄걸 그랬어. 착한 절벽…… 어때?"

코디어는 언제 안절부절못했냐는 듯이, 이제 능글맞다 싶을 정도로 여유를 부리려 들었다. 얘가 왔다갔다하는 게 좀 심하지 않나? 역시 혼자 둬서는 안 되겠어. 이 년 전 그날도 그랬을까? 코디어나 임기나 내가 없어 혼자였을까. 그런데, 코디어에게는 이렇게 갚는다 치고, 임기는 어쩌나. 나중에 임기한테 물어보라구? 코디어가 임기에 관해 한 얘기야 이해하고도 남을 만했다. 그의 말대로 나중에, 언제가 될지는 모르지만 내가 죽어서 임기를 만나 물어본다 한들, 골수에 사무친 모국어로 물어본다 한들, 임기가 죽어서 딴사람이 되지 않은 이상 속 시원한 대답을 들을 수 있겠나.

그러나 그럴 필요가 없는 것이다. 죽어서까지 임기의 답답한 주둥이를 쳐다보며 속 끓이는 고역을 치를 이유가 없었다. 이미 말했다시피 나는 다 알고 있었으니까. 감옥에 갇힌 임기 애인에 대해서. 레너드의 마법에 걸려 뭐든지 훤히 꿰뚫어볼 수 있었다니까! 그러면 코디어 얘기는 들으나마나? 아니다. 그건 그렇지가 않았다. 맞나 틀리나 확인이 필요해서? 아니다. 그래서가 아니었다. 내가 알고 있는 것은 너무도 확실해서 확인 따위는 필요가 없었다. 아, 어떻게 하면 알아듣게 얘기할 수 있을까. 설명하기가 쉽지 않은 것이다. 이럴 바에야 그냥 아무것도 몰랐었다고 말을 바꾸는 편이 낫지 않을까? 하지만 분명히, 나는 이미 알고 있었다. 내가 다 아는 얘기를 코디어는 드디어 주워섬기기 시작했다. 물론 나로서는 처음 듣는 얘기였는데, 왜 그 얘기를 하기 시작했는지는 둘 다 까맣게 잊고 있었다.

"나는 처음에, 그녀가 감옥에 있다고 하길래 매춘이나 마약, 혹은 테러, 뭐 그런 걸 떠올렸어."

잘못 짚었지, 코디어야. 쯧쯧, 영화를 너무 많이 봤구나. 코디어가 풍긴 뉘앙스 덕이 아니더라도, 그 짐작이 빗나갔음을 아는 것은 나에게 식은 죽 먹기였다.

"그런데 캥이 그런 세계와 관련 있을 것 같지는 않고…… 대학에서 만났다잖아. 바로 생각을 바꿨지. 내가 한국의 현실을 좀 알잖아."

그래, 금방 알아챘구나. 바로 그거란다. 내가 알고 있는 그대로였다. 그렇게, 코디어의 얘기를 듣고 나면 나는 알 수 있었다. 듣기 전에 이미 내가 알고 있었다는 것을. 그러니 나는 미리 다 알고 있는 코디어의 얘기를 들어야만 했던 것이다. 정말 그랬고, 더이상 정확한 설명은 없다. 레너드의 마법은 그런 것이었다. 그런데 나는 코디어의 다음 말을 듣고 당황했다.

"그래서 이번엔 학생운동이 아닐까 생각했지만……"

but? 그럼, 아니었다는 말인가? 다른 이유였다고? 그러나 잠시 흔들렸던 마법의 기운은 곧 진정을 되찾았고, 코디어가 의문투성이라고 늘어놓는 얘기를 나는 완벽하게 이해해나갔다. 이미 알고 있었다는 변함없는 각성과 함께. 내가 비스듬히 누워 아무 말 없이 듣기만 하는 자세는, 코디어가 무릎을 세우고 앉아 하염없이 주절대는 자세만큼 자연스러워, 내가 말하고 코디어가 듣는 것처럼도 보일 만했다.

온기 없는 방바닥부터 해서, 한쪽 구석이 내려앉은 얼룩투성이의 천장하며…… 나는 그 방을 빼곡히 채우고 있는 차고 습한 궁기가 그렇게 친근하고 편안할 수 없었다. 눈물이 났다.

"……So, I was just gonna forget about it. 도대체 무슨 일이 있었는지 알 수가 있어야 말이지. 그녀가 무슨 죄를 지었냐고 물으면, 캥은 죄가 없다고만 하고…… 혹시 폴리티컬한 문제였냐고 물으면, 역시 no, innocent, 그 말만 되풀이하고…… 내 말을 못 알아들었는지…… 돌이켜보면 캥은 꼭 인디언 말을 하듯이 말했던 것 같아. 한국으로 돌아오기 직전에 요세미티 국립공원엘 들렀거든. 거기 어머니가 사는 부락이 있지. 전에 말 안 했던가? 인디언 레저베이션. 정말 인디언처럼 생긴 어떤 노인네가 말하는 걸 잠깐 들었는데…… 캥이 떠오르더라구. 꼭 캥처럼 띄엄띄엄 말하는 거야. 뜻이야 알 수 없었지만, 한 단어로 아주 많은 얘기를 한다는 느낌이었지…… 얘기를 하다보니, 캥이 보고 싶어진다. 애인 얘기를 하면서 울었다구. 캥이…… 내 앞에서……"

나는 옛날의 코디어를 보고 있었다. 그래서 무슨 말이든 하고 싶었지만, 여전히 할 수 없었던 것은…… 하고 싶고 또 해야만 할 모든 말들을 한꺼번에 담아낼 수 있는 한 단어를 찾아나섰기 때문이었는지도 모른다. 친구여, 캥을 다시는 볼 수 없다네. 나는 캥의 여동생이 보고 싶어진다. 너는 뮤즈의 다리가 그립지 않느냐. 그리고 캥의 애인이 지은 죄는, 정말 무죄라네. 누구든 지나치게 이노센트하면, 이 나라는 죄를 묻는다네. 나라만 그러는 게 아니라오. 이 나라에 태어나 살게 되면……

레너드의 약발은 아직도 쌩쌩했다. 나는 마치 시상이 떠오른 시인처럼 입 속의 혀를 몰래 굴리며 코디어의 얘기를 계속 듣고 있었다. 여전히 들으면 다 아는 얘기라서, 코디어의 영어는 막힘없이 쏙쏙 내 귀를 잘도 파고들었다.

"……경찰이 현행범으로 체포한 것 같던데. 캥의 말을 들어보면 말이야. 무슨 중한 죄를 지었기에 여자를…… 캥이 그 장면에 대한 기억만은 자세히 들려줬는데, 내가 듣기에도 심했더라고. 건장한 남자 둘이서 팔을 비틀어 등뒤로 꺾고, 머리채를 휘어잡아 질질 끌다시피…… 반항하면 가슴팍에 어퍼컷을 먹이기도 했다지. 캥이 바로 곁에서 다 봤다는 거야. 애인의 젖가슴이 출렁이는 것까지 보였겠지? 비명 소리도 들었을 테고. 속상했을 거야…… 그렇다고 권투를 배우겠다는 캥이 좀 엉뚱하지 않아? 그런데 참, 한국은 대학 안에도 경찰서가 있어? 캥은 꼭 그런 것처럼 얘기하던데. 형사들하고 같이 사는 것처럼……"

지금은 그 정도까지는 아니라고 말하는 것도 우스운 일이었다. 세상에는 없었던 일로 할 수 없는 일들이 있다. 나는 사진으로도 본 적이 없는 임기 애인을 모른다고 할 수 없었다. 그녀가 개처럼 끌려가는 모습을 못 봤다고 할 수 없었다. 그것이 레너드의 마법이었다. 나는 임기가 왜 권투를 배우겠다고 홍수환 어머니까지 졸라댔는지 이해할 수 있을 것 같았다. 멀쩡한 녀석의 정신이 왜 까닭없이 오락가락했는지, 육신이 편해지기를 거부하려 한 까닭이 무엇이었는지. 끌려가는 사람이 사랑하는 여자가 아니었어도, 바로 앞에서 꼼짝 못 하고 지켜보기만 했다면, 누구든 자신의 무력함에 한 사나흘쯤은 치를 떨었을 것이다. 나는 그 시절 그런 이유로 철로 위에 머리를 올려놓고 잠든 친구며 차가운 강물에 몸을 던진 후배를 생각했다. 임기의 애인은 아직도 감옥에 있을까. 감옥에서 나왔으면 임기의 죽음을 알고 있을까. 임기의 죽음에는 정녕코 아무런 고의도 개입되지 않은 것인가. 그런 물음들이 떠오르는 대로 내버려두며, 대답할 힘이 없는 나의 인생에 대해 솟는 연민의 느낌도 그대로 두었다. 그 느낌은 오래 가지 않았다. 나는 곧 잠들었다.

커튼 없는 방

"서부 개척시대에 인디언들이 누구를 제일 무서워했는지 알아? 백인 편에 붙은 인디언."

코디어는 무슨 대단한 비밀을 알려주기라도 하는 것처럼 잔뜩 힘주어 말했다. 하지만 내가 그 말을 듣고 놀라거나 의아해할 수는 없는 노릇이었다. 당연히 그랬겠지. 동서고금에 두루 통하는 상식이잖아. 레너드의 마법에서는 이미 풀려난 상태였다. 눈을 떠보니 여인숙이었고, 창을 통해 쏟아지는 아침 햇살이 눈부셨다. 아무리 싸구려 방이라지만 창에 커튼조차 달려 있지 않다니…… 아이처럼 천진난만하게 잠들어 있는 코디어는 숨소리도 새근새근 평온하기 그지없었다. 나는 안심이 되기보다는 짜증이 났다. 내가 있으나 없으나 코디어는 그 시점에 그러고 있을 거라는 확신이 들자 마음이 답답해졌다. 간밤에는 그렇게도 확실했던 외박의 사유가 어둠과 함께 감쪽같이 사라지고 없었다. 임기의 허망한 죽음도, 그 젊은 연인들이 앓아야 했던 못난 역사의 아픔도 더이상 아무 소용이 없었다. 이럴 때 시간을 끌면 끌수록 더 큰 곤욕을 치러야 한다는 것을 알면서도 번번이 수습을 미루다가 화를 당하곤 했던 기억들이 뼈아픈 후회와 함께 몰려왔다. 어리석음은 이제 그만. 나는 갑자기 행동파로 변신할 작정이라도 한 듯 아무 대책도 없이 방을 나왔다. 차비로 남겨둔 동전을 공중전화에 집어넣으며, 나는 술이 덜 깼기 때문에 가능한 대책을 세웠다. 나오는 대로 지껄여버리는 거야. 어머니는 웬일로 별 꾸중이 없었다. 다행히 아버지가 모르고 있다는 증거였다. 직장이니? 아니, 외근 나왔어요. 일찍 들어와. 전화를 끊는 나의 머릿속 전구에 환하게 불이 들어왔다. 외근 나왔다고 나오는 대로 지껄인 덕이었다. 잡지사에 전화한 나는 편집장이 받자마자 바쁨을 가장한 목소리로 당당하게 일 얘기를 전하고는 끊기 전에 수고하라는 격려의 말까지 들었다. 그렇게 해서 나는 졸지에 '서울에 나타난 인디언'을 인터뷰하기 위해 출근도 마다하고 뛰어야 하는 민완 기자로 둔갑해버렸던 것이다.

"인디언에 대한 얘기는 그만 하고, 어제 듣다 만 너의 서울 생활 얘기나 좀더 들려줘."

나는 코디어가 귀향해서 새로 알아냈다며 늘어놓는 인디언 얘기가 진부하고 지루해서 그렇게 요청했다. 편집장에게 둘러댄 취재 일을 실제로 해보는 중이었는데, 결과가 신통치 않아도 크게 부담될 것은 없었다. 만나봤더니 인디언 3세라는데 제임스 딘을 닮았더라구요. 서울에 흔히 출몰하는 백인들과 구별이 안 됐어요. 아침부터 수선 피워서 죄송합니다. 지어낸 얘기가 아니기에 해명에 궁색할 이유가 없었다. 남을 위해 하루를 산 보람이 이렇게도 속히 주어질 줄이야……
잠깐 사이에 생각이 바뀐 나는 보상으로 얻은 한나절의 자유를 탄복
의 염으로 만끽해볼 작정이었다. 코디어는, 같이 밤을 보내준 것도
모자라 아침이 밝아도 떠날 생각을 않는 나에 대한 고마움이 사무쳐
서, 뭐든 시키는 대로 할 태세였다. 이미 자진해서 비상금을 털어 나
에게 계란까지 넣은 컵라면을 대접한 뒤였다. 일전에 그렇게도 거들
먹거렸던 코디어는 진정 누구였던 말인가. 우리는, 분위기만큼은 세
계적인 저널리스트 님 웨일즈와 조선이 낳은 불세출의 혁명가 김산
의 인터뷰에도 뒤지지 않을 비장함이 감도는 가운데, 모처럼 명실상
부한 대화를 주고받기 시작했다.

"어제 말한 대로야. 천벌을 받은 거라구."
"남편 있는 여자와 잠자리를 같이 한 죄?"
"아니, 유부녀인 줄도 몰랐는걸. 설사 알았다 해도 그 정도로 천벌
을 받는 건 억울하지."
"그럼 무슨?"
"내가 지아이들도 배치받기 싫어하는 한국에 다시 온 까닭이 뭔지
알아?"
"모르지."
"뮤즈의 나라에 복수하고 싶었어. 이 나라의 여자들에게 말이야."
"어떻게?"
"제대하고 할 일이 없었어. 제대를 제대로 한 것도 아니라서, 그나
마 몇 달 안 되는 군인 경력도 내세울 게 못 됐지. 어머니는 요세미티

로 와서 같이 살자고 했지만, 인디언 부락에 처박혀 살 수는 없었어. 갈 곳이 없는 나는 뉴욕으로 갔지. 이것저것 허드렛일을 닥치는 대로 하다가…… 주유소에 파트 타임 자리를 얻었는데, 주인이 한국 남자였어. 내가 한국에서 근무했다고 하니까 무지 반기더군."

"복수 얘기 하다 말고 무슨 소리야?"

"더 들어봐. 주인 아들이 내 또랜데, 아버지 속깨나 썩이는 친구였어. 허구한 날 술과 마리화나에 빠져 살았지. 일 주일이 멀다 하고 여자를 갈아치우는데…… 솔직히 부럽더군. 예전 같았으면 한심한 인간으로 취급했을 텐데. 내가 변했나봐. 말로는 금발의 앵글로-색슨계 여자가 자기 취향이라고 했지만, 대개는 불법 체류하는 한국 여자들을 데리고 다녔지."

"복수는 도대체 언제 하는 거야?"

"너 기자 맞아? 지금 배경설명을 하고 있잖아. 독자들의 이해를 도와야지. 참, 내 사진을 실을 생각은 아니지? 이름도 가명으로 처리해줘. 어디까지 얘기했더라?"

"주인 아들이……"

"그래, 개가 아버지 몰래 돈 빼가는 걸 눈감아준 이후로 가끔 술을 얻어먹게 됐지. 내가 인디언이라는 사실은 말하지 않았어. 그것도 내가 변한 것 중에 하나야. 우리는 술을 마시면 한국 얘기를 주로 했지. 그러면 너도 생각나고 캥도…… 뮤즈를 잊을 수 없었어. 사랑이 남아 있었다는 뜻은 아니야. 개한테 뮤즈 얘기를 하지는 않았고, 나는 한국이 싫다고 했지. 취중에 실언했다는 생각으로 움찔했는데, 개도 동감이라는 거야."

"한국에서는 살아본 적이 있대?"

"미국에서 태어났는데, 열 살 때부터 해마다 한 번씩 한국을 방문했다는군. 아버지가 꼬박꼬박 보냈대. 조국을 알아야 한다고. 개 말로는 그런다고 알게 되는 것도 아니래. 그러면서 하는 말이, 아주 몰랐으면 싫어하게 되지 않았을 거라는 거야. 물론 좋아할 수도 없었겠지만."

"뭐가 그렇게 싫대?"

"자꾸 끼어들지 마. 이제 복수 얘기가 나올 참이라구. 한번은 개가 나한테 묻더군. 너는 백인인데 뭐가 아쉬워서 어글리 코리언 밑에서 굽실거리고 있냐? 내가 말했지. 목구멍이 포도청이다, 그리고 나는 한국인이 못나거나 나쁘다고 생각해본 적 없다, 내가 한국을 싫어하는 건 그런 게 아니다…… 더 얘기했는데 무슨 말인지 못 알아듣더군."

"……"

"무슨 얘기였는지 안 물어봐?"

"끼어들지 말라며?"

"하긴, 너는 듣지 않아도 알 얘기지. 하여간에 개가 내 말을 끊더니 이러는 거야. 너 여기서 이럴 게 아니라 한국으로 다시 가라. 나 정도 핸섬하고 잘빠진 외모면 한밑천 잡고도 남는다네."

"개가 눈이 삐었군."

"질투하지 마. 타고난 걸 난들 어쩌겠냐. 웰, 그게 무슨 소리냐고 했더니 개 하는 말이…… 자기처럼 미국에 사는 한국인만 해도 한국에 가면 여자들이 환장을 한대요. 그 맛에 조국 방문을 거르지 않고 있다나. 지 애비는 그것도 모르고 그거 하나만큼은 기특해한다지. 나한테 어드바이스하기를, 자기는 심심풀이 삼아 잠깐 즐기는 거니까

또래 여자들을 건드리지만, 나는 타깃을 달리 잡아야 한다는 거야.
그…… 뭐라 그랬더라……"

"돈 많고 명 짧은 과부?"

"그래! 맞아. 역시 기자라서 아는 게 많구나. 그래서 내가 명 짧은
건 어떻게 아냐고 물었지. 웃기만 하고 안 가르쳐주더군. 나도 더이
상 캐묻지 않았어. 스스로 알아내야 하는 것도 있는 법이니까. 대신
다른 의문을 하나 제기했지. 내가 기지촌에서 만난 여자들은 미국인
을 우습게 여기더라고, 피부 색깔이나 생김새 같은 것도 전혀 따지지
를 않더라고……"

"그랬더니 그 여자들은 눈이 똑바로 달려서 그런 거라고 하지 않
디?"

"그런 비슷한 답이었어. 내가 보통의 한국 여자들을 만나보지 못해
서 모르는 거래. 수긍이 가는 얘기지. 뮤즈는 특별한 여자였으니까."

"……"

"……"

"뮤즈 생각 그만 하고 마저 얘기를 해봐. 그래서 복수하기로 마음
먹었다? 특별한 뮤즈에게 받은 상처를 보통의 한국 여자들에게 갚아
주겠다?"

"주인 아들의 조국 방문 길에 따라나섰지. 사실은 처음부터 복수를
생각했던 것은 아니었어. 살길을 찾아나섰을 뿐이었지. 개 얘기가 거
짓말이 아니더군. 여자들이 정말 나를 보고는…… 아무튼 나는 매일
다른 식당에서 밥을 먹듯이, 여자를 골라 침대로 갈 수……도 있었
지만, 충고를 잊지 않고 헤프게 굴지 않았지. 그런데 돈이 많아 보이

는 과부는 흔치 않았어. 명 짧은 걸 알아보기 어려운 건 그렇다 치고, 과부 자체를 만나기가 쉽지 않더라구. 주인 아들이 미국으로 떠나는 날 자문을 구했더니, 또 너무 가리지 말라는 거야. 입에 맞는 음식만 먹고 살 수는 없다나. 가장 중요한 건 돈이다, 그 조건만 충족되면 일단 오케이다…… 그뒤에 혼자 남은 나는……"

"이제 제발 그 복수 얘기를 해줄 수 없겠니?"

"복수…… 그래, 실은 복수를 하려 했던 게 아니라…… 복수를 하게 되어버렸던 셈이지. 서울에서 산 지 반년쯤 지났을 때였나, 지금부터 두 달쯤 전이었어. 일을 안 하고도 먹고살 수 있다는 신기함에 취해 정신 못 차리고 있었지. 어느 날 새벽에 눈을 떴는데 말이야, 옆에서 잠든 여자의 알몸이 상한 고깃덩이로 보이더군. 화장 독에 찌든 얼굴은 또 왜 그리 불쌍해 보이던지…… 그런데 말이야, 그 순간 나는 묘한 쾌감에 젖어 여자의 몸을 더듬기 시작했던 거야. 여자가 깨어나더니 좋아서 죽으려고 하더군. 솔직히 난 그 동안 한 번도 만족스러운 섹스를 해보지 못했었거든. 그날, 간밤에도 여자 혼자 난리를 쳤었지. 그런데 그 새벽의 섹스는…… 뮤즈하고도 그 정도로 몸서리를 쳤던 적은 없었어. 나이 들고 볼품없는 여자였는데 말이야. 너도 봤으니 알겠지만……"

"아, 카페에 같이 있던 바로 그 문제의…… 그 다음부터는 어제 들은 대로겠군."

"아니야. 실은, 나에게 돈을 요구하는 남자는 그 여자 남편이 아니야. 어제는 네가 그런 거냐고 물어보기에, 너한테야 여자가 누구든 상관없으니 그냥 그런 걸로 하고 넘어갔던 거였어."

“그럼, 그새 또?”

“그런 식으로 말하지 마. 나도 후회하고 있다구. 거기서 끝냈어야 하는데…… 그 새벽의 섹스 이후로 여자는 내게 정말 헌신적이었지. 용돈도 넘치게 쥐여주고. 카페에서 내가 입고 있던 검정색 알마니 기억해? 그 옷도 그녀가 사준 거였는데…… 그런데 나는…… 나는 말이야, 그 새벽의 섹스가 나에게는…… 내게는 음……”

“최고였다며?”

“최악이었어. 너는 어떤 기준으로 섹스에 값을 매기니? 여자의 반응? 다양한 체위? 아니야, 단연코 끝난 뒤의 기분이지. 사정을 하고 나서 모든 동작이 멈춘 한순간에 찾아드는 기분…… 내가 뮤즈를 사랑했던 것은 그 행복한 느낌 때문이었어. 그런데 그 새벽에 가장 짜릿한 섹스를 하고 난 뒤에는……”

“기분이 최악이었단 말이지?”

“여자의 몸이 상한 고깃덩이처럼 보였다고 했지? 그게 오히려 나를 흥분시켰다고. 왜 그랬는지 이해할 수 있니? 나는 알아냈지. 내가 본 여자의 몸은 바로 나였던 거야.”

“얘기가 갑자기 어려워지네. 너 많이 컸구나.”

“큰 게 아니라 상한 거라니까. 그게 뭔지는, 나의 어디가 어떻게 상해버렸는지는 나도 모르겠어. 분명한 건…… 나의 중요한 무엇인가를 잃어버렸다는 거. 처음엔 내가 선택하지도 않은 이 나라에서 시작된 일이지. 그 땅을 이번엔 내 발로 찾아왔잖아. 잃어버린 것을 되찾으러? 너는 인텔리인데다가 나보다 오래 살았으니 알 거 아니야. 그럴 수 없다는 거……”

"……"

"난 왜 돌아온 거지? 내가 살 길이 정말 여기에 있다고 믿었을까? 어떻게 생각해?"

"잠깐…… 이런 얘기는 독자들이 좋아하지 않아. 사건 중심으로 얘기하지. 복수는 더이상 언급하지 않아도 좋아."

"그래? 그럼…… 더이상 할말이 없네."

코디어는 정말로 더이상 입을 열지 않았다. 나는, 잘 얘기하다가 갑자기 왜 그러냐고 말할 수 없었다. 침울한 표정으로 입을 꾹 다문 그가 갑자기 나보다 열 살은 더 먹어 보였기 때문이었다. 나는 공연히 독자를 핑계로 코디어의 말을 가로막은 것이 후회되었다. 말문이 막힌 탓이었어. 굳이 대꾸할 필요가 없는 질문이었는데. 어떻게 생각하냐고? 뒤늦게 나는 내가 어떻게 생각하는지 생각하기 시작했다. 이 땅에 정말 코디어가 살 길이 있을까? 그러나 생각한다고 다 생각나는 게 아니라는 것쯤은 나도 알고 있었다. 그 물음에 대답할 능력이 나에게는 없음을 깨닫는 데 그리 오랜 시간이 걸리지는 않았다. 나는 인텔리도 뭐도 아니었고, 헛먹은 나이조차 서른에도 한참 못 미치는 풋내기였다. 게다가 코디어에 비하면, 태어난 나라를 떠나본 적이 없는 우물 안 개구리 신세였다. 코디어는 어느 대륙에서 살아야 팔자가 늘어질 것인가? 나에게 그런 국제적 성격의 문제를 풀어낼 안목을 기대해서는 안 되었던 것이다.

침묵은 시간을 천천히 흐르게 한다. 코디어와 나 사이에 침묵으로 흐른 십여 분의 시간은, 그 전날 코디어와 함께 보낸 시간보다도 길었다. 그 긴 시간 동안 내가 무슨 생각을 했는지는 잘 기억나지 않는다. 아마도 코디어가 무슨 생각을 하고 있나 생각하지 않았을까. 갑자기 딴사람이 되어버린 코디어의 속을 짐작하기는 힘들었을 것이다. 이어서 내가 할 수 있었던 생각이라면…… 코디어가 잃어버렸다는 것은 대관절 무엇일까? 그런 생각을 했다면, 그때 나는 그 물음에 대해 어떤 실마리를 찾아냈을까. 아니었을 것이다. 전날 밤 나의 상태였다면 하나도 어려울 게 없는 문제였을 테지만, 코디어에게 묻기만 하면 이미 다 아는 것이 되었을 테지만, 이미 나는 평소의 우둔한 상태로 돌아와 있었고, 평소보다 훨씬 더 안 좋아져 있었다.

침묵은 때로 사람을 한없이 멍청하게 만들어버린다. 그 무거운 침묵 속에서 코디어는 자신이 잃어버린 중요한 그 무엇에 대해 생각하고 있지는 않았을까. 그게 뭔지 알고 있기는 했을까? 설마 나만큼 모르지는 않았겠지. 하지만 내가 모르는 것을 남에게 물어보기란 여간해서 쉽지가 않은 것이다. 그래서 나는 계속 침묵했을 것이고……

그때 내가 하려다 만 얘기 한 가지는 분명히 생각난다. 코디어가 새로 만났다는 여자와 그녀의 남편이라는 남자. 그들의 정체에 대해 나는 비교적 신뢰할 만한 심증을 지니고 있었다. 그것은 그들에 대한 얘기를 처음 들었을 때부터 그랬다. 그때는 다른 남녀를 그들이라고 잘못 알기는 했어도. 어쩐지 석연치 않더니만. 카페에서 본 여자는 인상이 표독스럽기만 했지 그런 일에 걸맞는 외모는 아니었지. 새로 만난 여자는 수긍이 갈 만한 미모를 갖췄을 거야. 돈도 꽤 있어 보였겠지. 그래서 그 여자와 정을 통하는 현장을 남편에게 들켰다고? 그래서 돈이 필요하다고?

코디어는 그 여자의 얼을 빼서 정말 한밑천 잡을 작정을 했었는지도 모른다. 그 동안 터득한 육체적이고 심리적인 노하우를 총동원해서, 뭔지는 모르지만 이 나라에서 상하고 잃어버렸다는 자신의 세월을 보상받고 싶었는지도 모른다. 아르마니를 빼입고 모아둔 화대를 탕진하며 부유한 미국인 행세를 한다…… 그물을 쳐놓고 밧줄을 잡아당길 순간을 기다리는 어부. 코디어에게 드디어 제 이름값을 할 기회가 찾아왔다고 봐야 하나? 그러다 재수 없게 걸려든 거겠지. 첫 시도에서 강적을 만나 된통 당하고 만 거야. 운이 나쁜 인간은 발끝에 채이는 게 불운이라니까. 하기는 코디어를 낚은 그 한 쌍의 남녀도 운이 좋은 축에 속한다고는 볼 수 없겠지. 프로들이 아닌가봐. 사람 보는 눈이 그렇게들 없어서야……

내가 그 얘기를 코디어에게 할 수 없었던 이유는 무엇이었을까. 그런 게 아닐지도 모른다는 조심스러움 때문에? 그렇다면 조심스럽게 얘기하면 되는 게 아니었을까. 행여라도 이 나라와 이 나라 사람들에 대해 나쁜 이미지를 심어줄지도 모른다는 걱정스러움 때문에? 설마 그랬으려구. 나라와 민족에 대한 나의 애정은 씨가 말라 있던 시기였는데. 처음 그 얘기를 들었을 때는 워낙 무슨 얘기든 별로 하고 싶지 않아서 그랬다 치고, 다시 그 얘기를 듣고 나서 이인조 사기 공갈단이라는 확신이 더욱 굳어진 상태에서도 내가 입을 꾹 다문 채 코디어의 곁을 떠났던 이유는 무엇이었을까.

그때도 물론 내 말문이 막혀 있기는 했다. 하지만 그 침묵은 내가 원한 것이 아니었다. 코디어에게서 느껴졌던 까닭 모를 위압감. 오히려 그때 나는 무슨 말이든 하고 싶었고, 또 해야 한다는 강한 의무감에 시달리기까지 했다. 그럼에도 불구하고 내가 그 순간에 지니고 있었던 유일한 얘깃거리를 끝내 꺼내지 않고 참았던 이유는…… 함정에 빠진 코디어를 결국에는 나 몰라라 팽개쳐두고 떠나버린 비정한 선택의 근거는…… 아마도 내가 나선다고 무슨 해결이 될까보냐는 고질적인 무력감이 한몫 했다고 봐야겠지. 그리고 또 무엇이었을까. 혹시 그 순간만큼은 코디어를 돕고 싶지 않다는 옹졸함의 발로가 아니었을까. 왠지 모를 깊이가 느껴지는 그의 침묵 앞에서 주눅든 나의 자의식이 선택한 치졸한 앙갚음이 아니었을까. 반은 맞고 반은 틀렸다. 그 짧고도 긴 침묵 속에서 코디어와 마주 앉은 내가 형편없이 왜소해져 있었다는 것은 분명한 사실이다. 그래서 덫에 걸린 그가 만신창이로 결박당하는 모습을 상상하며 자위하려는 심보를 품었던 것도 맞다. 하지만 그것보다 더 나를 지배했던 것은……

어떻게든 관계를 역전시켜 원래대로 돌려놔야겠다는 조급증, 최소한 코디어를 고매하고 의연한 높이로부터 끌어내려 유치하고 애처로운 수준에서 동등해지기라도 해야겠다는 절박함에 나는 사로잡혀 있었다. 그 욕구를 만족시키는 방법이 아무 얘기도 안 하고 버티는 것일 수는 없었다. 네가 순진해서 눈치를 못 챘는가본데, 그 년놈들이 뭐 하는 인간들인지 가르쳐줄까? 내가 만약 그렇게 얘기를 시작했다면 그것은 누구를, 무엇을 위한 개소리였을까. 그 얘기를 듣고 코디어는 진실을 알았다고 덩실덩실 춤이라도 췄을까. 왜 미처 몰랐을까 분개하며 방바닥을 내려치기라도 했을까. 나는 코디어가 보일 반응이 어떤 것인지 알고 있었다. 그것을 통해 내가 바라는 바가 이루어질 수 있으리라는 것도 알고 있었다. 내가 끝까지 침묵을 지켰던 이유는 바로 그것이었다. 그런 내가 싫어서…… 한없이 가라앉는 코디어의 비참한 모습을 즐기고 싶어하는 내가 싫어서…… 언제나 누구 앞에서나 그래왔다는 게…… 끔찍해서……

"그만 가봐야겠어."

must, should, have to, gotta…… 어떤 조동사를 골랐는지는 기억나지 않는다. 다만 거의 결별을 고하는 심정으로 그렇게 말했다는 것밖에는. 그러고도 나는 선뜻 몸을 일으키지 못하고 있었다. 코디어는 내 말에 아무런 반응도 보이지 않았다. 내가 주머니 속의 동전들을 만지작거리며 차비가 모자란다는 생각을 하고 있는데, 과묵한 인디언 추장 같은 꼬락서니로 앉아 있던 코디어가, 침묵을 털고 입술을 움직였다.

"캥을 만날 방법이 없을까? 어디에 사는지는 알지?"

"Somewhere over the rainbow."

무심결에 나온 내 대답이었다. 군대 시절 코디어와 나는 곧잘 노래 가사들만으로 대화를 주고받는 놀이를 즐기곤 했었다. 코디어의 입가에 희미한 미소가 번졌다.

"천국의 문을 두드리면서 말이지?"

코디어는 밥 딜런으로 응수했다. 임기가 진짜 죽었다고 말해주면, 코디어는 존 레넌을 추모하는 엘튼 존 흉내라도 내려고 들까? Can't you come out to play…… in your empty garden…… 속으로는 그 노래를 부르며 나는 레드 제플린으로 받아쳤다.

"아니, 천국으로 오르는 계단을 사고 있다지."

　　그러면서 나는, 코디어나 나나 그런 놀이만 하면서 살 수는 없는 걸까 하는 생각에 서글퍼졌다. 그 순간 나는 코디어의 머리 위로 내려오는 길다란 밧줄 사다리를 보았다. 내가 환상을 떨치려고 눈을 힘주어 감았다 떴을 때는, 코디어의 얼굴에 더이상 웃음기가 남아 있지 않았다. 코디어는 우리만의 게임을 더 이어가지 않았다. 중단된 임기 얘기를 잊지 않고 있었다.

　　"캥을 만나고 싶어. 너는 안 그래?"

　　"예스, 아이……"

　　대답을 하다가 나는 뭔가 혼동되어 끝을 맺지 못했다. 내가 지금 그렇다고 했나, 아니라고 했나? 예스 노를 혼동해 애를 먹었던 신병 시절이 생갔났고, 아울러 제대하고 한동안은 반대로 헤맸던 기억이 떠올랐다. 그러자 왠지 모르게 억울해지는 것이었다. 평생 예 아니오 따위나 주의하며 살아야 하다니. 코디어와 나를 확실히 갈라놓는 투명한 장막이 둘 사이에 드리워지는 느낌이었다. 난 너랑 달라. 뭘 하고 싶은지 몰라. 그러니까 더는 묻지 말라구.

　　코디어는 내가 방에서 나갈 때까지 계속 임기 얘기를 했다. 정말 멈추지 않고 했다. 듣다가 중간에 나왔기 때문에 나는 그 얘기의 끝을 알지 못한다. 내가 영화나 드라마에 흔히 나오듯, 그만! 소리지르며 뛰쳐나오거나 했던 것은 아니었다. 나는 그냥 슬머시 일어나 조용히 문을 열고 밖으로 나왔을 뿐이다. 얘기를 듣다보니, 코디어가 꼭 나에게 얘기하고 있다는 느낌이 아니어서, 목소리도 그랬고 표정도…… 특히 눈동자가, 나를 향한 것이 분명한 코디어의 파란 눈동자가 나를 뚫고 나가 멀리 다른 곳을 보고 있다는 느낌이어서, 나는 조금 무섭기도 했고 무안하기도 했고, 돌이켜 생각하면 죽은 임기에게 질투 비슷한 얄궂은 마음을 품었던 것도 같고…… 내가 방에서 나와 문을 닫은 뒤 걸음을 떼어놓고 나서도, 코디어의 작아진 말소리는 멈추지 않았고, 다만 멀어져갔을 뿐이었다.

"캥에게 특별히 할 얘기가 있는 건 아니야. 그냥 보고 싶어. 어차피 서로 잘 알아듣지도 못하는걸. 그래도 캥이 곁에 있으면 좋겠어. 이상한 발음으로 더듬거리는 캥의 목소리가 듣고 싶다. 캥은 애인을 만났을까? 감옥으로 그녀를 찾아갔겠지. 오직 그 생각뿐이었으니까. 우리는 둘 다 그 생각뿐이었지. 여기를 떠나야 한다. 배터리를 나르며, 타이어를 굴리며…… 여기를 벗어나야 한다. 처음에 나는 캥이 거기서, 군대에서 살고 싶다고 말한 줄 알았지. 살고 있으면서 살고 싶다니 말이 안 되잖아. 더 들어보니 떠나고 싶다는 말이었어. 우리는 같이 떠나기로 했지. 나는 뮤즈의 나라에서 멀어지기 위해, 그리고 캥은…… 사람들은 우리가 죽고 싶어서 배터리 액을 마신 걸로 알고 있겠지. 그걸 마시자고 한 사람은 캥이었어. 내가 가르쳐줬거든. 빗물에 묽어져서 못 쓰게 됐다고. 마셔도 안 죽는다고. 하지만 캥이 그렇게 벌컥 들이켤 줄은 몰랐어. 용산에서 캥은 바로 한국군 병원으로 갔어. 식도가 타버리지는 않았겠지. 좀 탔어도 캥은 좋아했을 거야. 우리는 정말 살고 싶었으니까. 나는 내가 살던 세상으로 돌아가야 살 수 있을 것 같았고, 캥은…… 캥은 감옥으로 달려갔을 거야. 행복할 거야. 캥이 행복해져서 기분이 좋다. 어쩐지 나 대신, 내 몫을 캥이 살고 있다는……"

오후만 있던 일요일

코디어는 나에게 다시 전화하지 않았고, 나도 코디어를 다시 찾아가지 않았다. 하지만 그 축축하고 퀴퀴한 여인숙에서 나온 뒤로 꼬박 한 해가 지나도록, 나는 코디어를 잊지 못하고 있었다. 그 무렵, 이십 대의 팔 할을 보내버린 나는 여전히 내 인생의 주인으로 살고 있지 못했고, 날마다 시간의 무게에 짓눌려 허덕이고 있었다. 아득하고 막막하고 답답하고 그러면서도 짜릿한 어떤 조바심. 그것은 이상한 갈증이었다. 내 몸의 모든 구멍들이 바싹바싹 타들어가는 듯한, 그러다가 어느 순간 점액질의 끈적끈적함으로 막혀버릴 것 같은, 어떤 고픔이기도 하고 마려움이기도 한 통제 불능의 느낌. 지각 출근을 면하려면 놓쳐서는 안 될 버스가 멈추지 않고 제멋대로 지나쳐 멀어져갈 때, 마감시간이 임박한 기사를 쓰면서 '바로 그 단어'가 떠오르지 않아 때려치우고 술이나 마실까 싶을 때, 때 이른 사정 뒤에 미진함이 느껴지는 여자의 몸에서 떨어져나와 하릴없이 담배를 집어들 때……

그날 코디어의 여인숙에서 점점 멀어지는 나를 엄습해왔던 이상한 갈증은, 그후로도 때가 되면 어김없이 찾아와 나의 시간들을 먹어치웠다. 그럴 때마다 나는 습관처럼 코디어의 초점 잃은 눈동자를 떠올리며, 대답 없는 물음을 허공에 흩어놓곤 했다. 그 방이 코디어를 보호해줄 수 있었을까. 코디어는 그 방에 영영 갇혀버렸을지도 몰라.

코디어에 대한 궁금증이 도질 때마다 나는 이상하게도 임기 애인을 생각했다. 얼굴도 모르고 이름도 알 길 없는 그녀가 보고 싶다는 또다른 갈증에 시달렸다. 그녀가 내 까닭 모를 갈증을 풀어주기라도 할 것처럼. 그것은 아무 근거 없는 그리움, 나 혼자 일방적으로 파놓은 내 안의 빈 구멍이었다. 그녀를 찾으려는 어떤 노력도 기울이지 않으면서, 나는 그녀가 내 앞에 나타나지 않기로 단단히 마음먹고는 나를 피해 다니기라도 하는 것인 양, 야속함으로 속을 태웠다. 그럴 때면 임기의 가짜 애인이라도 보지 않고는 견딜 수가 없을 것 같은 심정으로 기완이네를 불쑥불쑥 찾아가곤 했다. 처음 몇 번은 변치 않는 전우애에 대한 황송함으로 반겨 마지않던 기완이도, 나의 뜬금없는 방문이 거듭되자 대놓고 짜증낼 수도 없는 불편함을 내비쳤다. 형, 내가 여자 소개시켜줄까? 형도 이제 가정을 꾸릴 때가 됐잖아요. 그러면 옆에서 임기의 가짜 애인 강연기 여사도 자기 남편을 거들고 나섰다. 그래요 오빠, 제 친구들 중에 아직 시집 안 간 애들 많아요.

결혼하지 않은 여자들이라면 내 주변에도 넘쳤다. 설사 유부녀를 소개해준다 한들 마다할 이유는 없었다. 코디어의 얘기를 듣고 난 뒤로 나는 은근히 나이 든 여자와의 섹스에 호기심을 품게 되었고, 실제로 확인할 기회도 한 번 있어서 결코 실망스럽지 않은 기억으로 남아 있던 터였다. 누군가 그 현장을 덮칠지도 모른다는 조마조마함으로 배가되었던 스릴과 함께. 내가 아직 결혼에 뜻이 없는 까닭을 기완이 부부에게 요령 있게 설명할 자신은 없었다. 그게 꼭 임기 애인과 관련된 것이라고 볼 수도 없었고. 나는 끝내 그들에게 임기의 죽음에 얽힌 사연을 들려주지도 못했다. 이상하게도 나는, 여전히 임기의 죽음에 대해, 아니 그의 짧은 생의 지극히 일부분인 날들에 대해서조차, 제대로 알고 있지 못한 것 같은 떨떠름한 느낌을 떨칠 수가 없었다. 나는 여자를 소개받지도 않은 채, 기완이네로 향하는 발길을 참았다. 그러다가 나는 누구의 소개도 없이 한 여자를 만났다. 중동의 어느 만에서 전쟁이 터지기 두 달 전이었다.

그날은 내가 코디어를 떠나고 나서 쉰번째쯤 맞는 일요일이었다. 나는 오후 두시가 되어서야 부스스 눈을 떴다. 밤을 새워 일을 마치고 해 뜨기 직전에 침대로 몸을 던졌던 기억이 났다. 타자기와 씨름하며 줄담배를 피워댄 탓인지 머리는 무겁고 가슴이 뻐근했다. 며칠 전에 취재한 위험한 이벤트를 위험하지 않은 수위로 전달해야 하는 골치 아픈 작업이었다. 파업 노동자가 주인공인 영화를 무허가로 틀어주는 행사였다. 그 문제적인 이벤트를 자세하게 소개하면서, 나는 객관적인 접근 태도를 빙자해 아무것도 말하지 않는 데 성공했다. 가리지도 말고 치우치지도 말 것. 내가 속한 잡지사의 모토는 정치에 대한 균형 잡힌 시각이었고, 그것은 간밤의 나에게 요구되었던 얄밉도록 정치적인 감각에 다름아니었다. 제대 직후 있었던 대통령 선거에서 승리한 세력은 그런 영화를 싫어했고, 다른 편이 그런 영화를 보는 것에 대해서도 근심 걱정이 많았다. 나는 어느 쪽이었냐 하면, 그런 영화를 싫어하는 축은 아니었지만, 취재를 목적으로 하지 않고도 보러 갔을지에 대해서는 자신할 수 없는 그런 부류였다.

다시 잠을 청하기에는 뭔가 편치 않은 마음이었다. 내 방은 대낮인데도 어두웠고, 집 안은 괴괴하도록 조용했다. 식구들은 밖에서 근사한 점심을 먹고 있을 터였다. 나는 자청해서 그 따분한 가족행사로부터 소외되었음에도 불구하고, 졸지에 콩쥐가 된 기분이었다. 발작적으로 이불을 차고 일어나 창에 드리운 커튼을 젖혔더니, 우중충한 하늘이 답답한 높이로 내려와 있었다. 책상 위에 너저분한 책과 종이들을 치우다 말고 나는 라디오를 켰다. 단아한 피아노 소리가, 잊고 지내던 친구의 음성처럼 흘러나왔다. 들국화였다.

오후만 있던 일요일…… 눈을 뜨고 하늘을 보니…… 짙은 회색 구름이…… 나를 부르고 있네…… 생각 없이 걷던 길 옆에…… 아이들이 놀고 있었고…… 나를 바라보던 하얀 강아지…… 이유 없이 달아났네…… 나는 노란 풍선처럼…… 달아나고 싶었고…… 나는 작은 새처럼…… 날아가고 싶었네…… 작은 빗방울들이…… 아이들의 흥을 깨고…… 모이 쪼던 비둘기들…… 날아가버렸네…… 달아났던 강아지…… 끙끙대며 집을 찾고…… 스며들던 어둠이…… 내 앞에 다가왔네…… 나는 어둠 속으로 들어가…… 한없이 걸었고…… 나는 빗속으로 들어가…… 마냥 걷고 있었네…… 오후만 있던 일요일…… 포근한 밤이 왔네…… 오후만 있던 일요일…… 예쁜 비가 왔네……

노래가 끝날 때까지 나는 꼼짝도 하지 않고 서서, 소리에 따라 늘어나고 줄어드는 초록빛 램프의 움직임만 바라봤다. 그사이에 가슴을 콕 찌르는 아픔이 한차례 다녀갔다. 나는 통증에 숙달된 환자처럼 미리 조짐을 느끼고 갈증에 시달릴 준비를 하고 있었는데, 노래가 끝나면서 나를 찾아온 것은 정반대의 차분한 느낌이었다. 나는 어디든 밖으로 나가야겠다고 생각하며 전화를 집어들었다. 뚜 하는 신호음이 내 손길을 재촉하고 있었다. 나는 생각나는 대로 전화기의 버튼을 눌렀다. 여보세요…… 기완이의 목소리에서는 가족을 꾸린 남자의 휴일이 느껴졌다.

내가 기완이에게 임기의 무덤이 어디 있냐고 물은 까닭은 무엇이었을까. 오랜만에 연락해서는 막상 할 얘기가 없었던 것은 확실하다. 내가 그리로 가겠다거나 네가 어디로 나오라거나 할 생각은 전혀 없었다. 그런 용건으로 전화했을 거라는 오해를 기완이가 하고 있을 것으로 짐작한 나는, 빨리 뭐든 다른 얘기를 꺼내고 싶었을 것이다. 내가 외출을 하고 싶은데 어디가 좋겠냐? 그렇게 물어볼 수도 없어 난처한 중에 문득 임기의 무덤이 떠오른 까닭을, 나는 정말 알 수가 없다. 형, 거기는 왜요? 그렇게 묻는 기완이의 말투에는 잔뜩 경계하는 느낌이 묻어나왔다. 어, 혼자 좀 다녀오고 싶어서. 나는 얼른 기완이를 안심시킬 수 있는 답을 생각해냈다. 갑자기 왜? 기완이의 목소리가 훨씬 가볍게 들렸다. 이유를 몰라 머뭇거리는 나를 오래 놔두지 않고, 기완이는 다 알겠다는 듯이 아쉬움을 섞어 말했다. 나도 같이 가면 좋을 텐데, 집에 일이 있어서…… 그 말을 듣고 나는 내가 확실히 혼자 가고 싶어한다는 것을 알았다. 기완이는 잠깐 기다리라고 했다. 연기야…… 제 처를 부르는 기완이의 목소리가 조그맣게 들렸다.

임기의 무덤은 뜻밖에 가까운 곳에 있었다. 기완이의 당부대로 잠깐 기다리며, 나는 임기의 고향인 D시 부근으로 가려면 기차를 타야겠지 하는 생각에 약간 들떠 있었다. 덜커덩거리는 기차의 리듬이 벌써 엉덩이와 허리께에 전해지는 느낌이었다. 해 지기 전에 닿을 수 있을까. 초겨울이었다. 어둠이 밀려오는 묘지 속으로 들어가는 건 어째 좀…… 글쎄, 꼭 임기 무덤에 가야 하는 건 아니지. 나는 W읍을 행선지로 삼아야겠다는 새로운 계획을 저울질하고 있었다. 기지촌을 어슬렁거리며 캠프 안도 기웃거려보고…… 뮤즈는 마 중사를 따라 넓은 나라로 떠났겠지. 인심 좋은 중국집 아주머니는 아직 거기서 살고 있을까. 나를 기억하고 반겨 맞아주려나. 나는 마치 오랜 방황 끝에 귀향을 결심한 나그네처럼 가슴이 설레고 있었다. 그런데 임기의 무덤이 서울 근교의 공원묘지에 있다니. 임기의 무덤에 가고 싶었던 충동이 가야 한다는 의무감으로 바뀌고 있을 때, 기완이가 의아스럽다는 말투로 물어왔다.

"그런데 형, 처남 무덤이 있다는 건 어떻게 알았어요?"

나는 무슨 소린지 몰라서 똑같이 의아함으로 대꾸했다.

"어떻게 알긴? 임기 개 죽었잖아."

"형도 참…… 자식이 먼저 죽으면 대개는 무덤 안 만들잖아."

"그렇지 참…… 그런데 개는 어떻게 무덤이 있냐?"

기완이는 어이없다는 듯 웃으며 임기에게 무덤이 생긴 연유와 그 위치를 찾는 방법을 말해줬다. 그리고 전화를 끊기 전에, 내가 더 싱거운 사람으로 변하기 전에 어서 장가 보낼 궁리를 해야겠다는 다짐을 전해왔다. 나는 임기의 무덤이 없을 수도 있었다고 생각하니, 찾아가지 않으면 안 될 것 같은 마음이 점점 더 강해졌다. 당장 찾아가지 않으면, 가뜩이나 지지부진한 내 인생이 앞으로 더욱 지독하게 꼬일 것만 같았다. 그러자 제대할 때 채 다 갚지 못한 중국집의 외상이 떠올랐고, 그 주인 아주머니의 인심이 좋았는지에 대해서도 의심해 보지 않을 수가 없었다. 나는 마음으로 올라타 있던 W읍 행 기차에서 내려, 이 닦고 세수하고 옷 갈아입고…… 우산을 챙겨들었다.

입구에서 바라본 묘지는 한산함을 넘어서 적막했다. 멀리 보이는 한 여자만이 나를 제외한 방문객의 전부였다. 나는 엇비슷한 묘들 사이를 천천히 가로지르며 묘비 없는 무덤을 찾아 나아갔다. 기완이는 자기도 실은 가본 적이 없다고 겸연쩍어하며 일러줬다. 임기 묘가 제일 눈에 띌 거래요. 묘비까지 만들어놓지는 못했다네요. 부모가 묻힐 자리에, 재로 변한 임기는 먼저 들어가 쉬고 있었다. 기완이는 임기의 아버지가 월남한 실향민이라고 했다. 우리 장인어른이 죽은 처남을 끔찍이도 아꼈대요. 아버지의 사랑이 마련해준 사후의 방 한 칸에서, 녀석은 못다 한 사랑을 기다리고 있기라도 하는 것일까. 생전에도 그랬듯이 잠잠한 모습으로, 행여 나라도 찾아오길 바라고 있을까. 잔뜩 찌푸린 하늘에서는 금방이라도 비가 쏟아질 것처럼 습한 바람이 한차례 세차게 불어내렸다. 묘지 한가운데 꼼짝 않고 서 있던 여자의 옆모습이 가늘게 흔들렸다. 그녀의 긴 머리카락이 부챗살 펴지듯 시원스레 흩날렸다.

나는 임기의 무덤으로 가기 위해 그녀에게 점점 다가갔다. 그녀 앞에 봉긋이 솟아 있는 묘 바로 옆에 묘비 없이 야트막한 무덤 하나가 자리잡고 있었다. 그 앞에 놓인 국화 한 송이가 싱싱해 보였다. 누가 다녀갔을까. 그 무덤이 맞는지 확인하기 위해 나는 여자가 서 있는 무덤 근처에서 멈춰 섰다. 아까부터 인기척을 느낄 만했을 텐데도, 그녀는 고개를 돌리지 않고 있었다. 나는 그녀의 단정한 옆얼굴을 바라보며 왠지 모를 친숙함을 느꼈다. 어디선가 본 적이 있는 여자일까. 그녀는 한 다발의 국화를 품에 안고, 묘 앞의 작은 비석을 가만히 응시하고 있었다. 거기에 새겨진 이름이 기완이가 가르쳐준 것과 일치함을 확인하고 나서도, 나는 쉽사리 임기 무덤 쪽으로 걸음을 떼어 놓을 수 없었다. 그러는 사이에 고개를 돌린 여자가 나를 발견했다. 깊은 생각에서 깨어난 듯 멍하던 표정이 멈칫 놀라는 빛으로 바뀌더니, 이내 향긋한 미소가 얼굴 가득히 피어올랐다.

"안녕하세요. 어떻게 여기서⋯⋯"

나는 뭐라고 대꾸해야 할지 몰라 머뭇거리며, 본격적으로 그녀를 만난 때와 장소를 알아내기 위해 애쓰기 시작했지만, 곧 그녀에 관한 것만 빼고는 뭐든지 다 기억날 것 같은 안타까움에 휩싸였다. 그녀는 짧은 시간에 어색함에서 벗어나 장난스러운 말투로 나의 환기를 도우려 했다.

"보신 영화들 다 생각해보세요."

그녀의 말을 듣고, 나는 멍청하게도 내 머리에 입력되어 있는 영화 속의 여배우들과 하나하나 대조하느라, 그녀의 얼굴만 뚫어져라 쳐다보며 침묵 속에 시간을 흘려보냈다. 그런 나를 지켜보던 그녀는, 조금 당돌하게 느껴질 정도로 뽀로통한 표정을 지으며 말했다.

"정말 잊으셨나봐요. 며칠 지나지도 않았는데…… 그때 강당에서 영화 볼 때…… 손수건…… 기억 안 나세요?"

아아…… 그제서야 나는 기억에서 도망쳤던 며칠 전의 장면 하나가 되돌아오는 후련함을 맛보았다. 나에게 오후만 있는 일요일을 선사한, 나에 의해 위험한 뇌관이 제거된 그 영화를 보는 도중이었다. 장소는 그런 행사가 단골로 열리던 어느 대학의 강당이었다. 나는 영화를 보다가 잠깐 딴 생각을 하고 있었다. 그 대학에 임기가 다녔음을 기억해낸 뒤 빠져든 상념이었다. 그때 임기가 묻혀 있는 곳을 찾아가봐야겠다는 생각을 처음 했는지도 모르겠다. 다시 영화에 집중하려고 자세를 고쳐앉는데, 바로 옆자리에서 훌쩍거리는 소리가 들려왔다. 곁눈질로 훔쳐보니 어떤 젊은 여자가 손등으로 눈가를 문지르고 있었다. 무슨 장면이 그리도 슬펐을까. 스크린에서는 노동자들이 두 패로 나뉘어 열심히 족구를 하고 있었다. 그전에 무슨 일이 있었더라? 나는 건성으로 흘려보낸 장면들을 되새기며 사방을 둘러봤다. 우는 사람은 그 여자 하나뿐이었다. 강당의 분위기는 영화 내용을 훨씬 능가하는 긴장감으로 팽팽할 뿐이었다. 그래도 내 옆의 여자는 홀로 멈추지 않는 눈물을 닦고 있었다. 이 영화를 보면서 우는 사람도 있더라. 그런 내용도 기사에 쓸까 말까 생각하고 있는데, 여자가 내 팔을 살짝 두드리더니 속삭이듯 말했다.

"휴지 가진 거 있으세요?"

나는 없다고 말하려다 말고 바지 뒷주머니에서 손수건을 꺼내 내밀었다. 그녀는 선뜻 받아쥐지 못하고 머뭇거리더니 말했다.

"코도 풀어야 하는데……"

나는 하마터면 소리내어 웃을 뻔했다. 앞에 앉은 남자가 고개를 돌려 여자에게 무언의 주의를 주고는 다시 영화로 돌아갔다. 스크린에서는 주인공이 애인과 함께 허름한 여관으로 막 들어서고 있었다. 나는 여자에게 손짓으로 괜찮다는 의사를 전하고는 손수건을 건네주었다. 그녀의 코 푸는 소리가 객석의 정적을 뚫고 시원하게 울려퍼졌다.

행진곡풍의 운동가요가 시작되면서 결의에 찬 표정의 주인공이 멍키 스패너를 치켜드는 장면으로 영화는 끝을 맺었다. 불이 켜졌고 나는 옆에 앉은 여자가 어떻게 생겼을까 궁금해졌다. 살짝 고개를 돌렸더니 여자는 이미 나를 바라보고 있었다. 눈이 퉁퉁 부어 있어서 본래의 생김새를 짐작하기는 어려웠지만, 뜻밖에 평온한 얼굴을 하고 있었다. 여자가 손수건을 돌려주며 고맙다고 인사하고는, 준비된 대사를 뱉는 배우처럼 또박또박 말했다.

"깨끗하게 빨아서 돌려드리고 싶지만, 이런 식으로 인연을 만드는 건 원하지 않아요."

나는 축축한 손수건을 주머니에 도로 집어넣지도 못한 채, 멀어지는 여자의 뒷모습만 멍하니 바라보았다.

"안녕하세요. 어떻게 여기서……"

뒤늦게 인사하는 나의 가슴으로 맑은 기운이 한줄기 흘러드는 느낌이었다. 여자는 자기와 똑같이 말하는 내가 재미있는 모양이었다. 활짝 웃으며 꽃송이들로 뺨을 비비는 그녀가 참 예쁘다고 나는 느꼈다. 그녀는 며칠 전의 부기가 말끔히 가신 커다란 눈을 반쯤 감고는 심호흡을 하면서 꽃향기를 맡고 있는 듯했다. 나는 그녀와 내가 주고받은 똑같은 말을, 삼킨 단어들과 함께 속에서 되풀이해보았다. 어떻게 여기서 우리가 만날 수 있나요……

"누가 묻혀 있어요?"

무덤 앞에 꽃을 내려놓고 몸을 일으킨 그녀가, 마치 누가 여기 살고 있냐는 듯이 천연덕스럽게 물었다. 나는 어떻게 말해야 할지 생각하다가 간단히 줄여 대답했다.

"후배요. 바로 저 무덤입니다."

"아…… 그렇군요."

내가 가리키는 대로 뒤돌아보는 그녀의 표정이, 잠깐 천국을 들여다보기라도 한 것처럼, 형언할 수 없는 아름다움으로 빛났다. 그녀는 무슨 말을 하려다가 멈추고 말을 바꾸는 기색이었다.

"여기 올 때마다 저 무덤에 꽃 한 송이씩 바쳤는데…… 묘비도 없이 허전한 게 안돼 보여서요. 오늘에야 무덤 주인의 선배님을 만났으니…… 꽃값을 두둑이 받게 됐네요."

그녀는 다시 장난기 어린 표정으로 돌아와 나를 빤히 쳐다보고 있었다. 나는 여자와 처음 대화를 나눠보는 것 같은 기분에 당황스럽고 민망해서, 그럴싸한 대꾸는 엄두도 못 내고 어색하게 웃기만 하다가, 얼른 임기의 무덤 쪽으로 걸음을 옮겼다. 준비해간 소주를 무덤 위에 뿌리면서도 내 신경은 온통 등뒤에 서 있을 그녀를 향해 뻗어 있었다. 조금 남은 술을 병째로 마시려는데, 어느새 다가왔는지 그녀의 목소리가 바로 뒤에서 들려왔다.

"나도 한 모금 마실래요."

그녀는 제법 술꾼의 풍모가 느껴지는 자세로 내가 건넨 술병을 거꾸로 세워 입으로 가져갔지만, 카 소리까지 앙증맞게 내며 떼어낸 병에, 남은 술은 거의 그대로였다.

"소주 한 잔이면 완벽하게 취하는 실력이에요."

나머지 술을 가뿐히 들이마시며 나는 잠깐이나마 마음의 여유를 되찾은 느낌이었다.

"내 이름은 강미아에요. 엄마 손을 놓치고 훌쩍이는 미아…… 저 무덤 속에 엄마가 잠들어 있어요."

"이상현입니다."

나는 그녀처럼 덧붙일 말은 생각나지 않아 이름만 썰렁하게 말해놓고는 괜스레 하늘을 올려다봤다. 지금쯤 비가 내리기 시작하면 좋겠다고 생각하며 우산을 만지작거렸지만, 하늘에 깔려 있던 구름은 오히려 퍼런 틈을 내비치며 흩어지고 있었다. 해가 질 때까지 임기의 무덤에서 어떻게 시간을 보내려 했던 것일까. 그녀와 나란히 걸어 묘지를 빠져나오는 내 머릿속은 텅 비어 있었다. 나는 무슨 말이든 한 마디쯤은 그녀에게 먼저 건네야겠다는 조바심이 일었다.

"참, 그날은 왜 그렇게 울었어요?"

"엄마 생각이 나서요. 그 영화에 잠깐 나온 식당 아줌마가 우리 엄마를 빼닮았어요. 특히 밥 풀 때 화면에 크게 잡힌 마디 굵은 손가락이……"

그녀는 담담하게 말했지만, 나는 괜한 것을 물었다는 마음에 입 속의 침이 말랐다. 그녀가 말한 장면을 기억해내려 애썼지만, 그녀의 어머니를 닮았다는 배우의 손은 고사하고 얼굴조차 좀처럼 떠오르지 않았다. 나는 스멀스멀 나를 향해 다가오는 목마름의 증세를 앞당겨 앓겠다는 듯이 서둘러 그녀에게 물었다.

"이런 식으로 만들어지는 인연은 싫지 않아요?"

그녀는 앞을 본 채로 가만히 고개를 저었다. 내 심장 근처까지 다다랐던 갈증이 징그러운 촉수를 거두고 단숨에 달아나는 게 느껴졌다. 하지만 다음 순간 나는 공연히, 그녀의 고갯짓이 무엇을 의미하는지 모르겠다는 혼동 속으로 빠져들었다.

큰길로 나설 때까지 그녀는 딴사람이 된 것처럼 말이 없었다. 나는 그녀의 침묵이 내 탓인 것만 같아 좀처럼 다시 입을 열 수가 없었다. 다행히 곧 버스가 왔다. 둘이 나란히 앉을 자리가 없는 것 또한 다행이라 여기며 나는 그녀와 두세 칸 떨어진 뒷자리에 앉아 숨을 돌렸다. 하지만 이내, 빈자리를 마다하고 그녀가 앉은 자리 곁에 멈춰 섰어야 한다는 생각이 들어 마음이 불편해졌고, 이제 와서 그럴 수도 없다고 생각하니 다시 목이 말라왔다. 그녀는 편한 자세로 머리를 등받이에 기대고는 잠을 청하는 모습이었다. 나는 버스에서 내린 다음에는 어찌해야 할지 생각하기 시작했지만, 그녀가 먼저 말하기를 기다리는 내 모습밖에는 떠오르지가 않았다. 차창 밖의 가로수들이 늦은 오후의 기운 햇살을 받으며 휙휙 지나가고 있었다. 나는 손에 들린 우산이, 무거운 내 머리통이나 되는 것처럼 짐스러웠다.

"꽃값으로 술 마시러 가요."

버스에서 내리자마자 그녀가 말했다. 한숨 푹 자고 깨어난 그녀의 개운한 얼굴은, 그녀의 배경에서 깨끗하게 개어 있는 하늘과 너무도 잘 어울려 보였다. 앞장서서 터미널을 빠져나온 나는 그녀의 주량을 생각해내고, 간판이 비교적 정갈해 보이는 호프집 앞에서 걸음을 멈췄다. 뒤를 따르던 그녀가 내 소매를 잡아끌며 말했다.

"맥주는 술이 아니잖아요."

그 순간 내 얼굴에 편안하게 번지던 웃음을 그녀는 보았을까. 그녀에게 이끌려 초저녁의 포장마차 안으로 들어서며, 나는 여자를 처음 만나고 있는 것 같은 느낌이 더이상 거북하지 않았다.

내가 잔을 들 때마다 그녀는 열심히 잔을 부딪쳐왔지만, 내가 소주 반 병을 마시도록 그녀 잔에 따라놓은 술은 반 넘게 남아 있었다. 그녀는 안주로 닭발을 원했고 나는 안주도 나 혼자 해치워야 할 거라고 짐작했지만, 잠시 후 나는 속으로, 이토록 귀엽게 닭발을 먹어대는 여자는 또 없을 거라고 감탄을 연발해야 했다. 그녀와 나는 며칠 전에 같이 본 영화에 대해 얘기를 나누고 있었다.

"그 영화를 보는 사람들은 안 봐도 되는 사람들이 대부분이죠. 글쎄요, 자기를 확인하는 의미가 있기는 하겠지만…… 생각이 바뀌어야 할 사람들은 그 영화를 안 보고, 봐도 생각을 바꾸지는 않겠죠. 그렇게 세상은 높고 단단한 울타리로 나누어진 두 개의 구역으로 존재해요. 어느 편이 격리되어 있는 걸까요?"

나는 문득 코디어가 요세미티에 있다고 말한 인디언 보호구역을 상상 속에서 그려보기도 하면서 그렇게, 새벽의 종이 위에는 새겨넣지 못했던 생각들로 영화의 언저리를 더듬기에 바빴고, 그녀는……
그녀는 내 얘기에 공감도 반대도 하지 않았다. 그저 묵묵히 듣고만 있다가, 내가 입을 다물고 나면 잠시 사이를 두고, 영화의 장면이 생

각나게 만든 자신의 과거를 추억했다. 어릴 적 그녀의 집은 작은 공
장이었다.

"일층이 공장이었고 이층에 우리 식구들이 살았죠. 일층에도 방이
하나 있어서 공장 오빠들이 먹고 자고 했는데, 많을 때는 열 명 가까
이 그 좁은 방에서…… 어느 날 나랑 제일 친했던 오빠가 사출기에
손이 끼었죠. 사출기 알아요? 일본말로 가다라고 하는 틀에 플라스
틱 알갱이들을 쏟아붓고 열을 가해 누르면 바가지도 되어 나오고 장
난감도 만들어지고, 얼마나 신기했는데요. 오빠 손을 짓뭉개놓은 틀
모양은 장난감 칼의 손잡이였죠. 동네 병원에서는 손가락을 다 잘라
야 할 거라고 했는데, 아빠는 돈 아끼지 않고 최고의 수술을 받게 했
어요. 그 덕에 오빠 손가락이 두 개밖에는 안 잘렸죠."

나는 영화에 대해 더이상 할말이 없었고, 그녀처럼 상대방의 얘기
를 듣고 나서 가만히 있을 수 있는 담력도 없었다. 그렇다고 그 오빠
손가락이 세 개나 성하게 남았으니 다행이라고 말할 수도 없고……

"아버님께서는 영화에 나오는 악덕 기업주와는 정반대의 사장님이
셨네요."

나는 하나마나 한 소리를 겨우 뱉어내고 제풀에 기가 죽어서는 앞
에 놓인 빈 잔에 술을 채웠다. 그녀가 기다렸다는 듯이 나에게 건배
를 청하고는 남은 술을 한꺼번에 입 안으로 털어넣었다. 하지만 그녀
는 입 속의 술을 얼른 삼키지는 못하고 얼굴을 찡그린 채 어쩔 줄 몰
라했다.

"소주는 혀로 맛을 보면 쓰기만 해요. 그렇게 찔끔찔끔 흘려넣으려
고 하면 더 힘들구요. 그냥 곧장 식도로…… 한번 해봐요."

내 시늉을 따라 머리를 흔들며 꿀꺽 술을 삼킨 그녀는, 입을 벌리고 두 손으로 목을 감싸며 냉수부터 찾았다. 그런 그녀를 보며 나는 코디어가 생각났다. 그녀의 표정과 동작이, 소주를 처음 마실 때 보여준 코디어의 모습과 너무도 흡사했기 때문이었다. 코디어와는 달리 그녀의 두 볼은 금세 달아올라 발그레했다.

"이렇게 많은 술을 한 번에 마셔본 건 처음이에요."

나는 소리내어 웃었고, 그 순간 내가 그녀를 다시 보고 싶어할 것임을 알았다. 소주 한 잔이면 완벽히 취한다는 그녀에게 술을 더 권해도 될지 망설이고 있는데, 그녀가 스스럼없이 내 잔과 자기 잔에 술을 따르고는 말했다.

"정반대는 아니었어요."

나는 무슨 말인지 몰라 어리둥절했다.

"우리 아빠 말이에요. 상현씨가 짐작하듯 그렇게 멋쟁이 사장님은 아니었다구."

그녀의 목소리가 희한한 높낮이로 흔들렸다. 그녀는 정말로 취해 있었다. 반대로 나는 정신이 번쩍 들었다. 그녀가 처음으로 소리낸 내 이름. 내 이름을 그녀가 잊지 않고 있음에, 내 가슴은 뻐근함으로 차올랐다.

"국민학교 육학년 땐가? 추운 겨울이었어요. 겨울이니까 추웠겠죠. 아침에 학교 가려고 대문을 열었는데 매운 바람이 씽 하고 불어와서 난 숨이 막히는 줄 알았어. 얼른 도로 문을 닫았죠. 밖으로 나갈 엄두가 났겠어요? 오빠가 마당을 쓸면서 날 보고 있었나봐. 아까 말한 그 오빠요."

그녀가 취하면 나오는 버릇인지, 아니면 내가 점점 더 친근하게 느껴진다는 표시인지 알 수 없었지만, 나는 반말을 섞어 쓰는 그녀의 말투가 마음에 들었다. 느리게…… 빠르게…… 느리게…… 또 빠르게…… 그녀의 취한 목소리는 리드미컬한 섹스의 몸놀림과도 같이 조임과 풀림을 거듭하며 내 귓가를 감돌았다.

"그때는 오빠 손가락이 다 붙어 있었죠. 나를 문에서 멀찌감치 떨어뜨려놓고 자기가 문을 열더니 바람을 맞고 서 있는 거야. 이제 됐다, 하면서 오빠는 자기 마스크를 벗어서 내 얼굴에 씌워줬어. 눈부시게 새하얀 마스크였어요. 오빠는 내가 묻지도 않았는데 새거나 다름없이 깨끗하다고 말했어. 내가 안 쓰겠다고 할까봐 그랬겠죠. 난 마스크에 살짝 배어 있는 오빠 숨냄새가 좋았는데. 학교 가는 길이 그렇게 따뜻했던 적은 다시없었어요."

내 안에서 그 오빠에 대한 질투 비슷한 감정이 살짝 일었다. 아빠 얘기를 꺼내놓고는 왜 자꾸 오빠 얘기만 하고 있나.

"하교 길에 골목에서 아빠를 만났어. 아빠는 대뜸 그 마스크는 어디서 났냐고 물었어요. 사실대로 얘기했지. 오빠가 칭찬받겠다고 좋아하면서. 아빠 표정이 무섭게 변했어요. 그거 빨리 벗지 못해! 내가 안 벗고 있으니까 아빠가 거칠게 마스크를 벗겼어. 남이 하던 더러운 걸 쓰고 다닌다고 야단쳤어. 어린 마음에도 난 아빠가 말한 남이 그저 남이 아니라는 걸 알고 창피했어요. 아빠가 창피했다구. 하지만 내가 울면서 고작 한 말이 뭐였는지 알아요? 오빠가 깨끗하다고 했단 말이야……"

나는 그녀의 애기가 점점 무거워지는 것 같아 부담스러웠다. 그리고 내 속이 질투심으로 끓어오르게 되는 한이 있어도, 내 관심의 대상이 그녀의 아버지일 수는 없었다.

"미아씨가 그 오빠를 많이 좋아했었나봐요?"

그 짧은 문장을 준비하면서 나는 많은 것을 고려했다. 우선 그녀의 이름을 불러주고…… 그녀를 소홀히 여기지 않고 있다는 내 호감의 전달. 그리고 그녀의 모든 남자들을 과거완료로 묶어놓고 싶다는 희망?

"네. 그런데 죽었어."

그녀의 지체없는 대답 뒤에 딸려나온 한 남자의 죽음 앞에서, 나는 숙연한 표정으로 침묵하는 것 말고는 달리 취할 수 있는 반응이 생각나지 않았다. 그녀가 잔을 들어 단숨에 비우고는 아무렇지도 않게 내려놓았다.

"고마워, 상현씨."

그녀는 상대방으로 하여금 무슨 말을 못 하게 하는 재주가 탁월했다.

"아무도 나에게 술 마시는 방법을 가르쳐주지 않았거든. 그냥 마시라고만 했지. 마실 줄 모른다고 하면, 그래도 무조건 마셔보라는 거야. 내가 꼭 어떻게 마시는 거냐고 물어야 하나?"

그녀의 목소리는 좀더 말랑말랑해져 있었다. 이제는 아예 반말로 일관하는 그녀의 자연스러움이 나에게 오래 전부터 그녀를 알아온 것 같은 착각을 불러일으켰다.

"상현씨, 권투 좋아해?"

이건 또 뭔가. 나는 불평의 빛을 내비치지 않으려고 조심하며 생각했다. 좋아했었는데 지금은 별로라고 말하면, 왜냐고 물어올까? 그럼 슈거 래이 레너드에 대해 말해줘야 하나. 그러자 어쩔 수 없이 코디어의 방이 떠올랐고…… 아! 그 마법. 레너드의 신통한 마법이 다시 한번 나에게 임해준다면…… 내가 지금 이 여자의 모든 것을 알고 있다면, 무슨 얘기든 속이 훤히 들여다보인다면 얼마나 편하겠는가.

"오빠의 꿈은 챔피언이었어."

또 오빠였다. 그녀는 내가 좋아하는 게 뭔지 궁금해서 물었던 것이 아니었다. 나는 그녀에게 친오빠는 없는 거냐고 투덜대고 싶은 것을 가까스로 참았다.

"그런데 꿈이 사라진 거야. 잘려나간 손가락들과 함께……"

"그래도 살아야지 왜 죽나. 꿈 없이도 다들 살아가는 거라구."

갑자기 내 입에서 왜 그런 말이 튀어나왔을까. 그녀의 말을 끊기까지 해가면서. 덩달아 반말로 지껄인 것쯤은 신경쓸 겨를 없이, 나는 당황스러워하며 그녀의 안색을 살폈다. 그녀의 커다란 눈동자는 더욱 풀려 있어 취한 빛이 완연했지만, 어느새 홍조가 깨끗이 가신 그녀의 얼굴은 백인의 피부처럼 창백하고 서늘했다. 내 말이 이상하게 들리지는 않았는지, 그녀의 표정과 말투는 여전했다.

"아니, 오빠는 스스로 목숨을 끊지 않았어. 샌드백 속으로 펀치를 내뻗던 습관을 버렸을 뿐이야. 오빠는 그러고도 체육관을 그만두지 못했어. 권투를 사랑했거든. 스파링 파트너로는 자기가 최고라며 환하게 웃기도 했지. 손가락 세 개를 펴 보이며, 나도 인간이 되고 싶다…… 그러다가 죽었어. 오빠가 날마다 관장한테 매달렸대. 딱 한 번만 진짜 시합처럼 붙게 해달라고……"

얘기를 듣는 중간에 나는 소원대로 레너드의 마법에 다시 걸렸는지도 모른다고 생각했다. 그녀가 발음한 스파링이란 단어 때문이었다. 나는 이 여자가 권투를 좀 아네 싶다가 다시금 순식간에 일 년 전 코디어의 그 방으로 돌아가게 되었던 것인데…… 그 다음부터 그녀의 애기가 끝날 때까지 나를 붙잡고 놓지 않은 한 사람에 대한 생각. 묘지에서 강미아라는 여자를 만난 이후로는 내 생각의 뒷전으로 밀려나 있던, 임기 애인이었다. 코디어로부터 전해 들었던 그녀 오빠의 죽음. 나는 스파링하다 죽는 경우가 흔치는 않을 거라고 생각하며 물었다.

"혹시 그 오빠에게 진짜 여동생이 있었나요?"

아무래도 나는 그녀에게 계속 반말을 쓰게 되지는 않았다.

"오빠는 자기 가족에 대해서 한 번도 얘기한 적이 없어요."

놀랍게도 그녀는, 최면에서 막 깨어난 사람처럼 취기가 말끔히 가신 얼굴과 목소리로 돌아와 있었다. 정말로 코디어를 닮았어. 나는 그 생각을 밀쳐내며 다시 물었다.

"미아씨, 그 학교에 다녀요? 같이 영화 봤던 그 대학……"

"네, 벌써 칠 년째네요."

그녀는 특유의 장난기 섞인 미소를 지으며 말했는데, 어느새 그녀의 반말에 익숙해진 나는 조금 서운했다. 하지만 그런 내 사소한 감정의 변화나 살피고 있을 만큼 내 마음이 한가로울 수는 없었다. 또 뭐라고 물어봐야 하나. 혹시 교도소에 갔다 왔나요……

"전공은…… 학부 때 전공은 뭐였어요?"

나는 맞선 보러 나온 남자도 묻지 않을 멋없고 따분한 질문을, 그러나 심정만큼은 이산가족에 뒤지지 않을 다급함에 휩싸여 던졌다.

과 커플이 아니었을 수도 있지. 아예 임기를 아냐고 물어볼걸 그랬나? 내가 그런 생각을 하고 있는데, 그녀는 재미있다는 듯이 웃으며 대답했다.

"고등학교 때 전공은 암산과 부기였어요. 저 그 대학 우체국에 다녀요."

"아, 그렇군요."

아, 아니군요. 나는 괜한 억측을 부린 것이 혼자 겸연쩍기도 했지만, 왠지 모르게 미안한 탓에 그녀를 똑바로 쳐다볼 수가 없었다. 내 앞에 놓인 술에게 고마워하며 나는 잔을 비웠고, 그러자 미안함이 물러가며 생기는 내 마음의 빈자리가, 역시 까닭 모를 느긋함으로 채워지는 게 느껴졌다. 그것은 그녀를 얕잡아볼 수 있게 되었다는 속물스러운 여유는 아니었고, 뭐랄까…… 아무튼 그 반대에 가까운 흔쾌함이었다. 나는 고개를 돌려 그녀를 편안하게 바라봤다. 이제야 비로소 그녀 앞에 온전한 내가 될 수 있겠다는 느낌에 기분이 좋아졌다. 임기애인에 대한 생각일랑 다시 풍선처럼 아득히 달아나버린 상태였다.

"그런 게 궁금해요?"

장난기는 거두어져 있었지만 그녀의 목소리는 부드러웠고, 나는 이미 대답을 준비해둔 것처럼 머뭇거리지 않고, 그러나 전혀 꾸미지 않고 생각나는 대로 말했다.

"네, 미아씨의 모든 것을 알고 싶어요."

그녀는 아주 예쁜 미소를 지어 보이고 나서 차분한 목소리로 대답했다.

"하루에 한 가지씩만 가르쳐드릴게요."

　말한 뒤에 그녀는 둘 사이에 놓여 있는 우산을 집어들어 접힌 사이사이 삐져나온 자락들을 가지런히 다듬고 있었다. 맵시 있게 움직이는 그녀의 하얀 손가락을 눈에 담으며, 나는 그림자처럼 나를 따라다니며 헐떡이던 목마른 개 한 마리가 꼬리를 내리고 저만치 물러가는 것을 보았다. 그날 종일토록 오지 않는 줄 알았던 예쁜 비는, 둥지에 내려앉은 작은 새처럼 다소곳한 모습으로, 말없이 내 우산을 쓰다듬고 있었다.

어떤 싸움

해가 바뀌면서 기어코 시작되고야 만 걸프전은 애초에 결과가 뻔한 게임이었다. 세상의 모든 만에서 전쟁이 일어날 것이라고 예고하는 듯한 그 해괴한 이름의 전쟁에 대해, 나는 직업적 관심 이상의 주의를 기울이지 않고 살았다. 내가 그 싱거운 전쟁이 끝난 날을 기억하는 것은, 나와 미아의 관계 또한 종전과 함께 막을 내리고 말았음을 잊을 수 없기 때문일 뿐이다. 짧았던 우리 만남의 예측할 수 없었던 끝을, 두고두고 떨쳐버릴 수가 없기 때문에.

미아는 만날 때마다, 자신에 대해 한 가지씩 가르쳐주겠던 약속을 지키려 했다. 아버지가 오일 쇼크로 공장 문을 닫았고, 이층집을 팔아 빚을 반쯤 갚았고, 어머니가 차린 밥집의 구석방에서 찬거리를 다듬다가 중학교를 졸업했고, 어머니의 반대를 무릅쓰고 진학한 상업학교에서 열심히 취업을 준비했고…… 그녀는 지나간 날들을 차곡차곡 쌓아두고 사는 여자였다. 자신의 지나간 어느 하루로 우리의 하루를 채우는 날도 있었다. 그런 재주를 지니지 못한 나로서는, 희미한 나의 과거를 몇 년씩 통으로 묶어 담배 한 개비나 술 한 잔의 시간 동안 간추리는 게 고작이었다. 그나마 얘깃거리가 담겨 있는 군대 시절은 아예 입 밖에도 꺼내지 않고 있었다. 영어 좀 할 줄 안다는 것을 과시하기 위해 여자 앞에서 군대 얘기를 늘어놓을 만큼 바보는 아니었으니까. 나중에 언젠가 미아와 떨어질 수 없는 사이가 되면 임기도 코디어도 다 들려주리라 마음먹고 참았는지도 모르겠다.

미아의 옛날 이야기가 막 직장 생활로 접어들게 되어 있는 날이었다. 근 일 주일 만에 만난 우리는 그날도 저녁 어스름부터 어느 포장마차의 좁은 선반 앞에 나란히 앉아 있었다. 내가 하는 일이 워낙 지랄 같은지라 우리는 자주 만날 수 없는 형편이었고, 그러다보니 가뜩이나 촘촘한 미아의 인생 스토리가 언제 막을 내릴지는 가늠하기 어려운 상태였다. 나는 슬슬 그녀의 이야기가 따분해지기 시작했고, 훨씬 빠르고도 정확하게 서로를 알 수 있는 방법이 있다는 생각에 몸이 근질근질해지고 있었다. 하지만 미아는 자기 이야기가 끝나기 전에는 가벼운 스킨십도 허용하지 않겠다고 작정하기라도 한 듯, 그 부분에 관한 한 내가 비집고 들어갈 만한 빈틈을 좀처럼 보이지 않고 있었다. 나는 예전에 만났던 여자들과는 어떻게 깊이 있는 관계로 진전시켜나갔는지 떠올리려 애쓰며 기회를 엿보는 중이었다.

그런 생각의 여파였을까. 오늘은 상현씨 얘기를 많이 듣고 싶어요. 미아가 그렇지 않아도 느린 자기 이야기의 진도를 늦추고자 했을 때, 나는 무심코 나의 실패한 연애들에 대해 말하기 시작했다. 어떤 여자는 군대 가자마자 고무신을 거꾸로 신었고, 어떤 여자와는 잘 나가다가 약속을 한 번 펑크낸 뒤로 연락이 끊겼고…… 최근에는 어떤 여자와 일 년 가까이 사귄 끝에 결혼 직전까지 갔는데 양쪽 집안에서 모두 반대하는 바람에 틀어졌고…… 그 동안 둘이 만나오면서 몰라보게 발전한 것은 미아의 주량뿐이었다. 그날 따라 탄력을 받았는지, 미아는 소주 두 병을 나와 거의 반반으로 나눠 마시고도 두 뺨만 발그스레해졌을 뿐, 멀쩡한 눈빛으로 잠자코 내 얘기를 듣고 있었다. 오히려 얼큰하게 취기가 올라 정신이 흐리멍덩해진 쪽은 나였다. 어느 순간부터인가 내 연애담에는, 여자들과 가까웠던 정도를 비교하는 얘기들이 양념처럼 끼어들고 있었다. 취재를 위한 만남보다 나을 게 없는 우리의 점잖은 관계를 은연중에 꼬집어주고 싶었는지도 모르겠다. 그런 얘기를 듣고 미아가 언짢아한다면, 나로서는 기분 나쁠 이유가 없다는 심사였을 것이다. 미아가 침묵을 깨고 끼어든 것은, 내가 결혼까지 할 뻔했던 여자와의 깊었던 관계에 대해 주절거리고 있을 때였다. 그녀의 목소리에 별다른 감정이 섞여 있는 것 같지는 않았다.

"서로 깊이 사랑하지는 않았나봐요."

미아의 주량이 늘어감에 따라 반말 섞인 그녀 특유의 억양을 맛볼 기회가 자꾸 줄어든다는 것이 나를 허전하고 서운하게 만드는 또하나의 불만거리였다. 말하자면 나에게는, 우리 사이가 첫 만남 이후 점점 뒷걸음질을 쳐온 것이나 다름없었다. 그것이 미아의 묘한 술버릇이라는 것을 알아채기는 했지만, 처음 만나서는 시원시원하게 말을 텄던 그녀가 갈수록 꼬박꼬박 존대를 하는 통에, 나는 미아가 나보다 두 살이 어리다는 것을 알고 나서도 쉽사리 말을 놓을 수가 없었다. 하기는 키스도 변변히 못 해본 여자에게 반말을 한다는 것이 나로서는 영 내키지 않기도 했을 것이다. 세상에 피 한 방울 섞이지 않은 여자와 오빠 동생 사이로 지내는 것처럼 헛되고 멍청한 일이 또 있을까.

"사랑이요?"

나는 사랑이라는 단어를 태어나서 처음 들어보는 사람처럼 반응했다.

"부모의 반대로 깨질 만큼만 사랑한 거잖아요."

그랬을까. 결혼에 반대하는 부모에게 화를 냈던 것은 어쩌면 고마움의 다른 표현이었을까. 그래, 나는 겉으로 비련의 주인공을 흉내내면서 내심 안도하고 있었는지도 모른다. 누가 봐도 수긍이 가는 사유로 헤어질 수 있게 되어 아무도 모르게 마음이 놓였는지도……

"일 년이나 별탈 없이 만나왔고, 그런대로 몸도 서로 맞는 편이었고…… 그만하면 같이 살아도 괜찮은 여자라고 생각했죠."

꼭 미아의 말을 부정하려는 의도로 말한 것은 아니었지만, 말해놓고 보니 그녀의 판정이 옳다는 것을 고스란히 뒷받침해준 꼴이 되고만 셈이었다. 별탈 없이, 그런대로, 그만하면…… 다른 자리에서였다면 인생을 좀 아는 심드렁함을 적절히 보여준 표현들이었다고 만족했을 텐데, 이상하게 그녀 앞에서는 한심하기 짝이 없는 말들이었다는 낭패감 속에서, 나는 술기운으로 불콰해졌을 얼굴이 한 겹 더 달아오르는 것을 느꼈다. 하지만 미아가 걸고넘어진 단어는 다른 것이었다.

"상현씨는 생각으로 사랑을 하나봐요."

핀잔을 주거나 빈정거리는 말투는 아니었지만, 나는 아무 대꾸도 할 수 없었다. 그렇다고 내가 그 말의 의미를 되새기느라 침묵했던 것은 아니었다. 나는 미아가 자꾸 발음하는 사랑이라는 단어가 마치 그녀 몸의 일부인 것처럼 느껴져서 기분이 이상해지고 있었다.

"생각을 멈춰라."

"네?"

미아의 말을 정확히 들었으면서도 나는 그 말투가 이상한 탓에 그렇게 못 알아들은 척할 수밖에 없었다. 그녀가 갑자기 취한 것처럼 보이지는 않았다.

"그 말을 남기고 떠난 사람이 있어요. 생각을 멈춰라."

내 뒤를 이어 미아도 옛날 남자 얘기를 꺼내려고 하는 게 분명했다. 나는 신경이 곤두서지 않을 수 없었고, 그런 내가 나 같지 않아서 당황스러웠다. 이런 적이 없는데…… 내 여자 얘기를 듣는 미아도 나와 같은 기분이었을까. 나는 밑지고 싶지 않아 애써 태연함을 가장하고 그녀의 다음 말을 기다렸다.

"그 후배와는 많이 친했겠죠? 무덤까지 찾아온 걸 보면."

그 남자 얘기를 더 이어갈 생각은 없는 것일까. 미아는 뜬금없이 나와 임기 사이를 궁금해했다.

"글쎄요. 함께 보낸 날들이 많지는 않았어요."

"시간이 길고 짧은 건 중요하지 않아요."

꼭 그렇지는 않다고 내 생각을 말하기에는 미아의 태도가 너무 단호했다.

"이상한 남자였어요. 단 하루를 같이 보냈을 뿐인데…… 시간이 지날수록 점점 더 그 남자에 대한 기억이 선명해지는 거예요. 그가 쓴 단어들, 그의 표정이 변하는 순간들…… 단 한 번 나를 찾아왔다가 떠났을 뿐인데."

다시 그 남자 얘기로 돌아온 미아는 추억에 빠진 듯한 표정으로 혼자서 술잔을 기울이고 있었다. 나는 임기 얘기는 왜 나왔을까 궁금할 새도 없이, 미아가 말한 단 한 번의 그 하루가 정확히 언제부터 언제까지를 뜻하는 것인지 알 수 없음에 속이 쓰렸다.

"혹시 죽은 그 후배의 외국인 친구를 알아요? 이름이 뱅상이에요."

미아가 임기를 알고 있다고? 애인은 아닐 텐데 어떻게 아는 사이일까? 왜 여태 모르는 체했을까? 처음 들어보는 이름의 외국인 친구는 또 누구지? 미아가 말하고 있는 남자는 도대체 누구야? 나는 한꺼번에 밀려오는 온갖 의문들로 머리가 어지러웠다. 그러다가 내가 코디어의 풀 네임을 기억해낸 것은 이미 고개를 저어 뱅상이라는 사람을 모른다고 대답한 후였다. 빈센트 코디어. 나는 코디어를 한 번도 빈센트라고 불러본 적이 없다는 사실을 깨닫고 멍해지는 바람에, 미아가 코디어를 알고 있다는 사실이 의미하는 바에 대해서는 제대로 생각이 미치지 못하고 있었다. 나와 코디어 사이는 고작 그 정도였나. 내가 코디어를 대했던 마음은 그저 군대식 호칭을 벗어나지 못한 그런 것이었을까. 어지러운 내 머리를 가로지르는 상념은 온통 그런 것들뿐이었다.

"뱅상 꼬뗴…… 이상한 이름이죠? 프랑스인이었어요. 그 사람에 대한 얘기가 상현씨에게 가르쳐주고 싶었던 내 옛날의 마지막이었는데…… 어쩌면 얘기하지 않을 수도 있었겠죠. 상현씨를 만나면서 그 사람에 대한 기억이 점점 희미해지는 느낌이었으니까요.”

과거형으로 이어지는 미아의 말에 내 가슴은 송송 구멍이 뚫리는 느낌이었다. 그래서 프랑스인 행세를 하고 다닌 코디어의 엉뚱함에 대해 웃어줄 만한 여유도 없었다. 어떻게 된 걸까? 코디어도 임기 무덤을 찾아와서 나처럼 미아를 만났다고? 나는 새어나오려는 한숨을 삼키며 가만히 입을 다물고, 비로소 미아가 어떤 남자와 함께 보냈다는 단 하루를, 코디어의 얼굴을 그려넣어 구체적으로 상상하기 시작했다. 뒤늦게 코디어를 안다고 말하고 싶지는 않았다. 나는 미아가 하지 않게 되었을지도 모를 얘기를 듣게 된 것이 못 견디게 싫었을 뿐이다. 그렇게 된 바에는 그 얘기를 제대로 듣기라도 해야 조금은 견딜 수 있을 것 같은 마음이었을까. 결코 기분 좋을 리 없는 내 상상의 가지들을 미아가 어서 잘라주기 바라는 마음이었는지도 모른다. 그 하루가 어떤 모양으로 확정되든지 간에.

“상현씨를 묘지에서 만나기 딱 일 년 전이었어요. 엄마가 내 곁을 떠난 날이죠. 뱅상은 친구 무덤 앞에 주저앉아 울고 있었어요. 내가 다가가는 것도 모르고…… 나도 괜히 발소리를 죽이며 걸었어요. 엄마 무덤 앞에서 멈추는 순간 나를 돌아보고 깜짝 놀라던 뱅상의 표정은…… 그 느낌을 어떻게 설명해야 할지 모르겠어요. 외국 사람 같지 않다는 느낌에 편안했던 것도 같고…… 뱅상이 나에게 처음 건넨 말이 뭔지 알아요? 아름다워, 그런 다음에…… 꽃 한 송이만 줘, 했죠. 한 송이를 뽑아줬더니 무덤 앞에 놓고 나서, 친구 무덤이다…… 그리고 자기 이름을 말했어요. 뱅상, 뱅상 꼬데……”

나는 미아가 자꾸 뱅상이라고 부르는 코디어가 다른 사람처럼 느껴졌다. 그래서였는지 마음이 다소 편안해지면서 엉뚱한 의문 하나가 고개를 내밀었다. 그때라면 나와 헤어지고 나서 얼마 지나지 않았을 땐데, 코디어가 어느 틈에 한국말을 배웠을까?

"우리말을 잘했나보죠? 그 뱅상이라는 친구……"

나는 친구라는 표현이 괜히 마음에 걸려 말을 맺지 못하고 다시 입을 다물었다.

"아뇨, 우린 영어로 얘기했어요."

은연중에 나는 미아가 영어를 할 줄 모를 거라고 짐작해버렸던 모양이다.

"아, 영어는 언제 그렇게……"

내가 무슨 큰 실수라도 저지른 사람처럼 황망히 감탄조로 말을 바꾸자, 미아는 오랜만에 미소지으며 나에게 건배를 청하고 나서 자기 잔에 남은 술을 한 모금에 다 마셔버렸다. 그리고 그녀는 내 말을 다시 부정했다.

"아뇨, 외국인과 대화를 나눈 건 그게 처음이자 마지막이에요. 다행히 뱅상도 영어가 서툴렀죠. 뷰티풀, 플라워, 프렌드…… 그런 식으로 간단히 말을 건네왔어요. 나머지는 표정과 손짓으로 충분했죠. 그 덕에 나도 아는 단어를 하나씩 떠올려가며 편안하게…… 나중에는 둘 다 입 다물고 아예 종이 위에 번갈아 쓰면서 대화했어요. 길어야 두 단어였을까? 상현씨라면 그런 경험을 잊을 수 있겠어?"

마지막 문장에서 그녀의 혀가 드디어 꼬부라지는 게 느껴졌다. 하지만 미아가 취하기 시작했음을 마냥 반가워하기에는 내 속이 너무 복잡하고 무거웠다. 나는 미아와 코디어의 관계에 대해 집중하기조차 힘들었다. 코디어가 궁지에서 벗어나기는 했는지, 임기가 죽었다는 것은 어떻게 알았는지, 무덤까지는 또 어떻게…… 시간이 흘러 그런 생각들이 들기 시작하면서부터는, 미아와 코디어가 하룻밤을 함께 보냈을지 모른다는 고약한 추측도 담담하게 해낼 수 있었다. 게다가 영어가 짧은 프랑스인 코디어라…… 자기 이름 말고 아는 불어 단어가 몇 개나 된다고…… 나는 내가 본 코디어의 마지막 모습을 떠올리며, 아무래도 이 친구가 제정신이 아닌 것 같다는 생각을 하지 않을 수 없었다. 그래서였을까. 둘이서 정답게 필담을 주고받는 장면을 상상해도, 질투심이 솟거나 하기보다는 왠지 코믹 터치의 영화 한 장면을 보는 듯한 느낌이었다. 나라면 그런 경험을 잊을 수 있겠냐고 미아는 물었지만, 그렇게 가정할 것도 없이 이미 나는 잊을 수 없는 비슷한 경험을 한 것이 아닐까. 내 입에서 그런 대답이 나왔을 리도 없지만, 미아는 대답할 틈을 주지 않고 얘기를 이어갔다.

"내가 나를 가리키며 이름을 말했더니 뱅상이 갑자기 미친 사람처럼 캥, 하는 거야. 무덤을 가리키더니 한번 더 강아지처럼 짖길래 왜 그러냐고 물었죠. 좀 무섭기도 하고 그랬는데…… 알고 보니 내 성을 발음한 거였어요. 무덤 속 친구도 강씨였나봐. 맞아요? 내가 뱅상이랑 무덤이랑 번갈아 쳐다보며 하우? 하니까, 뱅상이 브라더, 라고 했어. 의형제를 맺은 사이구나. 속으로 그렇게 생각했죠. 상현씨는 후배랑 그렇게 친했던 친구도 몰라? 하긴 군대에서 알았다고 했죠? 둘은 같은 직장에서 일했나봐. 내가 무슨 일? 하고 물었더니 뱅상이 카, 그랬어. 후배가 자동차 회사 다닌 거 맞아요?"

미아가 맞냐고 물어볼 때마다 나는 주저하지 않고 고개를 끄덕였다. 그뒤로도 계속해서 미아의 추억은 여느때와 다름없이 조분조분 풀려나왔다. 그렇게 나로 인해 앞당겨진 미아의 마지막 옛날 이야기는, 그 속에 존재하는 코디어의 실감으로 인해, 나에게는 그만큼 비현실적으로 들렸다. 어느새 몽환적인 눈빛으로 바뀐 미아는 꿈속에서인 듯 코디어와 함께 있었고, 나는 점점 복잡하고 무거웠던 마음에서 벗어나 내가 있는 장소와 시간에 대한 실감마저 흐물흐물 풀어지는 것을 느꼈다.

밤이 깊어가면서 포장마차에는 손님들이 하나둘씩 늘어나고 있었다. 미아와 코디어는 아직도 묘지 안에서 낱말놀이 같은 대화를 나누는 중이었다. mother? yes. happy together? yes. tragedy. what? saddest thing. yes…… 가만히 들어보니 코디어가 자기 순서에서 뱉어내는 말들은 모두 노래 제목이었다. 나는 웃음이 나오려다 말고 왠지 가슴이 찡해와서, 미아를 향해 있던 시선을 돌려 공연히 포장마차 안을 둘러봤다. 세로로 허연 줄이 간 주황색 비닐 장막들이 바람을 맞을 때마다 펄럭펄럭 소리를 내며 버팅기고 있었다. 이 장막들이 바람에 훌쩍 날아가버린다면…… 어두운 거리에 훤히 드러난 술꾼들의 앙상한 모습. 그런 쓸쓸한 상상 속에서, 코디어가 흔들어놓은 내 마음은 좀처럼 가라앉지 않았다. 내 옆에서 술에 취해 흘러간 세월을 이토록 시시콜콜 기억해내고 있는 이 여자의 인생은 또 무엇인가.

"사방이 어둑어둑해지기 시작했어. 우리는 무덤을 떠나 말없이 걸었어. 큰길로 먼저 올라선 뱅상이 나에게 손을 내밀며 말했어. 다크

레이디. 그날 난 검정색 옷을 입고 있었지. 망설이다 손을 뻗으며 올려다본 뱅상의 눈이…… 움푹 파인 두 눈이 어둠 속에서도 파랗게 빛나는 것 같았다구."

미아의 얘기는 하염없이 이어지고 있었다. 나는 더이상 태연함을 가장할 필요가 없었다. 아무렇지도 않게, 아무런 감정의 동요도 없이, 나는 앞을 똑바로 바라본 채 미아의 얘기를 듣고 있었다. 뜻을 새기지 않고 노래를 들을 때처럼, 미아의 목소리는 듣고 싶던 멜로디로만 내 마음을 움직였다. 취하고 나면 으레 그렇듯이, 미아는 내 반응일랑 신경쓰지 않고 쉼없이 혀를 굴리고 있었다. 나는 문득 코디어가 미아 속에 들어와 있는 것 같다는 느낌이 들면서도 가슴이 아파오지 않았다. 가슴이 아팠다면 그것은 아마도 동정이었을 게다. 자신을 사랑하려 애쓰는 사람에게 질투심이나 야속한 마음 따위를 품을 까닭은 없었으므로.

상황이 이상하게 흘러가기 시작한 것은, 미아의 입에서 W읍에 관한 얘기가 흘러나오고 있을 때였다. 코디어와 나란히 버스에 앉아 서울로 돌아온 것까지 말하고 나서, 미아는 잠시 입을 다물고 있다가 뜬금없이 그곳을 아냐고 나에게 물었다. 나는 말없이 고개만 끄덕이고는 미아의 다음 말을 기다렸다.

"뱅상은 곧 빠리로 돌아가야 한다고 했어. 그전에 그곳을 꼭 들러보고 싶다고…… 뭔가 추억이 가득 서린 곳이라는 느낌이었어."

나는 코디어가 이 땅을 떠날 결심을 했다는 것은 거짓이 아닐 거라고 생각했다. 그래서 무사히 자기 나라로 돌아갔다면, 지금쯤 뉴욕의 밤거리를 서성이고 있지는 않을까. 아니면 이번에는 어머니의 마을에서 살 작정을 했는지도 모르지. 프랑스 혈통에 미국 시민권을 가진 백인 인디언이라…… 짜식, 아무리 망가진 청춘이라도 나 같은 토종 아시안 따위는 도저히 넘볼 수 없도록 화려한 프로필이잖아.

나에게 연적에 대한 시기심이 전혀 없었던 것은 아닌 모양이다. 하지만 그렇게 공연히 야코죽는 생각을 하면서도, 여전히 내가 미아의 얘기를 듣기 위해 귀를 번쩍 세우거나 한 것은 아니었다. 언제부턴가 미아 옆에 나란히 두 남자가 앉아 있었는데, 내 귀는 오히려 그들이 나누는 대화 쪽으로 더 열려 있었다. 이십대 중반쯤으로 보이는 복학생과 그보다 열 살은 족히 더 먹어 보이는 회사원이었다. 처음에는 둘이 생면부지의 사이였는데, 술잔을 몇 번 주고받더니 금세 형제지간처럼 가까운 사이로 변해 있었다. 전작들이 있었던데다가 같은 부대에서 근무했다는 인연이 둘 사이의 촉매 역할을 톡톡히 해주고 있었다. 선배님 편하게 말씀하세요. 그럴까? 그럼 동생도 나를 형처럼 편히 대하라구. 나는 복학생이 자신의 진짜 형과 앙숙일지도 모른다는 실없는 생각이 들어 슬며시 웃기도 했다. 어차피 일회용 형제에 그칠 게 뻔한데, 오늘 하루만이라도 마음껏 우애를 나누시구려.

그들이 주고받는 얘기가 내 귀를 솔깃하게 할 만한 내용을 담고 있었던 것은 아니었다. 복학생은 그 나이답게 연애가 잘 안 돼서 고민하는 중이었고, 회사원은 또 그 처지에 맞게 직장 상사를 향한 분통을 한잔 술로 삭이는 중이었다. 서로 위로와 격려를 아끼지 않는 아름다운 형제애를 과시하며 두 남자는 코가 삐뚤어지고 있었다. 진정한 술꾼은 혼자 마시는 술맛을 알지. 그럼요, 그러다보면 이렇게 멋진 형을 만나는 운도 따르잖아요.

　내가 자꾸 그들의 시시한 대화를 엿듣게 된 것은, 미아와 회사원의 자리 틈새가 아주 좁다는 게 마땅치 않아서 계속 그쪽으로 신경이 쓰였기 때문이었다. 버릇인 듯 회사원이 상체를 좌우로 흔들 때마다 미아의 몸도 따라서 움직이곤 하는 것이었다. 미아는 취해서인지 별 감각이 없어 보였지만, 회사원의 팔꿈치가 그녀의 옆구리를 슬쩍슬쩍 건드리고 있을지도 모를 일이었다. 멀리서 미아의 마음을 움직이고 있는 코디어보다는, 그녀의 바로 곁에서 몸을 부딪쳐오는 이름 모를 사내가 나에게는 더 거북한 존재였다. 나는 회사원에게 좀 떨어져 앉아달라고 부탁하기도 뭐하고, 뜬금없이 미아와 자리를 바꾸자고 하기도 그렇고 해서, 기분이 찜찜한 채로 잠자코 있을 도리밖에 없었다.

　"뱅상이 나보고 같이 여행을 가자는 거야. 난 선뜻 대답할 수가 없었어. 이상한 남자 아니야? 처음 만난 여자한테…… 그런데 같이 있다보니 나도 이상해졌나봐. 뱅상이 그러는 게 이상하게도 자연스럽게 느껴졌어. 외국 사람이어서 그랬는지도 모르지. 아니면 목소리가 아닌 글씨로 말해와서 그랬을까? 난 선뜻 거절할 수가 없었어. 그래서 생각해보는 표정을 짓고 있는데…… 뱅상이 웃으며 말하는 거야. 아니, 쓰는 거야. Stop thinking. 그 글자들을 보는 순간 마음이 편안해지더라구. 나도 따라 웃으며 고개를 끄덕였지."

　그래서 미아가 코디어와 함께 W읍에 갔던 것일까. 나는 읍내 역 앞 공터의 한 귀퉁이에서 점멸하던 빨간 네온의 여관 간판을 떠올리며 나도 모르게 미아의 볼록한 가슴으로 시선을 가져갔다. 그때였다.

"이 새끼!"

회사원의 입에서 터져나온 고함 소리는, 그 동안 옆에서 무슨 얘기를 하건 상관하지 않고 꿋꿋이 이어지던 미아의 목소리를 잠재웠다. 미아가 얘기를 멈추고 고개를 돌리는 바람에, 다시 그녀의 얘기에 집중하려던 나도 하는 수 없이 옆자리의 돌발 상황을 잠시 지켜보고 있어야 했다.

"대가리에 피도 안 마른 자식이 건방지게…… 니가 세상을 알면 얼마나 안다고 까불어? 군대 후배라고 귀엽게 봐줬더니 이게 아주 위아래를 모르고 기어오르려 드네."

그들의 언성이 높아진 것은 벌써 전부터였다. 화기애애했던 분위기는 화제가 정치 쪽으로 옮아가면서 조금씩 틀어지기 시작하더니, 그날 마감한 전쟁 얘기가 나온 뒤부터는 상당히 험악한 상태로 바뀌어 있었다. 복학생이, 뉴스를 보다가 미국 대통령의 부시시한 면상이 나오기만 해도 밥맛이 떨어진다고 비아냥거리면, 회사원은 열을 내서 전쟁의 정당성을 변호하며 자신이 놀림을 당한 것처럼 씩씩거리는 식이었다. 나는 저러다가 싸울라 걱정되기도 하면서, 보통 사람들이 세계 정세를 놓고 저토록 열띠게 말씨름을 벌이는 나라가 또 있을까 싶기도 했다. 그러다가 코디어와 미아의 여행 얘기가 나와 잠시 한눈을 파는 사이에 회사원을 불끈하게 만든 복학생의 발언이 있었던 모양이었다. 미아는 영문도 모르고 여전히 취한 눈빛으로 그들과 나를 번갈아 바라보느라 고개를 좌우로 흔들고 있었다.

"꼴통들……"

복학생이 회사원을 외면한 채 피식 웃으며 뇌까린 말이었다.

"뭐라고? 너 뭐라고 했어? 이런 씨발놈이……"

이미 회사원이 득달같이 일어서며 팔을 휘둘러 손바닥으로 복학생의 뒤통수를 갈긴 뒤였다. 그 바람에 그들 앞에 놓여 있던 소주병이 바닥에 떨어져 나뒹굴었고, 회사원에게 밀쳐진 미아의 몸이 비스듬히 내 품에 안겼다. 나는 회사원을 말려야겠다고 생각하면서도 미아를 지탱하느라 몸을 움직일 수가 없었는데, 그때까지 자신들의 대화를 멈추고 이쪽을 구경하고 있던 손님들 중에서 한 남자가 민첩한 동작으로 뛰어들어 둘 사이를 가로막으며 다시 들어올려지는 회사원의 팔을 붙잡았다. 으레 겪는 일인 듯 태평스레 꼼장어를 굽고 있던 포장마차 여주인이 앙칼진 목소리로 쏘아붙였다.

"뭐 하는 짓들이에요! 남의 장사 망치려고 작정했어? 아, 싸우려거든 나가서들 싸워!"

고개를 숙이고 있던 복학생이 천천히 일어서더니 아무 말 없이 포장마차 밖으로 나갔다. 술이 깬 듯 창백한 얼굴이 더할 수 없이 침착해 보였다. 회사원은 따라나갈 생각이 없는 듯 몇 마디 욕설만 더 퍼붓고는 말리는 남자의 참으라는 말에 못 이기는 척 따랐다. 회사원을 자리에 앉혀두고 나서 민첩한 남자가 역시 재빠르게 밖으로 나갔다가 금세 들어오며 말했다.

"그 친구 가버리는데요."

약간의 실망감이 묻어 있는 말투였다. 나 또한 의외로 사태가 싱겁게 수습되고 만 것에 내심 아쉬움을 느꼈던 것 같다. 민첩한 남자는 미련 없이 자기 자리로 돌아가 끊어졌던 대화에 열중하기 시작했고,

회사원도 언제 그랬냐는 듯이 새로 시킨 소주를 혼자 홀짝이며 자작하는 맛에 빠져버린 듯 보였다. 회사원까지 당장 내쫓을 듯 펄펄 뛰던 여주인도, 그가 주문한 가장 비싼 안주를 만드는 데 여념이 없었다. 어이없게도 그새 미아는 나에게 기댄 채 잠들어 있었다. 나는 미아를 깨워 그만 일어서야겠다는 생각을 좀처럼 실행에 옮기지 못하고 있었다. 조금만 더, 조금만 더…… 미아를 만난 이후로 둘의 몸이 가장 가까워져 있는 상태였다. 구경거리가 또하나 생겼다는 듯 우리 쪽을 힐끔힐끔 쳐다보는 시선들이 느껴지기는 했지만, 누구도 둘 사이를 떼어놓겠다고 나설 리 만무했다. 나는 미아의 등에 둘러진 팔에 가만히 힘을 주며 내 어깨에 기대어진 그녀의 머리에 코끝을 살짝 갖다댔다. 기대했던 향긋한 냄새가 아니어서 실망한 순간이었을까. 포장마차로 들어서는 한 남자가 눈에 들어왔다. 가버린 줄 알았던 복학생이었다.

이번엔 민첩한 남자도 손쓸 겨를 없이 일어난 사태였다. 복학생은 바닥에 쓰러져 있던 소주병을 집어들더니 멈추는 동작 없이 회사원의 머리를 내리쳤다. 병은 깨지지 않았고 회사원이 비명을 지르며 뒤를 돌아봤다. 복학생은 망설이지 않고 다시 병을 치켜들었다. 일그러진 표정으로 머리를 감싸고 있던 회사원이 놀라서 몸을 피했고, 헛손질로 빗나간 병이 안주 진열대의 모서리를 때리려는 순간, 나는 황급히 미아의 몸을 내 쪽으로 틀면서 반사적으로 고개를 돌리고 눈을 감았다. 미아의 머리가 내 어깨에서 흘러내리며 반대쪽으로 돌아가는 게 느껴졌고…… 아아! 병이 깨지는 소리와 동시에 미아가 잠에서 깨어나며 내지른 비명 소리가 내 귀를 찢으며 날카롭게 파고들었다.

인디언 레저베이션

미아는 한쪽 눈이 멀었다. 미아의 실명을 통해 나는 인간의 몸을 덮고 있는 살갗 중에서 눈꺼풀이 가장 얇고 연하다는 사실을 알았다. 미아는 망치로 한 대 얻어맞은 것처럼 아프다고 말했지만, 미아의 눈꺼풀을 스치며 그 밑에서 곤히 쉬고 있었을 눈동자의 한가운데를 정확하게 할퀴고 지나간 깨알만한 유리조각이 어디로 날아가 박혔을지는 알 수 없었다. 나는 다만 미아의 눈에서 흘러내리는 피를 보았고, 동네 병원에서 찢어진 눈꺼풀을 꿰매고도 멈추지 않고 눈가에 고이던 붉은 피를 보았을 뿐이다.

종합병원 응급실에서 성한 쪽 눈을 가리고 나자 미아는 아무것도 볼 수 없었다. 몇 개죠? 바로 눈 앞에서 까딱이는 의사의 손가락 두 개를 보고도 대답 못 하고 웃기만 하는 미아의 빨간 눈을, 나는 오래 쳐다볼 수가 없었다. 곧 다친 눈에도 마개가 씌워졌다. 다치지 않은 눈은 왜 가려놓느냐는 내 물음에 젊은 의사는 지친 목소리로 대답했다. 한쪽 눈이 뭘 보려고 움직이면 나머지 눈도 흔들려서 상태가 더 안 좋아질 수 있습니다. 나는 그때, 눈은 두 개지만 하나처럼 움직인다는 것을 잊고 살았음도 알았다.

미아의 아버지가 달려왔고, 나는 그에게 자초지종을 설명하는 것보다 내가 누구인지 말하기가 더 곤혹스러웠다. 미아의 아버지는 노골적으로 나에 대한 반감을 드러냈다. 그에게 서운함을 표하거나 억울함을 하소연할 입장이 아닌 줄을, 나는 잘 알고 있었다. 그는 화난 얼굴로 입을 꾹 다문 채, 딸을 노려보고 서 있었다. 하얀 눈가리개가 입까지 틀어막은 듯, 침대에 누운 미아 역시 아무 말이 없었다. 나는 석고상처럼 굳어 있는 부녀의 모습을 멀찌감치서 바라보다가, 미아에게 간다는 말도 못 하고 슬그머니 병원을 빠져나왔다.

내가 미아를 위해 할 수 있는 일은, 다음날 경찰서를 찾아가 미아가 입원한 병원을 알려주는 것뿐이었다. 사실은 가해자도 억세게 재수 없는 피해자일지 모른다는 생각을 떨치고, 담당 경찰에게 치료비 관계를 부탁하는 것뿐이었다. 유치장에서 머리를 푹 숙이고 앉아 있는 복학생에게 나는 엉뚱하게도, 술김에 그랬는지 아니면 술이 깨서 돌아올 생각을 했는지 묻고 싶어졌지만, 그냥 지나쳐서 경찰서를 빠져나왔다. 며칠 후 병원에 전화해서 환자의 상태를 물었을 때, 간호사는 사무적인 목소리로 미아의 실명 소식을 전했다. 의안을 해넣는 수술이 필요합니다. 나머지 한쪽도 시력이 급격히 떨어지고 있습니다.

내가 면회 한 번 가지 않고 꽁무니를 뺀 것은, 미아의 아버지와 마주치기가 두려웠기 때문은 아니었다. 초점 잃은 미아의 눈동자를 마주하기 싫었기 때문은 더욱 아니었다. 미아의 아버지에게 내가 미아와 어떤 사이인지 말하지 못하고 더듬거렸을 때, 나는 우리 사이가 별게 아님을, 별것이 될 수도 없음을 알아차리고 말았다. 나는 미아가 나를 찾기 전에는 그녀를 찾아갈 수 없었다. 미아는 나에게 전화하지 않았다.

누구도 내 인생을 뒤흔들 만한 전화 한 통 걸어오지 않은 채로, 시간은 무장무장 빠르게 흘러갔다. 그사이 청와대의 주인이 삼십 년 만에 문민 출신으로 바뀌어 있었다. 신체 건강한 노인이었다. 바다 건너 백악관의 주인도 갈려 있었는데, 색소폰을 불 줄 아는 젊고 샤프한 멋쟁이였다. 둘 사이가 안 좋기로 소문이 나 있었지만, 내가 나서서 화해를 시킬 수도 없는 일이었고, 나는 그저 내 한 몸 딱 들어가는 쳇바퀴 속에서 돌고 돌고, 넘어졌다 일어나서 다시 돌고…… 그렇게 살던 대로 살고 있었다. 가끔씩 미아가 생각날 때면, 나는 다 못 듣고 넘어간 코디어 얘기가 더 아쉬웠다. 아쉬웠지만 침이 바짝바짝 마르거나 할 정도는 아니었다. 나에게 일어난 변화가 있었다면, 코디어를 떠올리며 시달리던 갈증이 말끔히 씻겨진 것이었다. 미아가 자기 눈과 바꿔 나에게 남긴 선물이었다.

그 동안 군대에서 알게 된 사람들의 신상에도 몇 가지 변화가 있었는데, 가장 큰 변화는 기완이가 오경택과 함께 사업을 시작한 것이었다. 둘이 술집에서 우연히 만나 기완이 집으로까지 술자리가 이어졌다더니 의기투합이 된 모양이었다. 세월이 그만큼 흐르기도 했고, 그게 아니더라도 그러지 못할 이유가 없는 것이다. 서로가 서로를 필요로 하기만 하면 마누라와 정분이 난 상대인들 가까이 못 할까. 하물며 오경택이 왕년에 기완이 부인을 실제로 어떻게 했던 것도 아니고. 기완이 얘기로는 오경택이 상당한 재력가의 사위가 되었다고 했다. 그 말을 들어서 그런지, 과거지사를 접어두고 바라보면, 오경택은 제법 신수 훤하고 수완도 뛰어난 청년 사업가의 풍모를 띠고 있었다. 그에게서 옛날의 더러운 인상이 아주 사라진 것은 아니었지만, 제대 파티에서 공언한 대로 나를 형님으로 모시는 게 싫지 않기도 했고, 나는 특급 룸살롱들만 골라 다니며 오경택이 베푸는 거나한 술자리를 은근히 기다리면서 하루를 보내곤 했다.

그리고 실로 오랜만에 마쓰모토 중사의 소식을 들었다. 일 때문에 D시에 갔다가 그냥 지나치지 못하고 W읍을 들렀을 때였다. 중국집을 찾아가 자장면 한 그릇 먹고 밀린 외상을 갚겠다고 하면 아주머니가 받으려 들까, 뭐 그런 생각도 했던 것 같고…… 아무래도 코디어와 미아의 여행에 관한 생각이, 기지촌 어귀로 접어드는 나의 머릿속을 가장 많이 채우고 있었을 것이다. 중국집 자리에는 '네바다'라는 이름의 미군 클럽이 들어서 있었다. 네바다…… 라스베가스를 둘러싸고 있는 사막의 이름이던가. 해가 기울려면 시간이 꽤 남아 있어서, 아직 하루를 시작하지 않은 기지촌 거리는 스산할 정도로 고요했다. 나는 천천히 발을 놀려 거리의 끝까지 걸어갔다. 오른쪽으로 휘어진 길을 막아선 캠프의 입구가 눈에 들어왔다. 옛 모습 그대로였다. 저기를 몇 번이나 드나들었을까. 게이트를 지키는 미군 헌병이 나를 매서운 눈초리로 바라보고 서 있었다. 캠프 안을 기웃거릴 생각은 들지 않아서, 나는 별다른 감회 없이 발길을 돌렸다. 얼마 걷지 않았을 때 골목에서 아이 손을 잡은 여자가 걸어나왔다. 뮤즈였다.

뮤즈는 나를 얼른 알아보지 못했다. 내가 결혼식에도 참석하지 않았냐고 하며 이름을 대자, 그때서야 그녀는 반가운 표정을 지으며 내 머리가 길어서 몰라봤다고 미안해했다. 그게 아니더라도 세월이 그만큼 흐른 것이다. 뮤즈는 미국으로 떠났다가 다시 돌아왔다고 했다. 나는 뮤즈에게 기대어 선 아이가 마쓰모토 중사를 빼닮은 것을 확인하고 애아버지의 안부를 물었다. 전쟁에서 죽었어요. 본국으로 돌아가 네바다 기지에서 근무하다가 전투 공병으로 걸프전에 참전한 마쓰모토 중사는, 전쟁이 거의 끝나갈 무렵 지뢰가 터져서 즉사했다고 했다. 미군측이 압승의 증거처럼 발표했던 전사자 숫자 269명 중에는 내가 아는 사람도 끼어 있었던 것이다.

뮤즈는 혼자 낯선 땅에 머물기 싫었고, 돌아와서도 달리 갈 데가 없더라고 했다. 그래도 아는 언니들이 남아 있는 이곳이 고향이라는 생각이 들었어요. 애아빠가 죽고 나니 돈은 꽤 생기더라고요. 저기 옛날 중국집이었던 자리에 새로 생긴 술집 봤어요? 내가 차린 거예요. 뮤즈와 더 나눌 얘기는 없었다. 아이의 머리를 쓰다듬어주는 것으로 인사를 대신하고 걸음을 떼려는 나에게 뮤즈가 말을 건네왔다. 참, 걔 이름이 뭐더라? 왜 오빠랑 친했던 인디언 있었잖아요. 오빠 만나니까 갑자기 생각나네요. 걔한테 인디언 얘기 재미있게 듣곤 했었는데……

서울로 돌아오는 기차 안에서, 나는 죽음에 대해 생각했다. 모든 죽음은 지뢰와 같은 것이다. 뜻없이 사는 자에게나, 살기 위해 발버둥치는 자에게나, 혹은 살맛나서 죽겠다는 인생에게도…… 죽음은 예기치 못한 습격의 흔적만을 남긴 채 뺑소니친다. 무서운 속도. 터널로 접어들며 갑자기 창백한 빛으로 채워진 기차 안에서, 나는 계속 죽음에 대해 생각했다. 모든 생명은, 생명의 모든 빛줄기는, 돌진해오는 죽음의 파편을 피하지 못하고 소멸한다. 맹렬히 나를 향해 달려오고 있을 나의 죽음은 지금쯤 어디까지 와 있을까. 거기서 막힌 생각을 그대로 두고 나는 또 죽음에 대해 생각했다. 마쓰모토 중사의 죽음은 뮤즈의 삶을 바꿔놓았다. 한 인간의 죽음은 가까운 사람들의 삶을 바꿔놓는다. 언제 터널을 빠져나왔는지 차창 밖으로는 황혼의 들녘 풍경이 흐르고 있었다. 나는 문득 임기의 무덤이 생각났다. 임기의 죽음이 내 삶을 바꿔놓았을까. 나는 임기의 무덤에서 미아를 만났다. 마쓰모토 중사를 죽인 그 전쟁이 없었다면, 그래서 그 전쟁 탓에 벌어졌던 포장마차의 싸움이 없었다면, 미아와 나는 헤어지지 않을 수 있었을까. 그 만남과 헤어짐을 통해 달라진 것은 무엇일까. 나는 그런 물음들에 답하기에 앞서, 내가 임기와 가까운 사람이었는지부터 자신할 수 없었다. 코디어는? 서울에 도착할 때까지 나머지 시간들은 코디어에 대한 생각들로 채워졌다. 코디어는 임기가 자신의 몫을 대신해서 살고 있는 것 같다고 했다. 그런 임기가 죽었다는 것을 알았을 때, 코디어는 어떤 기분이었을까. 둘이 정말 그토록 가까운 사이였을까. 나는 코디어의 속을 짐작하기 힘들었다. 도대체 코디어는 나에게 누구인가, 무엇인가? 가깝다고도 멀다고도 할 수 없는 그와 나의 사이는……

사람은 누구나 자신의 삶을 지탱해주는 버팀목을 하나씩은 두고 있게 마련이다. 그것은 어떤 가치일 수도 있고, 모든 가치에 대한 비웃음일 수도 있으며, 때로는 어떤 사람, 그 사람의 모든 것일 수가 있다. 혹은 하나의 표정, 동작, 목소리…… 그러나 역시 그것들로 알아볼 수 있는 그 사람의 모든 것. 그 사람은 내가 아는 사람이어야 하지만, 그 사람이 나를 꼭 알아야 할 필요는 없다. 다만 먼 곳에 있으면서, 무너지려는 나의 등뒤로 다가와 겨드랑이 밑으로 팔을 뻗어 껴안고는 힘주어 버텨주는 존재. 나는 광화문 네거리를 걷다가 인파에 섞여 다가오는 전인권을 발견했을 때, 그가 나에게 그런 존재임을 알았다. 적어도 그런 존재였던 적이 있었음을……

들국화가 세상에 알려지기 시작했을 때 나는 군복을 입고 있었으니, 전인권도 내가 군대에서 알게 된 사람 가운데 하나라고 말할 수 있을까. 군대 시절에 공연장에서 봤을 때처럼 기운찬 모습은 아니었다. 단순히 세월이 그만큼 흐른 탓만은 아님을 나는 알고 있었다. 하지만 피로가 잔뜩 쌓여 보이기는 했어도 여전히 치렁치렁한 파마 머리를 쓸어올리며 느릿느릿 걸음을 옮기는 그의 자태는 나의 가슴을 두근거리게 하기에 충분했다. 나는 걸음의 속도를 늦추며 그에게서 눈을 떼지 않았다. 그렇게 그와 나는 천천히 가까워지고 있었고, 나는 그에게 꾸벅 인사라도 해야 할 것 같은 마음을 다스리느라 거의 멈춰 서다시피 한 상태로 가슴을 꾹꾹 눌러대고 있었다. 손을 뻗으면 닿을 만큼 거리가 좁혀져서, 마침내 그와 나의 눈이 마주친 순간, 전인권이 나를 향해 씩 웃었다. 서로 옷깃을 스치며 멀어지고 나서, 나는 마주 웃어 보이지 못한 것을 속상해하며, 지금은 기억나지 않는 중요한 일에 늦지 않기 위해 다시 잰 걸음을 놀렸다.

잡지사로 돌아와 후배 기자에게 전인권을 봤다고 자랑했더니, 후배는 웃으면서 나에게 매일 그를 볼 수 있는 방법이 있다는 것을 알려줬다. 전인권이라는 술집이 생긴 거 몰라요? 거기 가보세요. 전인권이 매일 나와서 노래한대요. 그 말을 듣고도 나는 전인권으로 가는 일을 차일피일 미뤘다. 그랬다. 나는 그것을 일이라고 생각했던 것 같다. 써야 할 기삿거리를 멀찍이 밀어놓고 딴짓하며 미적거릴 때처럼. 그곳에 한번 가보기는 해야 할 텐데, 왠지 쉽사리 발길이 향해지지 않았다. 왠지라고? 나는 그 이유를 알고 있었다. 카페에서 노래하는 그를 상상할 때마다 느껴지는 어색함, 민망함. 전인권의 노래를 한 귀로 흘려들으며 웃고 떠들 손님들이 틀림없이 있을 거라고 생각하면…… 하지만 할 일을 언제까지고 미뤄둘 수는 없었다. 나는 어느 날 느닷없이 하던 일을 팽개치고 전인권으로 달려갔다. 혼자였다. 나만이라도 혼신을 다해 그의 노래에 몰입하기 위해서는 아무래도 혼자인 게 좋았을 것이다. 혹은……

그날 내가 전인권에서 코디어를 만나게 될지도 모른다는 생각을 했을까. 그랬을 리가 없음에도 불구하고 그런 의문을 떠올려보는 것은…… 전인권으로 가기 위해 옛 왕궁의 돌담길에서 신호등이 바뀌기를 기다리는 잠깐 동안, 내가 문득 코디어를 떠올렸던 것만은 분명하다. 코디어라면 같이 있어도 괜찮을 텐데…… 이 세상에 들국화의 팬이라고는 코디어와 나, 그렇게 둘밖에는 없다고 여기는 사람처럼, 나는 그 순간만큼은 코디어와 동행하지 못하는 것이 못내 아쉬웠다. 하지만 예전의 갈증이 도질 지경까지는 아니었고, 길을 건너는 사이에 코디어는 다시 나에게서 잊혀졌다.

　카페는 알맞은 크기였다. 무대라고 할 것도 없이 한구석에 드럼과 오르간과 기타들이 주인을 기다리며 쉬고 있었다. 한쪽 벽 중앙에 액자 없이 붙어 있는 태극기를 제외하고는, 이렇다 할 특징이 눈에 띄지 않는 편안한 분위기였다. 물건의 인상은 역시 사람에 의해 좌우되는 것인가보다. 전인권이 아니었다면, 나는 태극기를 발견하고 눈살을 찌푸렸을 것이 틀림없다. 국기에 대해 거의 조건반사적인 거부감을 품고 살아야 하는 인생은 얼마나 피곤한가, 그런 탄식의 한숨을 내쉬면서 말이다. 이 나라에는 두 종류의 인간들이 살고 있지. 국경일에 태극기를 내다걸지 않으면 큰일이라도 날 것처럼 허둥대는 군상과, 야구장에서 왜 애국가를 들으며 뻣뻣이 서 있어야 하는지 도무지 이해할 수 없다고 꾸부정대는 군상. 둘 다 불쌍하기는 마찬가지야. 남의 나라 대통령이 소싯적에 반전 시위에서 그 나라 국기를 불태웠다고 분개하는 오지랖 넓은 치들이나, 애국가가 연주되는 그 짧은 시간 동안 앉아서 버틸 배짱이 없어 느릿느릿 일어났다가 잽싸게 앉는 것으로 간신히 티만 내고 마는 한심한 치들이나…… 그렇게 인생에 아무런 도움이 되지 않는 생각도 비벼대면서…… 십 년 안에 태극기를 머리에 가슴에 두르고 폴짝폴짝 뛰어 노는 발랄한 세대가 출현하리라고는 상상도 할 수 없던 시절이었다.

　하지만 그날의 나는 지극히 평화로운 마음으로 태극기를 바라보며, 여러 해 전 D시의 무대에 서 있던 전인권의 모습을 기억해냈을 뿐이다. 태극기가 전인권이 입고 나왔던 옛날 교복을 연상시킨 탓이었을까. 까만 등짝을 보이고 서 있던 전인권이 뒤돌아서며 노래하기 시작했지. 한 팔을 등뒤로 뻗어 나머지 팔을 움켜쥔 자세로 턱을 치켜들고는, 사랑일 뿐이야…… 입을 쩍쩍 벌리며 끝없이 부르짖던 그 모습이 생생했다. 그의 소리는 목에서 나는 것도 아니었고, 배에서 나는 것도 아니었다. 머리끝부터 발끝까지, 그의 소리는 온몸에서 뿜어져나오고 있었다. 나는 그렇게 느꼈고, 그래서 몸을 떨었다. 그때 내 옆에 앉아 있던 코디어도 같은 느낌이었을까. 이제 와서야 나는 그런 궁금증을 품어보게 되는 것이고, 그날의 태극기가 어눌한 발음으로 노래를 따라 부르던 코디어의 맑은 눈망울까지 기억나게 했던 것은 아니었다. 나는 옛날의 기억을 거두어들이며 다시 한번, 나에게 각인된 전인권의 이미지와 부딪치면서도 어울리는 태극기의 묘한 느낌을 가슴에 담아두었을 뿐이다. 불쌍한 태극기야, 너한테야 무슨 잘못이 있겠니. 그런 뉘우침과 함께.

혼자 온 손님이 앉기에는 바 테이블 앞에 일렬로 늘어선 의자들 중 하나가 제격이었겠지만, 나는 짐짓 만나기로 한 사람이 있기라도 한 것처럼 홀의 구석자리로 가서 무대 쪽을 향하고 앉았다. 옆에 앉은 사람이 말을 붙여오는 상황을 염려했기 때문이었다. 안주가 비싼 편이어서 맥주만 한 병 시킬까 하다가, 나는 이런 날 돈 아낄 생각을 해서는 안 된다고 마음을 고쳐먹고 찹 스테이크를 주문했다. 홀은 물론이고 바 테이블에도 나처럼 혼자 온 손님은 없었다. 대개는 남녀 한쌍……

잠시 후 술과 안주가 나왔고, 나는 작은 맥주를 병째로 한 모금 들이켜며 잠깐 미아 생각을 했다. 맥주는 술이 아니잖아요. 그 목소리와 함께 떠오른 미아의 커다란 눈동자를 떨쳐내면서 나는 스테이크 조각 하나를 입에 넣었다. 맛이 일품이었다. 나는 기분이 좋아져서 맥주를 반 넘게 비우고 내려놓았다. 그때 등뒤에서 문 열리는 소리가 들렸다. 나는 전인권일지도 모른다고 생각하며 고개를 돌렸다. 안으로 들어선 사람은 진짜 전인권이었다. 새로 결성한 밴드의 멤버로 보이는 젊은 남자들과 함께였다. 나는 그에게 준비된 미소를 지어 보였다. 하지만 이번에는 전인권이 나를 보지 못하고 있었다. 뒤이어 문이 또 열렸고, 내 미소를 받아준 사람은 코디어였다.

코디어는 약속에 늦은 사람처럼 총총한 걸음으로 내 앞자리에 와 앉았다. 전인권 일행은 곧장 무대로 가서 악기를 조율하기 시작했다. 코디어의 출현에 크게 당황한 것은 아니었지만, 나는 무대와 코디어를 번갈아 바라보느라 시선을 고정시키지 못하고 있었다. 코디어가 내 눈길을 좇아 뒤를 돌아보더니 눈이 휘둥그레져서는 입을 열었다.

"어, 들국화다!"

나에게 뜻밖이었던 것은, 코디어가 전인권의 얼굴과 들국화라는 밴드 이름을 기억하고 있다는 점이 아니었다. 내 귀에 들려온 것은 분명히, 어 들구카다, 그런 발음이었다. 하지만 나는 그 한마디만으로 코디어가 한국어를 할 줄 안다고 판단할 수는 없었나보다. 내 머릿속에서는 자연스럽게 영어 인사말이 마련됐다.

"Long time no see."

"어, 종말 오래만이아, 형!"

나는 끝에 발음된 형, 하는 소리가 나를 형이라고 부른 것임을, 나중에 그 소리가 한번 더 되풀이된 다음에야 알았다. 아무튼 코디어가 그 동안 한국어를 배웠다는 것만은 확실히 알 수 있었다. 누군가 엉터리로 가르쳤을까. 아니면…… 코디어가 반말을 하는 것이 제대로 못 배워서 그런 건지, 나에 대한 친근감의 표시인지 가늠이 안 되었다. 그래서였을까. 나는 쉽사리 입을 열 수가 없었다. 설사 코디어가 존대를 해왔다 해도, 내가 말을 꺼내기 어렵기는 마찬가지였을 것이다. 나는 예전에 코디어 앞에서 영어 문장이 잘 만들어지지 않았을 때처럼 곤혹스러웠다. 그렇다고 한국어를 구사하는 미국 사람에게 영어로 말하는 것도 우스운 일이고……

코디어는 다시 고개를 돌려 무대를 바라보고 있었다. 전인권이 뭐라고 말하는 소리가 나에게는 제대로 들리지 않았다. 코디어가 갑자기 한 손을 번쩍 들었고, 전인권이 손을 뻗어 코디어를 가리켰다. 코디어는 함박웃음을 지으며 큰 소리로 말했다.

"아침이 박아올 대가지!"

신청곡을 받겠다는 말이 있었던 모양이다. 여기저기서 신기한 듯 코디어를 힐끔거리며 소곤대는 모습들이 보였다. 전인권이 코디어를 향해 씩 웃었고, 곧 전주가 흐르기 시작했다. 손님들이 모두 입을 다물고 무대로 시선을 모으는 움직임이 느껴졌다. 코디어도 나에게 등을 보인 자세였고, 같이 앉은 일행을 신경쓰는 사람은 카페 안에 나 말고는 없는 분위기였다.

아침이 밝아올 때까지…… 앉아서 노래하는 탓인지 전인권의 목소리에는 예전만한 힘이 실려 있지 않았다. 그의 몸이 많이 상해서 그랬는지도 모르겠다. 하지만 전인권의 소리가 예전처럼 폭발적이었다 해도, 내가 몸이 떨리도록 그의 노래에 집중하기는 힘들었을 것이다. 어쩌자고 얘가 또 내 앞에 나타난 것일까. 시간이 흐를수록 점점 나는 코디어의 출현이 부담스러워지고 있었다. 이번엔 또 무슨 증상이 나에게 남게 될지 두렵기라도 했던 것일까. 정작 코디어가 나타나고 보니, 그와 함께 전인권의 노래를 듣고 싶어했던 마음은 온데간데없었고, 이번에는 절대로 함께 아침을 맞지 않겠다는 다짐만이 내 안을 가득 채웠다. 아침이 밝아올 때까지…… 그 부분만 열심히 따라 부르는 코디어의 옆얼굴을 뚫어져라 쳐다보면서……

노래는 끝났고, 박수 소리가 길게 이어졌다. 누구보다도 요란한 동작으로 박수를 치며 환호하는 코디어의 모습이, 굳어 있던 내 얼굴을 풀어지게 만들었다. 나는 조용히 손바닥을 부딪치며 사람들의 표정을 살폈다. 박수 소리가 잦아든 뒤에도 사람들은 다음 곡을 기다리며 무대를 향한 시선을 거두지 않고 있었다. 전인권의 노래를 들을 수 있다는 것만으로도 충분히 행복하다는 표정들이었다. 나는 다시 기분이 좋아져서 남아 있는 맥주를 단숨에 마셔버렸다. Tonight's the night we'll make history…… 무대에서는 새 노래가 시작되고 있었다. 들국화는 팝송을 더 잘 부르지. 예전에 내가 코디어에게 했던 말을 떠올리고 있는데, 코디어가 돌아앉았다.

코디어는 나에게 묻지도 않고 접시에 걸쳐 있는 내 포크를 집어들었다. 스테이크를 한 조각 입에 넣고 오물거리더니 얼굴이 환해지며 포크질을 거듭했다. 얼마나 배가 고팠으면…… 나는 웨이터를 불러 맥주 두 병을 더 시키고 코디어의 시장기가 가시기를 기다렸다. The best of times…… are when I'm alone with you…… 고음 처리가 힘겨운 듯, 전인권은 소리를 길게 뽑지 못하고 있었다. 정신없이 입을 움직이던 코디어가 포크를 놓았을 때, 접시에는 소스를 잔뜩 묻힌 야채 몇 조각만 남아 있었다. 나는 코디어를 먹이기 위해 안주를 주문한 거라고 생각하기로 했다. 맥주까지 한 모금 마시고 난 코디어가 느긋한 몸짓으로 등받이에 기대는 것을 보며 내가 물었다.

"저녁을 안 먹었나봐요?"

생각처럼 쉽게 반말을 할 수가 없어서 그렇게 물었는데, 그래놓고 보니 거리감이 느껴지기도 하고, 영 어색하고 우스꽝스럽다는 기분이었다. 영어로 대화할 때는 한 번도 느껴보지 못한 종류의 불편함이었다.

"형, 나 아침부터 굶어."

코디어는 지 편한 대로 계속 반말이었다. 게다가 시제도 엉망이었다. 존대는 못 하더라도 굶어가 아니라 굶었어 해야지, 그리고……형이라고 부르지만 말고 이럴 때는 말을 놓으라고 간곡히 청하는 거다, 이 자식아. 속으로 그렇게 나무라면서도, 나는 우리말의 피곤한 규칙에 새삼 짜증이 났다.

"형, 나머지 들구카는 다 어디 가?"

새로운 멤버들의 연주 실력도 그리 처지는 편은 아니었지만 나는 아까부터, 특히 피아노 치는 허성욱의 공백을 아쉬워하고 있었다. 들국화가 해체됐다는 것을 아직 모르고 있군. 그럼 얘가 여기 오늘 처음 온 거야? 전인권을 발견하고 놀라서 반기던 코디어의 모습을 봤으면서도, 나는 당연히 코디어가 그곳에 처음 온 게 아니라고 생각했나보다.

"전에 여기 와본 적이 있는 줄 알았는데……"

내 말의 끝처리는 높이지도 낮추지도 못하고 어정쩡했다.

"아닌데…… 첨인데……"

내 말투를 흉내내는 코디어가 귀여워서 나는 내 맥주병을 들어 그의 병에 부딪쳤다. 그리고 그냥 '해체'라는 단어를 써도 얘가 알아들을까 의심스러워 다른 단어를 고르고 있는데, 코디어가 다시 물었다.

"벌서 짖어져?"

찢어진다는 표현은 또 어디서 주워들었니? 그래, 들국화가 그새 쫙쫙 찢어졌다. 나는 말없이 웃으며 고개를 끄덕이는 것으로 대답을 대신했다. 코디어는 매우 섭섭하다는 표정을 지으며 무대 쪽을 돌아봤다. 막 연주가 끝나서 다시 박수 소리가 터져나오고 있었다. 나는 혼자 오롯이 전인권의 노래에 빠져들겠다던 생각을 버렸다. 그다지 서운한 마음은 아니었다. 저녁엔 노을빛이 창가에 물들고…… 책상 위의 래디오에서는…… 좋아하는 노래 흘러나오니…… 전인권이 선택한 다음 노래는 〈조용한 마음〉이었다. 나는 임기의 무덤에 갔던 날 내 방에서 라디오로 허성욱의 조용한 노래를 들었던 게 기억났다. 오후만 있던 일요일…… 그리고 미아…… 코디어를 앞에 두고도 미처 생각이 미치지 못했던 미아……

"빈센트."

나는 미아의 뱅상을 떠올리며 처음으로 코디어의 이름을 불러봤다. 그때서야 비로소 코디어를 편하게 상대할 수 있겠다는 마음이 찾아들었다. 코디어가 기분 좋게 웃으며 대꾸했다.

"스트롱 핸드."

나는 코디어가 잊었을 내 이름 상현을 가르쳐줄까 하다가, 어차피 정확하게 발음하기는 힘들 거라는 생각에 그만두고, 하려던 말을 이어갔다.

"누구 만나기로 한 거 아니야?"

"아닌데, 형 보러 오는데."

"?"

코디어는 어떻게 나를 보러 오게 됐는지 말하기 시작했다. 길게 얘기하기에는 벅찬 한국어 실력이었지만, 어떻게든 영어를 안 쓰고 말하려 애쓰는 코디어의 정성이 갸륵해서, 나는 끝까지 참고 들어줬다. 얘기는 길었지만 사연은 간단했고, 너무도 황당했다. 코디어를 태운 버스가 광화문 정류장에 멈췄을 때, 코디어는 내 얼굴이 떠올라서 무작정 내렸다. 형이 점점 가까워. 말하자면 내 기를 느낀 것이었다. 내 기운이 이끄는 대로 계속 걷다보니 전인권 앞이었다. 코디어는 그 안에 내가 있다는 것을 확신했다. 더 걸어서 형이 멀어져.

나는 진지한 태도를 보이며 듣고 있기는 했지만, 코디어의 말을 믿어야 할지 말아야 할지 얼른 판단이 서지 않았다. 텔레파시가 통한 것도 아니고…… 문득 코디어가 미아에게 떨었던 능청이 생각나기도 했지만, 어쩐지 거짓말을 하고 있다는 느낌은 안 들었다. 안 보는 동안 얘한테 진짜 신이 내리기라도 했나. 아니면 인디언의 피에 숨어 있던 신비한 능력이…… 그런데 참, 얘가 왜 한국에 있는 거지? 나는 뒤늦게, 그 점을 먼저 궁금해하지 않았음을 깨달았다. 떠난다더니? 다시 돌아온 걸까? 나는 슬슬 미아와 코디어 사이의 나머지 얘기가 듣고 싶어졌다. 하지만 그 얘기를 먼저 꺼낼 마음은 없었다. 세상에는 무슨 일이 일어나도 순간 순간은…… 변함없이 찾아오고 뒤바뀌는걸…… 전인권의 노래는 이제 코디어와 나에게 단순한 배경음악으로 들려올 뿐이었다. 우리는 카페 안에서 단둘뿐인 불량한 청중이 되어가고 있었다.

"네가 사라진 뒤로 이따금 그런 이상한 상태를 경험하곤 해."

더듬더듬 설명을 마친 코디어가 갑자기 매끈한 영어로 덧붙였다. disappear, experience, strange…… 못 알아들을 단어가 없었음에도 불구하고, 나는 뜻풀이가 얼른 되지 않아 속에서 그 문장을 되씹어봐야 했다. 얘가 또 왜 이러나. 하긴 답답하기도 했을 것이다. 나도 예전에 지아이들과 얘기할 때 우리말을 시원하게 뽑아내고 싶은 마음이 불쑥불쑥 솟곤 하지 않았던가. 그래도 그렇지, 기껏 적응을 했더니만…… 나는 이제 와서 영어로 대화를 나눠야 한다는 게 정말 싫었다. 자신이 없었다. 영어와 담 쌓고 지낸 지가 몇 년인데. 코디어가 한국말을 할 줄 안다는 걸 몰랐으면 몰라도…… 그렇게 나는 코디어의 말에 신경쓰느라, 그가 말한 이상한 상태에 대해 캐물을 생각은 하지 못했다.

"캥이 죽어. 알아, 형?"

코디어의 한국어는 과거를 용납하지 않았다. 나는 모른다고 시치미를 뗄 수도 있었지만, 다시 들려온 우리말이 반가운 나머지 놀라는 표정을 꾸며내지 못했다. 코디어는 언제 어떻게 알았냐고 묻지는 않았다.

"You know where Kang's grave is?"

나는 코디어가 '무덤'이라는 단어를 몰라서 영어로 물은 거라고 이해했다. 그것까지는 모른다는 표정을 지어 보이며, 나는 임기의 무덤 앞에서 울고 있는 코디어의 모습을 상상했다. 그 앞에 미아가 있고, 미아의 등뒤에 뻘쭘하게 서 있는 나의 뒷모습도 보였다. 퍼뜩 정신을 차리고 나는 코디어에게 물었다.

"너 지금 내가 무슨 생각을 하고 있는지도 아니?"

꼭 그럴 생각은 아니었는데, 내 입에서 튀어나온 말은 영어였다. You even know what I'm thinking now?

"못 아는데……"

코디어는 망설이지 않고 한국어로 대답했다. 알면서도 모른다고 했을까. 코디어의 생각을 읽지 못하는 나로서는 알아내려 용을 써봐도 허사일 것이었다. 그나저나 코디어는 두 언어를 자유로이 넘나들기로 작정한 듯싶었다. 나도 따라 그러리라 마음먹고 있는데, 코디어가 우리말로 내 귀를 끌어당겼다.

"나 캥에 가서 또 캥을 만나, 형. 미아 캥……"

나도 알아. 그렇게 말하면 코디어는 어떻게 반응할까. 혹시 내가 알고 있다는 것을 이미 다 알고 있지는 않을까. 나는 순간적으로 시치미를 뗄 작정을 했다.

"Woman?"

여자구나, 하려고 했는데 내 입에서는 또 영어 단어가 뱉어졌다. 생각처럼 쉽지가 않은 일이군. 나는 아는 걸 모르는 척하려다보니 신경이 분산되어 뜻대로 말하지 못한 거라고 스스로에게 변명했다. 그러는 사이에 코디어의 그 이상한 상태에 대한 궁금증은 잦아들고 있었다. 코디어가 어떻게 임기의 무덤을 찾아갈 수 있었는지 알고 싶다는 마음도…… 내 관심은 오로지 코디어가 이어갈 미아 얘기를 향해 뻗어 있었다. 미아를 떠올릴 때마다 더 궁금한 사람은 코디어였듯이.

"Dark lady."

코디어는 내가 오랜만에 팝송으로 말놀이를 하자는 줄 안 모양이었다. 내 속을 들여다보지 못한다는 건 거짓이 아닌가보네. 나는 지금 놀자는 게 아니라는 뜻을 전하기 위해 아무 말도 하지 않고 기다렸다. 내가 말하기를 기다리던 코디어는 내 뜻을 알아챘는지 다시 말하기 시작했다. 영어였다.

"그녀를 본 순간 왜 네 얼굴이 떠올랐는지 모르겠어."

나는 이제 코디어의 그런 요상한 신통력 따위에는 아무런 관심도 남아 있지 않았다. 다만 애한테는 영어도 한국어도 참 자연스럽게 잘 어울리는구나 하는 느낌 속에서, 나에게는 우리말조차 너무 어색하고 힘겨워, 그런 비교를 해볼 따름이었다. 미아가 느꼈을 둘의 차이도 그런 성질의 것이겠지.

"네가 나에게 처음 말을 걸었던 순간이 기억났어. 너는 나보고 프랑스계 미국인이 아니냐고 물었지. 형, 잊어?"

미아 얘기를 꺼내면서부터 코디어의 눈은 환하고 깨끗한 빛을 발하고 있었다. 나는 잊고 있었던 그 순간을 기억해내며 살며시 꼬데…… 하고 발음해보았다. 그 시절로 돌아가 착하고 영리하기 그지없던 코디어 이병을 살려내고 있는 나에게, 코디어는 표정을 싹 바꾸더니 능글맞은 미소를 머금고 말했다.

"캥의 무덤 앞에 쪼그리고 앉아 있는데 그녀가 나타났지. 춥고 배고프고…… 나는 엄마 생각이 나서 눈물을 흘리고 있었어. 그녀가 나를 구하러 온 천사라는 걸 금방 알았지. 오우, 게다가 이름도 캥이라는 걸 알았을 때는, 이 여자는 분명 캥이 나에게 보내준 선물이다…… 내가 장난 삼아 프랑스인이라고 했더니, 프랑스어를 시켜보지도 않고 믿어버리더군. 뱅상, 뱅상, 하면서 말이야. 순진하긴…… 너한테 진작에 한국말이나 배워둘걸 그랬어. 영어를 못 하더라구. 그녀가 부담을 느끼고 달아날까봐 할 수 없이 나도 영어가 짧은 척했지. 일단 친해지고 봐야 했거든. 그래야 밥을 먹든 몸을 먹든, 뭐든 얻어먹을 수 있는 거 아니겠어? 그런데 하다보니까 그 노릇도 재미가 쏠쏠하던데. 그냥 한두 단어로 대화가 다 통하는 거야. 나중에는 벙어리 놀이까지 했다구. 글씨는 얼굴처럼 예쁘게 쓰더군. 눈이 쓸데없이 큰 것 빼고는 봐줄 만한 미모였어. 그러고 보니 네가 좋아할 타입이네."

유난히 느끼하게 들리는 영어였다. 그래서, 얘가 순전히 배도 채우고 다른 허기도 달랠 목적으로 미아를 꼬셨다는 얘기야? 그런 속셈인지도 모르고…… 내 눈에는 얼마 전 W읍에 갔을 때 여전히 건재했던 역 앞의 여관 건물이 어른거렸다. 나는 안주도 변변히 먹지 못해 허한 속에 맥주를 벌컥벌컥 쏟아부었다. 둘이 해치운 맥주가 어느새 열 병에 육박하고 있었다. 이럴 줄 알았으면 위스키를 한 병 시킬 걸 그랬어. 이런 추세라면 그게 더 싸게 먹힐 텐데. 아침부터 굶은 녀석이 술값의 반의 반이라도 지니고 있을 턱이 없고. 나는 에라 모르겠다, 마구 취해버리고 싶었지만, 맥주는 정말 술이 아니어서 헛배만 불러오고 정신이 약간 흐리멍덩해질 뿐이었다.

어느새 무대에는 다시 악기들만 휑하니 놓여 있었고, 실내에는 어느 외국 그룹의 옛날 노래가 흐르고 있었다. Just an old fashioned love song…… 새로운 들국화들은 잠시 쉬려는 듯 무대 옆자리에 모여 앉아 한담을 나누고 있었다. 전인권은 조용히 웃다가 차를 마시다가 하는 모습이었다. 옛 멤버들과 함께였어도 전인권은 두드러져 보였겠지만, 그날, 노래하고 있지 않은 그의 모습은 유난히 쓸쓸해 보였다. 카페의 네 귀퉁이마다 매달려 있는 스피커들이 잠시 숨을 멈추더니 일제히 새 노래를 뿜어내기 시작했다. 역시 옛날 노래…… 〈Indian Reservation〉이었다. 전인권의 입 모양이 노래 가사대로 움직이고 있는 게 확실했다. 나는 내가 아는 소절이 나오기를 기다렸다가, 입술을 크게 놀리며, 작은 소리로 따라 불렀다. So proud to live…… So proud to die…… 전인권은 딴 곳을 바라보고 있었다.

나는 코디어가 이제는 정말 어느 모로 보나 인디언이 아니라는 생각이 들었다. 내가 인디언에 대해 옛날보다 더 알게 된 것은 별반 없었지만, 옛날의 코디어를 기준으로 삼더라도 확실히 그렇다는 생각이었다. 코디어는 내가 듣는지 마는지 상관하지 않고 줄기차게 미아 애기를 이어가는 중이었다. 왜 이리도 열심일까 의아할 정도로, 그의 애기는 장황하고도 세밀했다. 한순간도 놓치지 않으려는 듯한 애기의 내용과, 참전 무용담을 늘어놓기라도 하는 것처럼 허풍떠는 코디어의 말투는 묘한 부조화를 빚어내고 있었다. 그러는 사이사이 양념처럼 곁들이는 한국어가 얄밉도록 맛깔스럽게 들려오기도 했다. 하지만 그 순간들만큼은 코디어를 미워할 수 없었다. 우리말을 할 때마다 코디어는 잠깐씩 순박한 청년으로 돌아가곤 했으니까. 힝, 미아 마미도 죽어. 그렇게 말하는 코디어의 눈은 금세 촉촉하게 젖어들었다.

들국화가 다시 무대에 설 시간이 되어서야 겨우 미아와 코디어는 묘지를 벗어날 태세였고, 코디어가 자기 손 안에서 파르르 떨었다는 미아의 손에 대한 품평을 떠들어대고 있을 때, 나는 더이상 참고 들어주지 못하겠다는 심정이 되어 그의 말을 잘랐다.

"그래서, 너 그 여자하고 잤니?"

나는 이미 두 언어를 섞어 쓰겠다는 야무진 생각을 버린 상태였다. So, did you fuck her? 모국어를 포기한 데 대해 일말의 면구스러움을 품었던 것일까. 그 대신 외국어를 거칠게 다뤄주겠다고 결심한 사람처럼, 나는 영어로 욕하는 데 있어서는 국내에서 따라올 집단이 없을 카투사 출신답게, 퍽퍽한 문장을 구사했다.

"Of course. We had no fucking time even to sleep."

그걸 말이라고 해? 우린 씨발 잠잘 시간조차 없었다구. 똑같이 험한 발음이 들어 있어도, 코디어의 영어는 혀에 기름칠을 한 듯 매끄럽게 굴러나왔다. 나는 그 혀를 포크로 콱 찍어서 잡아뽑고 싶은 충동을 느꼈다. 아침이 밝아오도록 미아의 몸 구석구석을 미끄럼 타듯 누비고 다녔을 그 꼬부라진 혀를…… 그러면서도 나는 내가 왜 이러는지 모르겠다는 생각을 하고 있었다. 미아에게 같은 얘기를 들었어도 같은 심정이었을까. 평온할 수야 없겠지만 비교적 담담한 마음으로 듣고 있을 내 모습이 떠올랐다. 미아는 절대로 코디어같이 말하지 않았을 테니까. 그러니까 이건 질투를 넘어선 어떤 감정이야. 단지 내가 몇 번을 만났어도 가까이할 수 없었던 미아의 몸을, 이 자식은 단 한 번에 품어버렸다고 해서 이러는 게 아니라구. 나는 수도 없이 두 남녀가 살을 맞대고 뒹구는 장면을 상상했어도, 지금처럼 격한 기운을 느낀 적은 없었다는 기억을 거듭거듭 확인했다. 혹여 내 노여움의 정체가 열등감이라 해도, 그것은 미아와 한 핏줄로서 내보이게 되는 종류의 못난 티라는 것을……

코디어는 내 침묵의 의미를 남의 잠자리나 엿듣고 싶어하는 싸구려 호기심쯤으로 이해했는지, 더욱 열을 올려 얘기하느라 자기 입에서 침이 튀는 것도 모르고 있었다. fuck은 물론이고 suck, dick, cock…… 운을 맞추듯 ck로 끝나는 온갖 단어들을 동원해서 코디어가 다양한 체위들을 두루 섭렵하는 동안, 나는 군대에서 지아이들에게 코디어의 얘기처럼 판에 박힌 섹스 경험담을 지겹도록 들으며, 단지 영어를 알아듣고 있다는 뿌듯함에 헤벌레 웃어주던 날들을 생각했다. 그때도 녀석들 상대가 미아쯤 되는 여자였다면 그럴 수 없었겠지. ……cumming shot into her mouth…… 마침내 코디어의 몸이 사정을 끝내고 축 늘어져서는 의자 깊숙이 파묻혔다. 얘기를 듣는 동안 단 한 차례도 웃어줄 수 없었던 나는, 결국 찡그려지고 마는 표정을 그대로 내보이며 혼자서 맥주를 들이켰다. 나를 가만히 바라보던 코디어가 엄지와 검지가 거의 맞붙은 손을 들어 보이며, 내 눈치를 살피듯 조심스러운 목소리로 말했다.

"형, 왜 그래? 재미 조금?"

나는 대답하기도 귀찮아서 무대 위의 전인권만 바라보고 앉아 있었다. 더이상 내게 그런 말 하지 마…… 거기서 거기 그 얘기들…… 언뜻 전인권의 목소리가 옛날을 회복한 듯한 느낌이었다. 곁눈질로 살펴보니 코디어는 잔뜩 풀이 죽은 표정을 하고 있었다. 얼마 남지 않은 맥주를 입 안에 털어넣고 나서 쩝쩝 입맛만 다시던 코디어가,

미아와의 정사를 떠드는 동안에는 단 한 차례도 섞어 쓰지 않았던 우리말을 거푸 구사했다.

"다 뻥인데……"

혼자서 중얼댄 작은 소리였지만, 코디어의 입에서 처음으로 정확하게 발음되어 나온 된소리가, 내 귀를 뻥 뚫고 들어왔다. 나는 맥주를 두 병 더 시키고, 코디어와의 거리를 좁히기 위해 의자를 끌어당겼다.

"무슨 소리야? 자세히 얘기해봐."

재미난 얘기를 해줄 때는 시큰둥하던 사람이, 그게 말짱 거짓말이었다는 고백을 듣고는 생기가 도는 게 이상하기도 했을 것이다. 코디어는 어안이 벙벙해져서 나에게 물었다.

"자세……히?"

"Inch by inch."

다른 풀이를 다 놔두고 그렇게 대답한 것은, 군대 시절 누구보다 자기 연장 관리에 철저했던 코디어의 툴 박스, 그 안에 반질반질 닦여 사이즈 순서로 가지런히 정돈되어 있던 각종 공구 세트가, 그 순간 내 머릿속에 좍 펼쳐졌기 때문인지도 모르겠다. 어쨌거나 대화 수단을 우리말로 바꾸고 나선 나의 시도가 코디어에 의해 간단히 틀어졌다고 해서, 내 기분이 상하거나 하지 않았던 것만은 분명하다. 그리고 이후로 한참 동안, 나는 우리말이든 영어든 코디어도 할 줄 모르는 인디언 말이든, 지구상에 존재하는 그 어느 종족의 언어도 입에 담을 필요가 없었다. 들국화가 카페를 떠나는 것을 보고 코디어가 전인권의 사인을 받겠다고 따라나갔던 잠깐 동안 말고는, 그가 번복해 들려주는 미아와의 하룻밤 이야기는 멈추는 법이 없었으니까. 너무나도 자세한 그 얘기를, 나는 끊고 싶지 않았다.

약속

그날 들국화의 마지막 노래는 〈Against the Wind〉였던 것으로 기억한다. It seems like yesterday…… But it was long ago…… 밥 시거에게는 미안한 얘기지만, 언제나 그러하듯이 전인권의 보컬은 오리지널보다 한 수 위였다. We were young and strong and we were running…… 별다른 편곡을 한 것도 아닌데, 다듬지 않은 원석처럼 우둘투둘한 그의 목소리만으로도, 원곡에 섞인 컨트리 풍의 나긋나긋함이랄까 혹은 어떤 완고한 늘어짐 같은 분위기가 지워지는 느낌이었다. I'm still running against the wind…… 음 난 이제 나이를 먹었지만 여전히 달리고 있지…… against the wind…… 바람을 거스르며……

카페 안에 바람이 불었을 리 없지만, 나는 전인권이 그 노래를 부를 때 그의 긴 머리가 뒤로 휘날렸다는 착각을 지울 수가 없다. 꼭 바람이 불지 않더라도, 앞으로 나아가는 사람은 바람을 만들어낸

다…… 그날 이후 나에게 새겨진 전인권의 이미지는 그런 것이었다. 자신이 만든 맞바람을 뚫고 전진하는 고독한 나그네. And I found myself alone…… 그날 전인권은 노래와 노래 사이를 거의 침묵으로 메웠다. 무대에서 말이 없는 편은 아니었던 그가 짧게 남긴 한마디는 이런 것이었다고 기억한다. 할말이 많은데…… 아무 말도 하지 않으렵니다.

나는 코디어로부터 어떻게 임기의 무덤을 찾아갔는지에 대해서는 결국 아무 말도 듣지 못했다. 미아에 관한 애기만으로도 시간은 충분하지 않았다. 나는 코디어와 함께 밤을 지새우지 않겠다는 결심을 반드시 지키고 싶었고, 우리는 카페 전인권이 문을 닫을 때까지 한 박스가 넘는 맥주를 마시고 나서 깨끗이 헤어졌다. 물론 며칠 후에 날아온 내 카드 결제 청구서까지 깨끗할 수는 없었지만, 당분간 긴축 생활을 해야 하는 탓을 코디어에게 돌릴 마음은 없었다. 비록 변변치는 못하더라도 나에게는 꾸려나갈 경제가 있었고, 코디어는……

네가 사라진 뒤로 이따금 그런 이상한 상태를 경험하곤 해. 그 말로 코디어는 모든 설명을 대신했던 것일까. 나는 이따금, 코디어가 뭔가에 홀린 모습으로 버스에서 내려 흙먼지 날리는 국도의 가장자리를 따라 느릿느릿 걸어가는 모습을 상상하곤 했다. 두 팔을 몸에 붙인 자세로 한 걸음 한 걸음, 임기의 영혼이 송신하는 주파수에 맞춰 한 발 한 발, 그러다가 묘지의 입구에 다다라 정확하게 직각으로 몸을 틀고, 점점 빨라지는 발걸음……

그것은 예전의 갈증과는 사뭇 다른 느낌을 동반하는 상상이었다.

내 몸의 모든 세포들이 한없이 이완되는 느낌. 축축 늘어져, 마치 내 살이 아이스크림 녹듯이 흘러내려 바닥에 고이는 듯한…… 퍼뜩 정신이 들어 의자에 앉아 있거나 침대에 누워 있는 자신을 발견하게 되면, 나는 다른 세상에 들어갔다 나온 사람처럼 멍한 기분에 사로잡히곤 했다. 코디어가 살고 있는 그만의 딴 세상이 어디 있는 것만 같아, 나 또한 그 세상에 빨려들어갈지도 모른다는 두려움과 나는 결코 그 세상 사람이 될 수 없으리라는 소외감이 동시에 밀려오곤 했다. 그럴 때 나는 찬물로 세수하거나 창문을 열고 바람의 냄새를 맡았다.

내가 정말 코디어의 신비한 경험을 믿었다고 자신할 수 있을까. 코디어가 내 연락처도 묻지 않고 자신 있게 또 만나자는 작별인사를 건네왔을 때, 나는 아무런 군말 없이 그러자고 했다. 코디어는 물론이고 나 역시 흔히 하는 인사치레가 아니었고, 나는 더이상 코디어를 피할 생각이 없었다. 피하기는커녕 헤어지면 곧 보고 싶어질 것 같은 마음이었다. 왠지 연락처를 물어서는 안 될 것 같은, 물어봐도 소용없을 것이라는 생각으로 그러기도 했겠지만, 내가 코디어와 기약 없는 약속을 한 그 순간만큼은, 코디어가 나를 다시 찾아오리라는 확신에 차 있던 게 아니었을까.

하지만 그날 이후, 내가 보낸 대부분의 시간 속에서, 그런 믿음은 대체로 헛된 것이라 치부되었음 또한 부인할 수 없다. 가끔씩 찾아오는 가수상태 속에서 빠져든 상상의 시간을 제외하고는, 코디어가 서울 장안에 널리고 널린 카페들을 다 놔두고 내가 들어가 앉아 있는 땅속으로 기어들어왔다거나, 서울 근교에 지천으로 깔린 그 많고 많은 묘지들 중에서 임기가 뼛가루로 변해 잠들어 있는 자그마한 무덤 하나를 찾아냈다는 사실을, 있는 그대로 받아들이기는 어려웠다. 코디어가 나를 찾아오는 기이한 일은 다시 일어나지 않았다.

　카페 전인권에서, 나는 미아 얘기에 정신이 팔려 코디어의 근황도 묻지 못했다. 간간이 섞여 나왔던 스스로의 언질을 나중에야 되새기며, 그가 어떻게 살고 있는지 미루어 짐작해볼 수 있었을 뿐이다. 그 추측이 그리 유쾌한 것일 수는 없었다. 어쨌든 코디어는 내 친구니까. 친구의 고생을 즐기는 따위의 악취미를 필요로 할 만큼 내 인생이 찌들어 있던 것은 아니었다. 그리고 코디어는 내 친구들 중에서 가장 찌든 인생을 사는 것으로 보였다.
　코디어는 한국의 결혼 문화에 상당한 호감을 갖고 있었다. 서울의 웬만한 거리에는 예식장이 하나쯤은 있다며 좋아했고, 예식장 식당에 가면 자기 같은 파란 눈의 외국인은 언제나 무사 통과라고 했다. 그러면서 자신은 반드시 신랑 신부의 행진까지 다 지켜보고 마음에서 우러나는 박수를 보낸 후에야 식당으로 발걸음을 옮긴다고도 했다. 정장을 입는 예의 또한 잊는 법이 없다고…… 미아 얘기를 하는 도중에 불현듯 뮤즈가 생각난다며, 그녀의 결혼식에 참석하는 건데 그랬다고 후회하다가 나온 말들이었다. 전날 돈이 좀 생겼는데 밥 사 먹는 대신 아르마니 단벌 슈트를 세탁소에 맡겼다는 것이었다. 그런데 형 만나 배가 풀, 노 헝그리…… 뮤즈를 추억하는 코디어의 모습은 예전과 달리 편안해 보였다. 나는 뮤즈의 소식을 코디어에게 전하지 않았다.

코디어는 한동안, 자신을 옭아맨 사기꾼 패거리와 행동을 같이했던 듯싶다. 코디어가 땡전 한푼 없는 불법 체류자라는 걸 알게 된 그들로서는, 그 멀쩡한 허우대와 꼬부라진 혀라도 이용해 본전을 뽑아야겠다고 생각했음직하다. 코디어의 밀린 숙박비 정도는 대신 치러줬을까. 자기를 형이라고 부르라며 코디어에게 한국말도 가르쳐주고 때때마다 잘해줬다는 남자는 아마도 그들 중의 착한 막내쯤 되었을 것이다. 그때는 먹고 잘 걱정은 없었다고 말할 때, 코디어는 그들에게 다시 돌아갈까 싶기도 한 눈치였다.

코디어가 혼자든 여럿이든 어디서 무엇을 하며 살든, 그것을 묻지 못해 아쉬워할 까닭은 없었다. 어차피 나는 그가 하는 말에 관한 한 반반의 믿음밖에 지닐 수가 없었다. 설령 코디어가 한번 더, 가령 내가 들어가 앉아 있는 영화관에 스며들어오거나 하는 식으로 나를 찾아오는 일이 일어났다 해도, 코디어의 말에 대한 나의 반신반의가 해소될 수 있었을지는 여전히 의문스럽다. 그것은 내가 코디어라는 인간을 믿고 못 믿고와는 상관없이 별개로 성립하는 성질의 의심인 것이다.

그렇기에 미아에 대한 코디어의 얘기도 어느 쪽이 진짜인지 나로서는 판별할 재간이 없었다. 그럼에도 불구하고 나는 코디어가 번복해서 들려준 두번째 이야기를 허튼 소리로 듣지 않았다. 단지 그 얘기가 앞의 것보다 내 마음을 편하게 해주었기 때문만은 아니었다. 오히려 그 얘기에는, 미아와 코디어가 밤새도록 살을 부벼댔다는 얘기보다 더욱 내 질투심이나 열등감을 부추길 만한 내용이 담겨 있었다. 그런데 적어도 그 얘기를 듣는 동안만큼은, 나에게 그런 것은 대수롭

지 않았다. 그 내용이 사실인지 아닌지도 중요한 게 아니었다. 거짓
말이라면 거짓말로서 코디어의 얘기는 진실하게 들렸고, 그 속에 깃
들어 있는 어느 한순간의 저릿함을 나는 잊을 수가 없는 것이다.

　미아가 코디어와 함께 단 하루를 보냈다는 곳은 W읍이 아니었다.
내가 도망쳐나온…… 그렇다, 내가 도망쳐나온 게 분명한 코디어의
여인숙, 그 냄새나고 눅눅한 방으로, 미아는 코디어의 손을 잡고 들
어갔다. 코디어의 나머지 손에는 지구상에서 가장 값싼 포도주가 들
려 있었다. 코디어는 그렇게 맑고 예쁜 빛깔의 포도주는 처음 봤다고
했다. 소주처럼 제조해서 코르크 마개가 필요 없는 특이한 포도주.
프랑스인 뱅상을 위한 미아의 선물이었다. 그 술을 조금씩 나눠 마시
며 그들은 침묵의 대화로 밤을 보냈고, 아침이 밝을 무렵 미아는 그
방을 떠났다. 그들은 헤어지기 전에 여행을 약속했고, 코디어는 약속
한 날 미아에게 가지 못했다. 코디어는 군대에 있을 때 비상이 걸려
뮤즈의 생일에 외출할 수 없었던 기억을 끄집어냈을 뿐, 미아와의 약
속을 지킬 수 없었던 사정에 대해서는 말하지 않았다.
　미아는 코디어를 몇 시간이나 기다렸을까. 나중에 내가 품게 된 궁
금증은 그런 것이었다. 미아는 아무리 기다려도 오지 않는 코디어를
만나기 위해 여인숙으로 찾아갔을까. 냄새와 얼룩만이 기다리고 있
는 텅 빈 코디어의 방…… 아니면 혼자서 W읍으로 여행을 떠났을
까. 읍내를 거닐던 미아는 골목에서 나오는 뮤즈와 눈이 마주친
다…… 서로를 알 것만 같아 오래 눈길을 섞는 두 여자…… 그런 상
상. 그 시간에 코디어는 어디에 있었을까. 넘치는 돈과 정욕을 주체

못 하고 발광하는 어떤 마나님에게 영어를 가르치고 있었을까. 말이 안 통해도 아무 문제가 없는 서비스를 해주고 있었는지도 모르지…… 그런 짐작을 하면서 나는 코디어가 부러웠던가.

코디어는 처음부터 미아와 필담이나 주고받을 생각은 아니었다고 했지만, 그렇다고 다른 신통한 생각을 품었던 것 같지도 않았다. 만약 미아의 몸을 탐했다면, 그 방으로 미아를 데려간 코디어는 멍청하거나 자만하거나 둘 중의 하나였다. 아니면 성적으로 고약한 취향을 지녔거나…… 코디어의 방은 그만큼 최악이었다. 필담을 나누든 육담을 나누든 남녀가 뭘 나누기에는 도대체 어울리지 않는 방임을 나는 알고 있는 것이다. 그런데 어쩌자고 그 방으로 미아를 데려갔을까. 그 점에 대해서는 코디어 자신도 이해할 수 없는 일이라며 의아해했다. 다른 장소 생각 안 해, 형. I can't tell you why.

코디어 자신도 모르는 이유를 내가 알아낼 도리는 없었다. 물론 코디어에게 미아를 근사한 곳으로 데려갈 만한 돈이 있었을 리 없고, 미아를 등쳐먹을 생각 또한 없었다는 것은 분명했지만, 그게 다는 아니었을 거라는…… 아무튼 코디어는 미아를 특별한 여자로 느꼈던 거라는 짐작을 해볼 수 있을 뿐이었다. 그에 반해 미아에 관해서는 모든 게 자연스러웠다. 미아가 코디어의 방에 어울리는 여자라는 의미는 아니다. 미아는 어디에 있든지 그 공간을 자신에게 어울리도록 만들어버린다는 것을, 내가 모르지 않는다는 것이다. 코디어도 그 점에 대해서 놀라운 일이라며 신기해했다. 미아 와서 다른 방이야, 형. 뻥 아닌데. 헤이…… You have to believe we are magic.

틈만 나면 코디어는 그렇게 노래 가사로 할말을 대신했지만, 나는 빙긋이 웃어주기만 했을 뿐, 혼자 생각에 바빠 같이 놀아줄 겨를은 없었다. 코디어가 말한 'we' 의 나머지 하나는 나였을까 미아였을까. 아니면 우리 셋을 다 묶어서 그렇게 말했을까? 확실한 것은 그 '우리' 가 결코 세상 사람들 모두를 뜻할 수는 없다는 것이었다. 마술이란 그런 거니까. 누구나 이해하는 마술은 더이상 마술이 아닌 것이다. 어쩌면 진정한 마술의 비밀이란, 단 세 사람조차 공유할 수 없는 것인지도 모른다. 코디어와 나 사이의 유치한 가사 놀이를 미아로서는 알아차릴 길이 없었듯이, 나는 코디어의 방에서 미아가 부린 마술이 어떤 것인지 짐작도 할 수 없었다. 그저 그녀가 바꿔놓은 것은 코디어의 방이 아닐 것이라는 뻔한 생각. 가령 코디어의 파란 눈을 다른 색으로 감쪽같이 칠해놓았다거나……

다 큰 남녀가 머리맡에 종이와 펜을 두고 나란히 엎드려 밤을 보낸다…… 가끔씩 그 그림을 떠올리게 되면 나는 좀 간지럽기도 하고, 어쩐지 비현실적이라는 느낌을 받지 않을 수 없었다. 미아는 그렇다 치고 코디어까지 어떻게…… 나라면 참을 수 있었을까? 아니야, 참을 게 따로 있지. 별수 없이 미아를 사이에 놓고 코디어와 나를 비교하다보면, 미아는 도대체 무슨 마음을 먹고 코디어를 따라갔던 것일까. 자연스럽게 느껴졌던 미아의 행동에 대해 그런 의문이 생기기도 했고……

그날 밤 미아와 코디어가 함께 있는 장면들의 대부분이, 나에게 몇 컷의 스틸 사진들로만 떠오르곤 했던 것은, 아마도 둘 사이의 침묵이 자꾸 생각났기 때문일 것이다. 코디어는 마치 그 밤에 끊임없이 둘의 목소리가 그 방을 채우기라도 했던 것처럼 둘이 나눈 긴 대화를 들려줬지만, 정작 둘이 주고받은 정확한 단어들은 몇 개밖에 듣지 못한 나의 기억에는, 그저 밤새도록 그 방에 흘렀을 길고 긴 정적만이 남아 있을 뿐이었다. 종이 위로는 아주 기본적인 영어 단어들만 오고갔을 테니, 코디어가 살을 붙여 들려준 둘의 대화 또한 심심하고 유치한 수준이었다는 기억만이 어슴푸레했다.

그것은 이를테면 처음 만난 남녀가, 취미는 뭔가요, 어떤 음식을 좋아하나요, 혈액형은 무슨…… 하며 시간을 때우는 것과 별반 다를 게 없는 하품 나는 대화였다. 그게 그렇게도 재미있었을까. 딴에는 말이 안 통하는 사람들끼리 종이에 써가며 나눈 대화였기에 색다른 재미가 있을 법도 하다 싶었지만, 그런 소꿉장난 같은 짓거리를 해본 적도 없고 해볼 마음도 없는 나로서는, 그 점에 관한 한 별다른 감흥이 있을 수 없었다. 그들의 밤이 나에게 선명한 장면으로 남아 있는 부분은, 코디어가 꿈을 꾸기 직전부터였다.

코디어는 엎드린 채 깜빡 잠이 들었다고 했다. 창 밖은 아직 어두웠고, 몇 분 동안 종이 위에는 아무런 글자도 씌어지지 않고 있었다. 코디어가 love somebody? 라고 쓴 뒤로, 미아는 눈을 감고 있었다. 코디어도 미아를 따라 한쪽 뺨을 방바닥에 댄 채 눈을 감았다. 옆방에서 간헐적으로 여자의 신음 소리와 남자의 끙끙대는 소리가 뒤엉켜 희미하게 들려왔다. 미아의 팔꿈치가 코디어의 팔꿈치를 살짝 건드렸다.

꿈속에서 코디어는 미아의 손을 잡고 무덤들 사이로 난 비탈길을

달렸다. 억수 같은 비가 퍼붓고 있었다. 곰팡내 나는 빈집으로 몸을
피한 둘은 서로의 젖은 옷을 벗기기 시작했다. 그러자 주위가 환해지
면서 그들은 최고급 호텔방에 들어와 있었다. 미아가 뱅상…… 하며
코디어의 바지 지퍼를 내렸다. 코디어는 목소리가 나오지 않아 답답
했다. 코디어가 손가락으로 허공에다 mouth라고 쓰니까, 미아는 입
을 벌리더니 틀니 덩어리를 빼냈다. 새하얀 의치에서 맑은 핏방울이
떨어졌다. 이빨 없는 미아의 입은 조그맣게 오므라들더니 질구처럼
변해 코디어의 페니스를 빨아들였다. 코디어는 소리없이 눈을 감았
고……

　이번에는 코디어가 꿈이라고 미리 밝혔는데도, 그 얘기를 듣는 내
마음은 차분하지 않았다. ……pulled out her false teeth. They
were so white…… but bloody…… 그 대목에서 코디어는 잠깐 뜸
을 들이다가, 어쩔 수 없이 그렇게 영어로 말했다. 미아가 입에서 뭘
끄집어냈다는 거야? 무슨 이빨을 뽑았다고? 나는 순간적으로 그런
표정을 지어 보이며, '그릇된 치아'라는 게 충치라도 되는 걸까, 그
뜻을 헤아려봤다. 하지만 곧, 코디어가 뒤늦게 정확한 우리말 번역을
생각해내기 전에 이미, 나는 의안으로 고정되어 허공을 향하고 있을
미아의 커다란 눈망울을 그려보고 있었다. 가짜 이발…… 본 적 있
어, 형? 코디어의 물음에 나는 속으로 딴 대답을 했다. 네가 꿈속에
서 본 것은 미아의 가짜 눈깔이 아니냐. 그녀의 눈에서 흘러내릴 피
를…… 네가 미리 봤구나……

　코디어가 꿈에서 깨어났을 때는 먼동이 틀 무렵이었다. 꿈속에서

눈을 감자마자 현실의 코디어는 눈을 떴다. 방 안의 전등은 꺼져 있었지만, 바로 곁에 꼿꼿이 앉아 있는 미아의 자태를 알아보기는 어렵지 않았다. 코디어는 잠시 그 몸의 윤곽이 꿈에 나왔던 미아의 나신으로 보여 눈을 비볐다. 다시 보니 미아는 검정색 원피스 차림 그대로였고, 손에는 포도주 병이 들려 있었다. 병은 비어 있었고, 남아 있던 술이 많지는 않았지만, 미아는 취해 보였다고 했다. 미아 큰 눈이 작아. 꿈을 꾸는 동안 커진 코디어의 페니스는 아직 그대로였다. 코디어는 이제라도 미아를 안고 싶었다.

창에 커튼이 없어서…… 코디어는 영어로 그렇게 말했다. 창에 커튼이 없어서 그녀의 몸을 만지려 들 수가 없었어. 나는 무슨 말인지 알 것 같았다. 한번 날이 새기 시작하자 방 안은 걷잡을 수 없이 밝아졌겠지. 나는 군대 시절에 코디어가, 뮤즈는 다 좋은데 불을 켜놓고 섹스하기를 좋아한다며 질색하던 모습을 떠올렸다. 그러면서 나는 또 딴 생각을 하기 시작했다. 코디어는 curtain 대신에 drapes라는 미국식 표현을 썼는데, 군대 시절 귀에 익었던 그 단어는 나에게 막사 삼층 내 방의 창에 드리워져 있던 커튼을 생각나게 했다. 커튼을 들추면 이중유리를 관통하지는 못한 구멍이 나 있고, 그 둘레로 태양의 빛살처럼 퍼져나간 금이 가 있었지. 상병 때였나. 내가 주먹으로 유리창을 때린 기억은 또렷한데, 그전에 무슨 일이 있었던가. 술판이 벌어졌고 고참과 언쟁을 벌였지 아마. 그 고참은 중대 최고의 트로트 가수였어. 그런데 뭐 때문에 말다툼이 일었더라……

그때는 다시 코디어의 얘기를 따라가느라 더이상 기억을 되살리지 못했지만, 나중에 꼼꼼히 돌이켜보니 싸움의 발단은 들국화였다. 이름의 영어 이니셜이 C와 H라서 지아이들로부터 치킨 헤드라고 불렸던, 나보다 두 달 먼저 입대한 그 고참은 들국화의 노래를 싫어했다. 그래서 들국화에 미쳐 틈만 나면 카세트를 끼고 앉아 기타 반주를 따고 있는 나까지도 싫어했다. 실은 들국화가 아니더라도 그 닭대가리가 나를 못마땅해할 이유는 수도 없이 많았다. 가령 내가 지아이들처럼 군복 바짓단을 꽉 조이게 테이핑해서 군화 안에 집어넣는 차림을 즐겨한다거나, 라틴계 미녀 조리병과 친해서 아침식사로 스크램블과 오믈렛 방식을 혼합한 나만의 계란 요리를 청해 먹을 수 있다거나…… 아마 그가 들국화를 싫어한 것도, 그런 아니꼬운 꼬라지의 내가 좋아하는 밴드라는 이유가 컸을 것이다. 아무튼 그가 그날 내 앞에서 들국화의 음악을 짓뭉개는 망언을 서슴지 않았던 것이고……

상대방에 대한 혐오의 정도를 따지면 치킨 헤드가 나를 따를 수는 없었다. 적의 심장부에 잠입하는 심정으로 카투사에 지원했다는 그의 말은 농담으로 친다 해도, 입대 전에 학생운동의 핵심 멤버였던 것처럼 떠벌리는 작태까지는 도저히 봐줄 수가 없었다. 저나 나나 까다로운 신원조회를 매끄럽게 통과해, 바람개비 모양의 미8군 마크를 다는 데 성공한 날라리 주제에…… 진짜 운동에 청춘을 건 이들은 자원 입대를 감행할 만큼 한가하지 않았고, 자원한들 받아주지 않는 전과자들이 태반이었다. 대개 그런 이들은 군대에서 세월을 썩히지 않기 위해 감옥으로 갔던 시절이었으니까. 그들이 군대에 가는 경우는 강제로 끌려가는 것뿐이었다. 최전방 일빵빵 소총수로 좆뱅이치는 길뿐이었다. 더러는 카투사 시험에 합격해도 재수 없으면 공수부대보다 살벌하다고 소문난 JSA로 차출되기도 했는데, 그런 걱정은 키 크고 어깨 떡 벌어지고 시력까지 양호한 친구들의 몫이었다. 치킨 헤드는 JSA 기간병들이 신병을 뽑아가려고 카투사 교육대에 내려온 날 안경을 빌려 쓰는 기지를 발휘해서 위기를 모면할 수 있었다고 자랑했다. 그는 잘하면 면제도 받을 수 있었을 만큼 왜소한 체구였다.

하지만 그런 허세야 누구든, 어떤 것에 관해서든 부리며 살게 되어 있는 것이다. 내가 결정적으로 그를 싫어하게 된 것은 역시 그가 들국화를 지나치게 싫어한다는 점 때문이었다. 개들 노래가 어디 노래냐? 악 쓰는 거지. 난 그 가래 끓는 소리 들으면 아주 속이 뒤집힌다구. 씨발 오바이트가 쏠린단 말이야. 한 번만 더 막사 안에서 개들 노래 들리면 개박살 나는 줄 알아. 알아들어? 그것은 음악적인 취향의 차이를 넘어서는 어떤 무지몽매함에 가까운 것이었고, 그래서 가능한 자기 취향의 강요, 다분히 계급의 힘을 빌려 가하는 타인에 대한 폭력이었다. 내 권유로 들국화를 좋아하게 된 고참들은 거의 다 제대한 후였고, 그날 술자리가 그 마지막 고참의 제대파티였다. 그전까지 치킨 헤드가 그처럼 노골적으로 들국화를 씹어댄 적은 없었다. 그리고 당시에 내가 사람을 보는 기준은 들국화를 좋아하느냐 아니냐, 그 한 가지였다.

정확하게 무슨 말을 했는지는 기억나지 않지만, 내가 중얼거린 혼잣말이 치킨 헤드의 좁아터진 속을 뒤집어놓기에 충분했던 것만은 분명했다. 아마도 조류의 뇌 용적에 관한 조롱 따위가 아니었나 싶은데, 나는 거기서 멈추지 않고 기타를 치며 들국화의 노래를 부르기 시작했다. 오늘 이렇게 우리 모두가 한자리에 모여…… 당신의 앞길을 축복합니다…… 꼭 치킨 헤드에게 반항하겠다는 뜻은 아니었다. 그 노래는 이미 수개월 전부터 부대 내에서 제대파티가 있을 때마다 아름다운 송별곡으로 애창되어왔던 것이고, 더군다나 나와 함께 방을 쓰던 고참을 떠나보내는 자리에서 내가 그 노래를 부르지 않는다는 것은 말도 안 되는 일이었다. 게다가 그 노래는 악을 써서 불러야 할 노래도 아니었고, 그리고, 무엇보다도 나는 그 방의 주인이었다.

아무도 내 노래를 따라 부르지 않았다. 당연히들 그래야 했겠지만, 나는 화가 났고 겁이 났다. 둘 중에 하나만 났어도, 나는 노래를 멈출 수 있었을 것이다. 겁으로 화를 누르고 화로 겁을 달래며, 눈을 뜨지도 감지도 못하고, 크지도 작지도 않은 목소리로, 나는 노래를 이어갔다. 오래 가지는 못했다. 노래는 허성욱과 최성원이 맡은 소절을 지나 막 전인권 파트로 접어들려 하고 있었다. 치킨 헤드는 내 노래가 멈추기를 기다리고 있었을까? 아니면 계속되기를 벼르고 있었을까. 때로는…… 하며 내 목소리가 나도 모르게 허스키해지는 순간이었다. 치킨 헤드가 집어던진 술병이 내 눈두덩을 때리고 기타 위로 떨어지며 방 안의 다른 모든 소리들을 집어삼켰다.

나는 이상하게도 화가 풀리고 겁도 사라지면서, 잠시 끊어진 노래를 마저 불러야겠다는 마음만 가득했다. 하지만 뒤이어 내 가슴팍을 향해 날아온 치킨 헤드의 발바닥이 내 지극한 평온의 순간을 앗아갔다. 그래도 내 마음은 여전히 차분했다. 나는 무방비 상태로 맞았고, 맞고 나서도 무방비 상태로 나를 놔두었다. 사람들이 반격할 의사가 없는 나까지 뜯어말리려 들지만 않았다면, 그날 나는 어쩌면 나에게 딱 어울리는 삶의 자세 하나를 완성했을지도 모른다. 나는 그저 내 몸 하나의 자유를 위해 기를 쓰고 뿌리쳤고, 그러다보니 대상을 알수 없는 노여움이 겁도 없이 솟구치는 것이었다. 그때 내 팔의 힘은 강했고, 말리는 손길은 느슨했다. 풀려난 나는 아직 붙들려 있는 치킨 헤드를 지나쳐 유리창에 비친 나에게로 돌진했다. 내 얼굴은 웃고 있었다.

창으로 쏟아져들어오는 빛을 막아낼 길이 없어서 미아에게 다가가지 못했다는 코디어의 얘기를 들으면서, 들국화로 인해 벌어졌던 그 싸움 아닌 싸움에까지 내 생각이 미쳤던 것은 아니었다. 창을 향해 주먹을 뻗으면서 퍼뜩 이러지 말아야 한다고 정신을 차리지 않았다면, 그 두 겹의 유리는 모두 박살이 나고 말았을까. 나는 그런 생각을 하고 있었다. 내 주먹에 실렸을 엄청난 힘과 그 힘을 거두어야 한다는 강력한 힘이 팽팽히 맞선 지점에 생겨난, 희한한 파괴의 무늬. 내 팔은 우연찮게도 무술 고단자의 그것처럼 절도 있는 격파를 선보인 셈이었다. 그래서 만들어진 얄미운 균열의 흔적. 내 주먹은 피 한 방울 흘리지 않았지. 그러면서 나는 미아를 생각했다. 그때 유리창이 와장창 소리를 내며 깨졌다면, 그래서 고드름 모양 같은 유리 조각 하나가 떨어지며 내 발등이라도 찍었다면…… 그때 그랬다면, 어쩐지 오 년 뒤의 포장마차에서 미아의 눈을 향해 날아오던 병조각이, 살짝 방향을 틀었을 것만 같다는 엉뚱한 생각을, 나는 제법 심각한 후회와 더불어 하고 있었다.

바람이 불어. strong wind…… 코디어는 일어나서 창문을 열었다고 했다. 창 밖에 갇혀 있던 바람이 세차게 밀려들어와 코디어의 숨을 막았다. 하지만 코디어는 그대로 바람을 맞으며 창가에 서 있었다고 했다. 후회하는 사람에게 어울릴 만한 자세였을 것이다. 달리 어쩔 수가 없는 것이다. 코디어는 그렇게 속절없이 아침을 맞이한 자신이 한심해서 거의 눈물이 날 지경이었다. 한심한 수준의 단어들로 허비한 미아의 수첩을 찢어발기고 싶었다고도 했다. 코디어가 미아에게 느꼈던 특이한 감정은, 그래서 밤새 코디어의 몸을 묶어놓았던 보이지 않는 밧줄은, 덧없는 꿈속에서 마술처럼 간단히 풀리더니, 어둠과 함께 하늘 너머로 사라지고 난 뒤였다. 코디어에게 남은 것은, 그나마 풀지도 못하고 깨어난 꿈속의 끈끈한 정욕일 뿐이었다.

미친 척하고 달려들어 키스라도 시도해볼까. 코디어는 그런 생각을 하며 무심결에 고개를 돌렸는데, 미아가 천천히 몸을 일으키고 있었다. 그녀는 코디어 옆으로 다가와 창턱에 팔꿈치를 얹고 두 손으로 턱을 괴었다. 얌전해진 바람이 그녀의 머리칼을 살랑거렸다. 그녀는 눈을 감은 채, 살짝 붉어진 두 볼을 손바닥으로 두드렸다. 미아를 보고 있던 코디어가 자기도 모르게 입술을 내밀고 그녀 쪽으로 몸을 숙였다. 미아의 눈을 덮고 있는 눈꺼풀이, 창문을 가린 커튼처럼 은은한 어둠을 드리우고 있다고 코디어는 느꼈다. 코디어의 입술이 미아의 손등에 닿을락 말락 가까워졌고, 코디어도 미아처럼 지그시 두 눈을 감기 직전에, 바람 한가닥이 휙 불어와 코디어의 얼굴을 때렸다.

그 다음부터 일 분도 안 걸렸을 둘 사이의 어떤 접촉을, 나는 마치 코앞에서 목격한 장면처럼 세밀하게 그려낼 수 있다. 아니, 나는 틀림없이 그 순간 코디어의 방에 있었다. 그러지 않고는 본 적도 없는 그 장면을 그토록 똑똑히 기억해낼 수야 없는 일이다. 그것은 아마도 내가 여전히 미아의 다친 눈을 생각하며 코디어의 그 얘기를 들었기 때문일 것이다. 말하자면 내 머리를 파고든 딴 생각이 코디어의 얘기와 기막히게 맞아떨어져, 잊을 수 없는 상상의 이미지를 내 기억 속에 새겨놓았다고 할 수밖에, 나로서는 달리 설명할 길 없는 마술 같은……

바람에 실린 티끌 하나가 코디어의 눈 속으로 들어와 달라붙는다. 코디어는 미아에게서 물러나 눈을 비벼대지만, 따끔거리는 아픔은 좀처럼 가시지 않는다. 코디어의 앓는 소리에 눈을 뜬 미아가 어디 아프냐는 의미의 표정을 지으며 코디어에게 다가온다. 오랜 시간 침묵에 익숙해진 코디어의 혀는 쉽사리 말을 만들어내지 못한다. 코디어는 잘 안 떠지는 자신의 한쪽 눈을 손가락으로 가리키며 찡그린다. 미아는 고개를 끄덕이고 나서 발뒤꿈치를 들어본다. 미아의 치켜진 턱은 코디어의 목 언저리에서 멈춘다. 미아가 코디어의 어깨를 누르자 코디어는 다리를 뻗은 자세로 바닥에 앉고 미아는 코디어의 벌어진 다리 사이에서 무릎을 세운다. 미아의 눈이 몽롱한 빛으로 반짝인다. 미아가 두 손으로 코디어의 얼굴을 감싸고 두 개의 엄지손가락으로 코디어의 감은 눈을 벌린다. 코디어의 눈자위는 눈물로 젖어 있다. 미아의 입이 코디어의 눈에 가까워지면서 미아의 가슴은 코디어의 빗장뼈에 닿는다. 동그랗게 오므려진 미아의 입술에서 후 하는 소리와 함께 새어나온 바람이 코디어의 흰자위에 부딪쳐 사라진다. 코디어의 눈이 움찔하며 감겼다가 몇 번 깜박인 뒤에 다시 찡그려진다. 답답해진 코디어가 두 팔을 뻗어 방바닥을 짚고 고개를 뒤로 젖힌다.

미아는 다시 코디어의 눈을 불어주기 위해 몸을 앞으로 기울이며 다
가간다. 미아의 무릎이 코디어의 허벅지 안쪽으로 파고들고 무릎 위
로는 모두 코디어의 윗몸에 밀착해 있다. 코디어의 몸은 꼼짝도 못
하고 굳어 있고, 움직이는 것은 가슴속에서 뛰는 심장과 다시 커지기
시작하는 페니스뿐이다. 미아의 입술이 다시 코디어의 눈을 향해 다
가간다. 미아의 머리카락이 흘러내려 코디어의 뺨을 간지럽힌다. 미
아는 손을 뻗어 코디어의 닫혀 있는 눈꺼풀을 위아래로 당기려다 말
고, 잠깐 모든 동작을 멈춘다. 그런 뒤에 미아의 혀가 입술 사이로 살
며시 비어져나온다. 미아는 자신의 혀를 코디어의 눈 속으로 밀어넣
는다. 미아의 혀가 좌우로 움직이며 코디어의 눈동자를 핥고 지나갈
때, 코디어의 벌어진 입에서는 작은 탄성이 흘러나온다. 미아의 혀가
빠져나간 뒤에, 코디어는 천천히 눈을 뜬다. 코디어의 눈이 떠지는
것을 확인하고 미아는 무릎걸음으로 물러난다. 코디어가 멍한 눈빛
으로 미아를 바라본다. 그새 미아의 얼굴은 하얗게 돌아와 있다. 그
녀는 눈을 크게 뜨고 고개를 갸우뚱한다. 한참을 그녀만 바라보던 코
디어가, 무슨 말을 하려다 말고 손을 뻗어 미아의 수첩을 집어든다.

코디어는 무슨 말이든 하고 싶었다. 아주 굉장한 단어가 생각날 듯
말 듯 그의 손끝을 맴돈 끝에, 코디어는 고맙다고 썼다. 미아는 뭘 그
정도 가지고 그러느냐는 제스처와 함께, 천만에…… 라고 받았다.
그녀는 자신의 몸짓이, 그 세 치 혀의 놀림이, 코디어에게 얼마나 대
단한 느낌을 주었는지 모르고 있었다. 미아의 혀가 눈 속으로 들어와
움직였던 몇 초 동안, 코디어는 거의 숨이 멎을 뻔했다. 마치 온몸이

눈이 되어버린 듯한…… 코디어는 전신을 휘감고 지나갔던 그 짧고 강렬한 느낌을 영어로도 표현하기 어렵다고 나에게 말했다. Words don't come easy. 그것은 그가 치른 어떤 섹스보다도 자극적이었지만, 그가 경험한 최악의 섹스보다 더 차가운 것이었다. 코디어는 미아의 혀와 자신의 눈이 마치 하나인 것처럼 느껴지면서도, 또한 그 기묘한 이물감이 티끌의 거북함보다 훨씬 견디기 힘든 것이었다고 했다. 그는 정신이 아득해지는 동시에 그 아득함에서 화들짝 깨어나는 기분이었다. 그 순간 코디어는 웬일인지 어머니를 떠올렸다고 했다. 눈을 뜨고 미아를 바라보는 동안에도, 코디어는 내내 어머니를 생각하고 있었다. 어렸을 때 만지고 놀던 어머니의 플라스틱 다리가 방 안에 둥둥 떠다녔다.

그것이 미아의 혀가 코디어의 눈을 닦아준 결과 일어나게 된 변화였다. 코디어가 태어나서 처음으로 맛본 그 감촉은 너무나도 획기적인 것이어서, 그 느낌을 선사한 미아에 대해서는 오히려 무감각해질 정도였다. 코디어에게는 어머니가 사는 땅으로 돌아가고 싶다는 마음 이외의 어떤 욕구도 남아 있지 않았다. 그 마음은 미국 시민으로서 젖게 될 법한 조국을 향한 향수와는 다른 색깔의 그리움이었다. 코디어가 자기는 곧 떠난다고 하자, 미아는 where? Paris? 라고 적었다. 코디어는 속으로 패리스…… 라고 발음해보며, 그냥 고개를 끄덕였다. 이 여자에게 요세미티의 놀라운 경치에 대해 말해줄 날이 있을까. 그 깊은 산 속에 파묻혀 멸종 위기의 새처럼 보호받는 인디언 부락의 쓸쓸함에 대해, 관광객을 상대로 장신구를 만들어 파는 그들 입가의 엷은 미소에 대해…… 이 여자는 이해할 수 있을까. 코디어는 자신이 정말 그곳으로 돌아갈 수 있을지조차 알 수 없었다. 태평양은 코디어가 헤엄쳐 건너기에는 너무 넓고 깊었다. 그때 코디어에게 생각난 다른 장소가 W읍이었다.

미아는 날짜와 시간과 장소가 적힌 수첩을 매만지며 대답을 미루고 있었다. 그날 그 시간에 다른 스케줄이 있지는 않은 게 분명했다. 코디어는 방금 전에 자신에게 망설임 없이 몸을 실어왔던 그녀를 떠올리며 알 수 없는 여자라는 생각이 들었다. 망설이는 이유가 뭘까. 싫으면 망설일 이유가 없고, 좋은데도 망설이는 이유는 뭘까. 코디어는 미아가 동행하지 않아도 어쩔 수 없다고 체념했다. 전화 한 통화면 돈 싸들고 따라나설 여자는 얼마든지 있었다. 미아는 고작 코디어 자신보다 조금 덜 가난한 정도의 형편임이 확실했고, 여행을 가서도 또 밤새 헛질하다 날 새고 후회하게 되지 말라는 보장도 없었다. 코디어는 자꾸 그런 쪽으로 생각을 몰아갔다. 설령 이 여자와 섹스를 하게 된다 해도 제대로 치러낼 수 있을까. 저 혀가 페니스에 닿기만 해도, 그 순간을 참아내고 버틸 수 있을까.

코디어는 왜 미아에게 같이 여행을 가자고 했는지, 자신의 마음속을 들여다보지 않으려고 애썼다. 그러자니 생각을 거듭하고 있는 미아의 모습이 견디기 힘들었다. 미아의 손에서 수첩을 뺏어든 코디어는, Stop thinking! 생각 좀 그만 하라고 써서 미아에게 도로 내밀었다. 아니면 빨리 아니라고 해! 다분히 그런 의미의 신경질적인 독촉이었다. 코디어는 자신이 충동적으로 내뱉은 말에 그녀가 어떻게 반응할지 은근히 걱정되었다. 그래서 웃지도 찡그리지도 못하고는 어정쩡한 표정을 짓고 있는데, 수첩에 적힌 두 단어를 확인한 미아는 뜻밖에도 밝게 웃으며 고개를 끄덕였다. 그녀가 마음을 정한 듯 꾹꾹 눌러적어 들어올린 수첩에는, 똑같이 느낌표를 뒤에 붙인 커다란 단어 하나가 적혀 있었다. PROMISE!

짧은 여행

'약속'은 코디어에 관한 내 기억의 처음과 끝에 놓여 있다. 코디어는 나에게 한 약속을 지켜 얻어 피운 담배를 몇 갑절로 갚았고, 내가 모르는 어떤 사정 때문에 미아와의 약속을 어겼다. 나는 그저 그 사정이라는 것 또한 어떤 약속에의 속박이었을 거라고 짐작할 뿐이다. 그것은 매우 나쁜 약속이었을 것이고, 더불어 나빠진 것들 중에는 미아의 인생도 들어 있지 않겠느냐…… 한 가지 확실한 것이 있다면, 코디어는 나에게 약속할 때 자신이 인디언임을 확신했고, 자신이 미국인임을 숨긴 상태에서 미아의 약속을 받아냈다는 것. 그 두 약속 사이에서 코디어에게 일어난 변화가 어떤 것이었는지, 나는 안다고 말할 수 없다. 내가 코디어에 대해 제대로 알고 있는 것이 거의 없다는 사실을, 그가 죽고 난 다음에야 나는 깨달았다.

나는 코디어의 죽음에 대해서마저, 누구라도 추정이 가능한 한두 가지 정황 말고는 확실하게 아는 바가 없다. 죽을 때 그는 혼자였을 것이고, 죽기 전에 몹시 추웠으리라는 정도. 내가 코디어에 대해 비교적 정확히 알고 있는 몇 가지 사항도, 그를 아는 데 별로 소용될 만한 것들은 아니었다. 이를테면 나이 같은 것. 카페 전인권 앞에서 헤어질 때 코디어의 나이가 스물다섯 살이었을 테니, 그는 서른네 해의 길지 않은 생을, 그 절반 가까이 되는 짧지 않은 세월 동안 살아온 객지에서, 조용히 마감한 것이다.

코디어와 다시 마주치지 못하고 세월은 흘러, 마침내 다시는 내가 속한 세상에서 그를 볼 수 없게 되었음을 알았을 때, 나는 그 세월을 두고 상반된 두 느낌 사이에서 혼란스러웠다. 구 년이면 한 사람을 서서히 잊어가기에 충분한 시간이었지만, 돌아보면 한 무더기로 순식간에 잘려나간 덧없는 날들이기도 했다. 그 동안에 나는 결혼하지 않았고, 결혼하지 않으려고 애쓰지도 않았다. 혼자 사는 게 좋아서라기보다는 가족과 떨어져 살고 싶어서 집을 나왔고, 몇 군데의 직장을 옮겨다니며 비슷한 일을 해왔다. 실직상태에 놓인 적이 한 번 있기는 했지만 용케도 그 상태가 오래 가지는 않아서, 독신으로 살기에 궁색하지 않을 만큼의 돈벌이는 꾸준한 편이었다. 어쩌다 내 방을 드나드는 여자가 생기게 되면 피임에 신경써야 한다는 게 번거롭기는 했지만, 다행히 생리주기가 불규칙한 여자를 만난 적은 없었다. 딱 한 번 어떤 여자에게 내 눈알을 혀로 애무해달라는 요구를 해봤는데, 그녀의 혀에 문제가 있어서 그랬는지는 몰라도 눈이 뒤집어질 만큼 굉장한 느낌은 아니었다.

그게 다였다. 그렇게 살아온 아홉 해의 끄트머리에서 나는 속절없

이 마흔 줄에 접어들게 되었지만, 나에게는 월드컵 기간 동안 거리
응원을 나가자고 졸라대는 아이들도 있을 수 없었고, 축구를 즐길 줄
알던 여자와는 연락이 끊긴 지 오래였다. 그 여자는 나에게 싫증이
나서 떠나버렸는데, 그것은 나도 마찬가지였다. 나도 내가 지겨워서
나를 두고 어디든 다녀왔으면 싶을 때가 많았다. 그런 내 희망이 이
루어진 날이 하루 있었다.

　죽은 코디어를 생각할 때마다 나는 또하나의 죽음을 함께 떠올리
곤 한다. 그 연상의 고리가 무엇인지 딱 부러지게 말하기는 어렵지
만, 단지 두 사람 다 젊은 나이에 객사했다는 공통점만으로는 내 안
에서 두 죽음이 서로를 끌어당기는 친화력을 설명하기에 충분하지
않다. 들국화의 오리지널 멤버들 중에서 가장 나이가 어렸던 허성욱
이 캐나다에서 교통사고로 숨진 때는 코디어가 죽기 오 년 전이었다.
그 짤막한 신문기사를 읽었을 때도 나는 문득 코디어가 생각났던 것
같다. 이상하다. 나는 왜 똑같이 교통사고로 죽은 임기의 기억부터
불러내지 않았을까. 그것은 코디어의 죽음을 생각할 때에도 마찬가
지로 자연스럽지 않다. 코디어와 함께 병원에 실려간 적도 있는 임기
의 죽음을 놔두고, 나는 왜 번번이 서로 옷깃 한 번 스친 적도 없는
한 피아니스트의 죽음을 마음에 담게 되는 걸까.
　허성욱의 죽음은 나머지 멤버들을 다시 뭉치게 했다. 그 멤버들이
란 전인권과 최성원과 주찬권만을 뜻하는 것이 아니었다. '십 년 만
의 해후'라는 타이틀을 내건 그들의 콘서트 티켓을 나는 떨리는 마음
으로 예매했고, 먼 곳으로의 여행을 기다리는 마음으로 더디게 흘러

가는 하루하루를 견뎌냈다. 그리고 마침내 그날이 와서, 공연장으로 모여드는 인파 속에 나는 여전히 혼자였지만, 어쩌면 태어나서 처음으로 나는 '우리'를 느끼며 걷고 있었다. 그 '우리' 속에 혹시 코디어도 섞여 있지는 않나 두리번거리기도 하면서. 한동안 코디어를 잊고 지냈음을 아직은 잊지 않고 지내던 때였다.

허성욱의 영원한 부재가 만들어낸 무대이기는 했지만, 허성욱이 없는 들국화의 무대는 쓸쓸했다. 무대 위의 탁자에는 하얀 국화 몇 송이가 놓여 있었고, 누군가 대신 연주하는 건반악기의 선율이 흐르자 그의 빈자리는 더욱 커 보여서, 나는 비로소 그의 죽음을 마음껏 슬퍼할 수 있었다. 전인권이, 최성원이, 주찬권이, 천천히 무대 위로 등장했을 때, 객석은 그들의 모습을 다시 볼 수 있다는 것만으로 이미 충분한 흥분과 감동에 젖어 있었다.

전인권이 첫 곡을 부르기 시작했다. 성가 〈생명의 양식〉을 우리말로 부르는 것이었다. 그의 목소리는 어느 때보다도 쉬어 있었고, 그의 호흡은 병자의 그것처럼 짧고 거칠었지만, 나는 세계 최고의 테너 파바로티와 그의 친구 스팅이 소리를 모아도 결코 전할 수 없는 뭉클한 느낌에 사로잡혔다. 허성욱의 죽음을 알린 신문기사에는 그가 선교활동을 하는 중이었다고 나와 있었다. 나는 어떠한 신도 믿게 될 가망이 없다고 일찌감치 스스로의 종교적 불모성을 믿어버린 구제불능의 인간이었지만, 그 순간만큼은 자신의 피아노 소리처럼 단아했을 그의 영혼이 지친 날개를 접고 천상의 안식에 들어갔음을 한 점의 의심도 없이 믿고 싶었다. 잠시 후 들국화가 외치는 '행진' 소리와 함께 나를 자리에 내려놓고 일어난 나는, 그 지겨운 바닥에서 떠올라 공연이 끝나도록 내려오지 않았다.

　좋은 시간은 여지없이 빨리 지나갔다. 그리고 예기치 못한 또하나의 만남. 공연장의 출구로 향하는 사람들 틈에서 나는 미아를 발견했다. 더 정확히 말하면 나는 미아가 나를 발견했음을 알아차렸다. 공연을 본 기쁨과 공연이 끝난 허전함을 함께 맛보며 약간 멍한 기분으로 무대 위의 꺼진 조명을 쳐다보다가, 밖으로 나가기 위해 가까운 출구 쪽으로 고개를 돌렸을 때였다. 움직이는 사람들의 등짝들로 이루어진 무리의 한복판에서, 한 여자가 나를 바라보고 서 있었다. 안경을 쓰지 않았어도 그녀의 눈빛은 낯설었겠지만, 내가 미아의 얼굴을 몰라볼 수는 없었다. 미아는 아무런 표정도 보여주지 않은 채 뒤돌아 걷기 시작했다.

　"들국화를 좋아하는군요."
　내가 먼저 꺼낸 말이었다. 미아와 나는 공연장 바깥 마당에 놓인 벤치에 나란히 앉아 있었다. 내 말을 듣고도 미아는 잠잠했지만, 나는 그녀의 시선을 정면으로 마주하지 않아도 되어 마음이 한결 편안해졌다.
　"상현씨가 나를 두고 가버린 줄을 한참 동안 몰랐어요."
　미아가 며칠 전 얘기를 꺼내듯이 불쑥 그렇게 말했을 때, 나는 왜 우리가 예전에 들국화에 대한 얘기를 한마디도 나누지 못했을까 의아해하고 있었다.
　"수술을 기다리는 동안, 상현씨가 곁에 있어서 내 얘기를 마저 해주며 시간을 보낼 수 있다면 좋겠다는 생각을 했어요."

나는 여전히 들국화 생각에서 벗어나지 못하고 있었지만, 그런 애기를 하는 미아에게 가장 좋아하는 들국화의 노래가 뭐냐고 물을 수는 없었다.

"대신 나처럼 병원 침대에 누워 있던 엄마를 생각하면서 시간을 보냈죠. 엄마의 틀니가 자꾸 생각났어요. 엄마는 병이 깊어질 때마다 치아를 하나씩 뱉어내곤 했죠. 나중엔 서너 개가 한꺼번에 빠진 적도 있어요."

미아 어머니의 틀니가 내 머리를 둘러싸고 있던 들국화를 걷어냈다. 나는 미아에게 엉뚱한 소리로 들릴 물음을 참지 못하고 건넸다.

"혹시 그때 그 프랑스 남자에게도 그 얘기를 했나요?"

미아는 내가 왜 갑자기 그런 걸 알고 싶어할까 어리둥절한 기색도 없이 차분하게 입을 열었다.

"뱅상을 기억하는군요? 아뇨, 그렇게 어려운 얘기를 어떻게 했겠어요. 우린…… 뱅상과 난 아주 쉬운 얘기들을 나눈걸요. 쉽게…… 그 노래 좋아해요? 쉽게 가고…… 쉽게 오고…… 정말 그래요. 난 이 부분이 제일 좋더라. 몰라도 돼…… 그냥 느낄 뿐……"

갑자기 밝아진 목소리로 들국화의 노래를 부르는 미아의 모습에 당황하면서도, 나는 이제야 그녀와 함께 있다는 친숙한 느낌이 들었다.

"나한테는 분명히 그렇게 들리거든요. 몰라도 돼…… 아까도 전인권이 그렇게 발음하지 않던가요? 그런데 아니라잖아요. 몰랐어…… 그게 맞는 가사였어요. 하지만 난 여전히 몰라도 돼……가 좋아요. 왜 그런지는 나도 몰라요."

나도 그랬다. 나도 처음부터 그 부분을 미아처럼 들었고, 좀전에 콘서트에서도 또 그렇게 들었다. 그게 아니라는 걸 알고 나서도 미아처럼 그렇게 부르는 게 좋았다. 그냥 뒤의 가사와 이어지는 느낌이 그게 더 근사했다. 나는 그 노래의 원래 악보에는 '몰랐다' 라고 되어 있다는 주장이 있다는 것까지도 알고 있었다. 이런 얘기들을 미아와 진작 나눴어야 했다고 생각하면서, 나는 비로소 지난날을 후회했다. 행복한 일치감으로 얽혔을 그녀와 나의 눈길…… 뒤늦게 이제라도, 내가 먼저 들려줬어야 하는 얘기라는 안타까움마저 내 마음을 간질이고 있었다.

"뱅상이라는 친구를 다시 만나지는 못했나요?"

내가 미아에게 할 수 있는 말은 코디어에 관한 것밖에 남아 있지 않았다.

"이제 와서 상현씨가 내 옛날을 궁금해하는 게 재미있네요. 기다릴 때는 아무도 오지 않아요. 그러다가 오지 않기를 바라게 됐을 때 나타나죠. 뱅상도 그랬어요."

미아가 나를 기다렸다는 것처럼 들리는 모호한 말보다는, 코디어가 나타났다는 명확한 사실이 내 마음을 움직였다.

"언제였어요? 만나보니 어떻던가요?"

"만나지는 못했어요. 만났으면 어땠을까요? 뱅상이 내 얼굴을 기억하고 있었을까…… 딱 하루를 같이 보냈을 뿐인데…… 기억 못 하는 편이 나을지도 모르죠. 어차피 달라진 얼굴이니까."

"무슨 말이에요? 뱅상이 나타났는데 만나지는 못했다니……"

"이상해요. 상현씨가 왜 그 사람 얘기를 듣고 싶어하죠? 전에는 안 그랬죠. 분명히 안 그랬다는 기억이 나요."

나는 코디어를 알고 있다고 털어놓을까 망설였다. 이제 와서 그래도 되는 걸까. 그런 얘기를 듣는 미아는 어떤 기분일까. 미아는 잠깐 말없이 있다가 자리에서 일어났다.

"여기서 이럴 게 아니라…… 술이라도 한잔 하러 가는 거…… 어때요?"

그날 미아와 나는 소주를 마셨다. 포장마차가 아니었고, 우리는 연인 사이도 아니었으므로, 나는 어쩔 수 없이 미아를 마주 보고 앉아야 했다. 마냥 딴 데를 보고 있을 수는 없어서 언뜻언뜻 그녀의 얼굴을 바라보게 되면, 그녀는 나를 빤히 보고 있는 것도 같았고 방금 전의 나처럼 딴 곳을 보고 있는 것도 같았다. 미아가 쓴 안경은 그녀의 눈처럼 짝짝이였다. 도수 없는 렌즈 뒤에 의안으로 더욱 커진 한쪽 눈과, 두꺼운 렌즈 탓에 표나게 작아진 나머지 눈. 눈은 단지 얼굴의 일부가 아니어서, 미아에게 남아 있는 예전의 얼굴은 간신히 남아 있다고 할 만한 정도였다.

우리 쪽을 힐끔힐끔 쳐다보며 소근거리는 사람들이 있었다. 미아는 개의치 않았지만, 나는 사람들의 시선으로부터 자유로워지기 위해 빠른 속도로 잔을 비워댔다. 미아는 얼굴색 하나 변하지 않고 나와 보조를 맞춰 성큼성큼 소주를 마셨다. 좀처럼 잔을 부딪쳐오지 않는 것도 달라진 모습이었다. 내가 건배하는 걸 좋아하지 않았냐고 물어보자, 미아는 거리를 맞추기 힘들어서 빨래 널 때 고생한다고 대답했다. 둘이서 소주 한 병을 순식간에 해치운 뒤에, 미아는 남아 있는

코디어 얘기를 하기 시작했다. 소주를 아무리 마셔도 목소리와 말투
가 변하지 않는 것 또한 그녀의 변화 중 하나였다.

뱅상은 여행을 떠나기로 한 날 약속장소에 나오지 않았어요. 미아
가 꺼낸 첫 문장이었다. 그녀는 오래 전의 포장마차에서 취해 잠들기
전에 어디까지 얘기했는지 정확하게 기억하고 있는 듯했다. 상현씨
를 만날 때까지 일 년 동안 그 남자에 대한 생각을 멈출 수 없었죠.
상현씨를 만나서 그 생각을 나의 모든 옛날들과 함께 털어버릴 수 있
게 된 줄 알았어요. 그러면서 미아는 내가 이미 알고 있는 코디어와
의 추억을 술잔에 실어 펼쳐 보였다. 내가 궁금한 것은, 다시 나타났
다는 코디어를 미아가 만나지 못하게 된 이상한 사연의 자초지종이
었지만, 그 얘기를 듣기 위해서라도 모르는 척 잠자코 들어주어야 했
다. 코디어와 나의 관계를 밝혀서도 안 된다는 쪽으로 내 마음은 기
울어져 있었다. 그러다가 나온 얘기였다. 여행 가서 뱅상에게 소주
마시는 법을 배우기로 했었는데, 자기도 친구한테 배웠다고 했는
데…… 상현씨가 대신 가르쳐준 셈이지요. 코디어가 하지 않은 얘기
였다. 코디어가 하지 않은 얘기는 또 있었다. 아니면 미아가 지어낸
얘기였을까.

미아는 코디어의 눈에서 티끌을 씻어준 얘기는 빼놓은 채 코디어
의 방에서 나오려는 듯, 말을 멈추고 어두워가는 창 밖을 바라보며
술잔을 입에 가져갔다. 기억을 못 하는 것일까, 아니면 코디어와는
달리 대수롭지 않은 기억이라서…… 어느 쪽이든 나쁠 게 없다고 생
각하는 내가 좀 우습다고 느끼며, 나는 약간 심드렁하게 들릴 수도

있겠다 싶은 투로 무심코 말했다. 그게 다였나요? 내 쪽으로 고개를
돌린 미아는 충혈된 한쪽 눈만 잠깐 찡그리더니, 안경을 벗고 눈가를
문지르며 쓸쓸하게 미소지었다. 안경을 벗으니 훨씬 나아 보인다고
말해줄 수는 없었다. 미아가 안경을 도로 쓰면서 입을 열었다. 그 사
람 얘기를 안 할 수도 있었다고 했죠? 그때 어쩌다 얘기가 나오긴 했
어도, 이 얘기까지 들려줄 생각은 없었어요. 그 대신 상현씨와 함께
여행을 가고 싶다고 말할 생각이었는데…… 상현씨가 병원으로 나
를 찾아왔다 해도, 그러자고 말할 수 있었을까요. 미아는 그렇게 말
하고는 내가 모르고 있던 그들 만남의 마지막 몇 분을 또박또박 되살
려냈다.

내가 수첩에 '약속해요!' 라고 크게 써서 보여준 다음 순간이었어
요. 뱅상은 어린아이처럼 기뻐하며 내 두 손을 붙잡더니 와락 끌어당
겼어요. 얼떨결에 우리는…… 뱅상과 나는 몸을 포갠 자세가 되고
말았죠. 그러자 방금 전에도 언뜻 빠져들었던 것만 같은 느낌이 다시
찾아왔어요. 살갑다고 할까, 왠지 딴 몸 같지 않다는 느낌 있잖아요.
벌써 이 남자와 함께 여행을 떠나온 것인지도 몰라…… 그런 생각이
들면서 내 손이 자연스럽게 뱅상의 뺨을 어루만졌죠. 뱅상은 두 눈을
꼭 감고 천천히 몸을 뒤로 뉘었어요. 그의 등이 바닥에 닿을 때까지
내 팔은 뱅상의 목에 감겨 있었고 우리는…… 우리는 아주 깊은 키
스를 나누고 나서…… 꼭 필요한 만큼만 서로의 옷을 벗겼어요……
상현씨, 계속할까요?

나는 술기운이 많이 올라 있음에도 약간 당황한 기색을 내비쳤던
것 같다. 뜻밖의 얘기라서 그러기도 했겠지만, 아무래도 여자로부터

그런 경험담을 듣는다는 것은, 그것이 사실이든 아니든 꽤나 어색하고 난처한 경우가 아닐 수 없었다. 그리고 내 마음에는 여전히 미아를 위해 비워둔 자리가 남겨져 있었음을 확연히 깨달아가는 중이었다. 그것은 미아의 바뀐 얼굴에 익숙해지면서 갖게 된 새로운 마음이기도 했을 것이다. 하지만 나는 그만 하라고 말할 수 없었다. 듣기 싫은 그 얘기를, 참을 수 없이 듣고 싶었던 것이다.

미아는 계속했다. 처음처럼 자세히 얘기하지는 않았지만, 간혹 코디어의 몸이 준 미묘한 느낌을 생생하게 기억해서 전달하는 미아의 표현은 어떤 노골적인 묘사보다도 내 신경을 곤두서게 했다. 혀로 침을 바른 우표가 편지봉투의 제자리에 착 달라붙을 때, 그 느낌 알아요? 우리는 옷을 거의 그대로 입고 있던 셈인데, 두 겹의 천을 뚫고 전해지는 살의 느낌이 그토록 강렬하고 섬세할 수 있다는 걸…… 처음 알았어요. 그 순간 우리는…… 나는 원래 하나였던 몸을 되찾고 있었던 거예요. 나는 차라리 둘이서 밤새도록 발가벗고 뒹굴었다는 코디어의 거짓말을 들을 때가 훨씬 견딜 만했다는 생각을 하고 있었다.

오래 하지는 못했지만, 가장 근사했어요. 이전에도 이후로도…… 그런 적은 없어요. 남 얘기를 하는 듯 덤덤한 미아의 말투 때문이었을까. 그게 다였냐는 내 어수룩한 질문에 이어진 미아의 충실한 답변이 끝났을 때, 이상하게도 나는 더이상 불편한 마음이 아니었다. 오히려 나는 시원스런 해방감마저 느껴지는 듯했다. 그게 다가 아니었다는 확인을 비로소 했을 뿐이라는 느낌. 나야말로 이제는 코디어도 미아도 나의 모든 옛날과 함께 훌훌 털어버릴 수 있을 것 같았다. 그러면 앞으로 두 사람을 함께 만나는 일이 생기더라도, 나는 새털처럼 가볍게 웃으며 재잘거릴 수 있겠지. 때마침 환청인 듯 지저귀는 새소리가 귀에 익은 멜로디에 실려 들려왔다.

"이 노래였어요. 매일 그대와……"

미아가 중요한 얘기를 깜빡 잊을 뻔했다는 듯 생기 넘치는 목소리로 내 환청을 깨웠다. 들국화였다. 새소리는 스피커에서 흘러나오는 노래의 전주에 섞여 있었고, 곧이어 전인권과 최성원의 하모니가 들려오기 시작했다. 매일 그대와 아침 햇살 받으며…… 매일 그대와 눈을 뜨고파…… 서로 대조적인 두 사람의 목소리가 어울리는 맛은 역시 일품이었지만, 좀 낯간지러운 데가 있는 가사라는 생각에 들국화 노래 중에서는 내가 덜 좋아하는 곡이었으므로, 나는 노래를 귀 기울여 듣기보다는 미아의 뜬금없는 그 말이 무슨 말인가 싶어 그녀의 다음 말을 기다렸다.

"나를 배웅하러 나온 뱅상이 큰길까지 걷는 동안 내내 이 노래를 불렀어요. 매일 그대와…… 그 다음은 콧노래로 흥얼거렸지만, 난 그 남자 입에서 나온 우리말이 신기해서 그 멜로디를 잊을 수가 없었어요. 뱅상은 그 말이 무슨 뜻인지 알고 있었을까요?"

코디어는 기억하고 있었을까. 들국화를 처음 들려준 날 코디어는 그 노래가 마음에 든다며 '매일 그대와'가 무슨 뜻이냐고 나에게 물었다. 나는 문득 떠오르는 팝송 제목이 있었고 왠지 그 말이 그 말 같다는 느낌이 들어서, 꼭 장난을 치는 것은 아니라는 기분으로 답해줬다. alone again naturally.

"서울역 그릴에 혼자 앉아 오지 않는 그를 기다리면서도, 내 머릿속을 계속 맴돈 것은 이 노래였죠. 그전까지는 들국화라는 밴드가 있다는 정도밖에 아는 게 없었는데…… 그뒤로 일 년 동안 난 그들의 노래만 들으며 살다시피 했을 만큼 들국화에 빠져 지냈어요."

군대에 있을 때의 내가 그랬다. 좋아하는 노래를 듣고 부를 자유가 없었던 초반의 몇 달을 제외하더라도, 나는 미아가 그랬던 것의 두 배가 넘는 시간 동안 매일 들국화와 함께 눈을 뜨고 얘기하고 잠들었다. 들국화가 내 곁에 없었다면, 편하기로 소문난 남의 나라 군대에서 탈영을 한다거나 사고치고 영창에 가는 일까지야 없었겠지만, 아마도 나는 미국도 한국도 아닌 그 이상한 나라가 답답해서 매일매일 속으로 골병이 들었을 것이다.

"아, 또 기억나는 게 있네요. 우리가…… 상현씨와 내가 무덤 앞에서 만난 날도 라디오에서 허성욱의 목소리가 흘러나왔죠. 오후만 있던 일요일…… 이상하지 않아요? 난 그 노래를 듣다가 엄마 무덤에 가고 싶어졌고, 오늘 마주친 것처럼 상현씨를 만났죠. 그리고 그 노래를 부른 사람은 지금 무덤 속에 누워 있잖아요. 그래서 오늘 또 우리가…… 만났고…… 그런데 뱅상은…… 지금 어디에 있을까요?"

미아는 분명히 나에게 그렇게 물었다. 그 물음이 나에게는 마치, 우리 셋 중 하나가 어딜 갔기에 안 오는 걸까요? 하는 것으로 들렸다. 나는 코디어가 어디에 있는지 언제나 알고 있어야 할 사람이기라도 한 것처럼, 안타깝고 미안한 마음이 들었다. 코디어는 지금 어디에 있을까. 뭘 하고 있을까. 혹시 이 근처에서 우리를 찾아 마음의 안테나를 이리저리 돌려보고 있는 것은 아닐까. 나는 금방이라도 코디

어가 술집 문을 열고 나타나 손을 흔들며 다가올 것 같은 생각에 가
슴이 뛰었다. 그렇게 우리 셋이, 마치 둘이나 혹은 하나인 것처럼 모
여 어디 허름한 여인숙 방이라도 찾아들어가, 소주를 마시며 함께 들
국화를 들을 수 있다면……

"술이 많이 늘었네요."
종업원을 불러 탁자에 놓인 빈 병들을 치워달라고 하고 나서, 나는
빈 소주병이 꺼려지는 내 마음을 들킨 것 같아 미아의 안색을 살피며
그렇게 말했다. 나는 이제 술기운이 아니더라도 미아의 얼굴을 똑바
로 볼 수 있었다. 취기가 올라 있기는 했지만, 안경 때문이었을까, 예
전처럼 몽롱한 눈빛은 아니었다. 미아의 한쪽 눈은 그러려야 그럴 수
가 없는 것이었고, 성한 쪽 눈도 그런 빛을 발하기에는 너무 작아 보
였다.
"전에도 어지간히 마실 수는 있게 됐었잖아요. 상현씨 덕분에……
하기는 퇴원하고 나서부터 꾸준히 마셨거든요. 맨정신으로는 내가
영 나 같아 보이지 않아서…… 병원에서 술은 금물이라는 경고 비슷
한 당부를 하지만 않았어도, 다른 방법을 찾았을지 모르죠. 우체국을
그만두게 된 것도 눈 때문이 아니라 술 때문이었어요. 아빠가 돌아가
신 후로는 간섭할 사람도 없고…… 출근 안 하고 집에서 하루 종일
취해 있던 날도 있었어요. 술은 마시면 는다는 말…… 맞는 소리예
요. 사람은 안 보면 잊혀지는 거고…… 그런 거죠."
"아버님은 어떻게……"
나는 미아의 마지막 말에서 코디어의 출현에 대한 궁금증이 되살

아났지만, 그전에 미아 아버지의 죽음에 대해 한마디 건네지 않고 넘어가는 것은 도리가 아니라고 생각했다.

"아빠는 백화점 주차장에서 일했어요. 삼 년 전에 무너진 백화점이요. 그날 원래는 비번이었는데, 동료가 부탁해서 바꿔줬다죠. 병원에서 아빠 봤을 때 어땠어요? 무서운 인상이었죠? 공장 망하고 나서 점점 더 그렇게 변하더니, 엄마 죽고 나서부터는 말도 잘 안 하고…… 병원에서 이틀 만에 나한테 처음으로 한 말이 뭐였는지 알아요? 그 망할 놈은 왜 코빼기도 안 비치는 거냐…… 그래도 아빠 덕분에 난 직장에서 더욱 내보내기 쉽지 않은 직원이 되는 호사를 누릴 수 있었어요. 도의상 그런 거 있잖아요. 그거 믿고 매일 술이나 처먹으며 놀고 먹으려 든다는 오해를 사는 게 싫어서, 내 발로 나왔어요. 그전까지 그만두지 않고 버틴 이유가 뭔지 알게 된 것도 그만둔 이유였죠. 난…… 누군가를 기다리고 있었던 거예요. 그냥…… 그 사람이 나에게 와서 얼굴을 보여주기를…… 단 한 번이면 되는 일이었죠. 그런 내 마음을 나도 잊고 살 만큼 세월이 흐른 걸까요. 이제는 버려도 되겠다…… 그래서 그만둘 수 있었는데, 그리고 정말 다 버리고 살았는데…… 그때서야 그 사람이 내 앞에 나타났어요. 왜 얼굴마저 잊을 수는 없는 걸까요."

"잠깐요, 미아씨가 뱅상을 만나지는 못했다고 했잖아요."

나는 그렇게 말해놓고 나서야 미아가 기다린 사람은 뱅상이 아닐지도 모른다는 생각이 들었다.

"난 상현씨 얘기를 하고 있는데, 상현씨는 자꾸 뱅상 얘기를 하는군요. 그래요, 나는 뱅상을 만나지 못했어요. 뱅상이 우체국에 다녀간 건 내가 그만둔 다음이었으니까요. 그 얘기를 마저 듣고 싶은 건가요?"

나는 그렇다고도 아니라고도 할 수 없었다. 그렇다고 정말 나를 기다린 거냐고 확인할 수도 없었다. 나는 미아의 물음에는 대답하지 않고 대신 이렇게 물었다.

"미아씨가 그 대학 우체국에서 일한다는 걸 뱅상이 알고 있었나요?"

미아는 내 말을 듣더니 그날 만나서 처음으로 소리내어 웃었다.

"상현씨 아까부터 영락없이 직업병 환자라는 거 알아요? 누가 기자 아니랄까봐 이렇게 꼬치꼬치 캐묻기에요? 자기 얘기는 하나도 하지 않으면서…… 좋아요. 계속해서 인터뷰에 성실하게 응해드리지요."

내가 왜 그런 것을 알고 싶어하는지 미아가 이해해주기를 바랄 수는 없는 노릇이었다. 다행히 미아의 기분이 상한 것 같지는 않았고, 오히려 좀 유쾌해진 듯한 모습이었다. 술이 들어갈수록 미아는 예전과는 다른 모습으로 풀어져가는 느낌이었다.

"사실은 나도 그 점이 궁금했어요. 내가 가르쳐준 건 포스트 오피스라는 두 단어뿐이었는데…… 빠리에서 돌아와 나를 찾기 위해 수많은 우체국들을 돌아다니기라도 했을까요? 그랬을 거라 생각하며 감동하기에는 역시 세월이 너무 많이 흘러가버렸죠. 글쎄요, 무슨 방법이 있었겠죠. 알고자 하면 다 알 수가 있는 거라구요. 상현씨처럼 알면서도 나 몰라라 하는 사람도 있는 거구요. 퇴원하자마자 이사해서 전화번호도 바뀌고…… 상현씨가 나에게 올 수 있는 유일한 길을 열어두기 위해 내가 얼마나 참고 견뎠는지 알아요? 얼굴 한번 보여주는 게 그렇게 힘들었나요? 혹시 내가 먼저 연락하기를 기다렸다고 말할 텐가요? 내가 죽어도 그러기는 싫었다고 말하면 이해할 수 있겠어요? 다시 말할까요? 내가 원한 건 상현씨를 보는 거였지, 상현씨에게 나를 보여주는 게 아니었던 거라구요."

미아는 코디어 얘기를 하다가 또 내 얘기를 꺼내고 있었다. 나도 미아처럼 무슨 말이든 잔뜩 토해내고 싶었지만 할말이 없었다. 다만 미아의 취한 모습이 그녀의 달라진 얼굴보다 낯설어서, 나는 고개를 돌려 창 밖을 내다보고 있을 뿐이었다. 미아의 말이 멈췄기에 돌아보니 그녀는 뜻밖에도 따뜻한 미소를 짓고 있었다.

"내가 지금 취했다고 생각하는 거죠? 걱정하지 말아요. 언제처럼 잠들지는 않을 테니까요. 그날도 결국엔 오늘처럼 나 혼자 떠들었던 기억이 나요. 우린 만나면 언제나 그랬던걸요. 난 그래서 좋았어요. 원래 난 그러지 못했거든요. 하지만 상현씨 앞에서는 무슨 말이든 편하게 늘어놓을 수 있었죠. 상현씨가 가르쳐준 이 소주 덕이 컸을까요…… 그때…… 그 포장마차에서 말이에요. 내가 잠들지 않고 계속 얘기했다면……"

미아가 말을 잇지 못하고 주춤하는 짧은 사이에 나는 무슨 말이 나올지 몰라 긴장하고 있었다. 아니다. 몰랐다면 긴장할 필요가 없었을 것이다. 미아가 당한 사고는 그전에 뭐든 아주 조금만 달랐어도 피할 수 있었다는 것을, 나는 누구보다도 잘 알고 있었다. 티끌만한 차이로 유리 조각이 단 일 밀리만 빗나갔어도 불행 중 다행은 될 수 있었으리라는 것을. 그런 생각을 수도 없이 해야 했던 사람이 나뿐일 수는 없다는 것을…… 나는 그 얘기만 아니라면 어떤 얘기라도 열심히 들어줄 테니 제발 거기서 멈춰달라고 사정하고 싶었다. 내 팔은 그때 그 포장마차에서 미아의 머리가 스르르 미끄러지며 젖혀지던 움직임을 다시 그대로 느끼고 있었다. 미아가 내 속을 헤아린 것일까. 그녀는 나머지 말을 속으로 삼켜버린 듯 어조를 바꿔서 얘기를 이어갔다.

"그래서 난 계속 얘기를 해야 하고, 상현씨는 내 얘기를 들어줘야만 해요. 다른 사람은 몰라도…… 우리 무슨 얘기를 할까요? 아, 뱅상 얘기를 또 하고 있었죠. 우후! 상현씨가 좋아하는 뱅상 스토리. 우리 다시 그 얘기를 하는 건 어때요? 물론 좋겠죠? 자, 어디까지 얘기했죠? 뱅상이 우체국에 찾아와서 무슨 말을 남겼는지 궁금하지 않아요? 들어봐요, 뱅상은……"

"미아씨, 난…… 난 몰랐어요."

나는 그날 처음으로 말을 하고 있다는 느낌 속에서 미아의 말을 자르며 그렇게 말했다. 하지만 미아가 뭘 몰랐냐고 물어왔다면 나는 더 할말이 없었을 것이다. 어쩌면 나는 미아가 눈 한쪽 멀어버린 것쯤은 대수롭지 않게 여기며 씩씩하게 살 것이라고 착각하면서, 그날까지 나야말로 맘 편하게 살아왔는지도 모른다.

"뱅상은 나에게 미안하다고, 약속을 못 지켜서 정말 미안하다고 전해달랬대요."

미아는 내 말을 못 들은 것처럼 넘기고는 자신의 얘기를 이어갔다.

"정말 이상한 사람이죠? 칠 년이나 지난 일인데…… 그걸 안 잊고 있었다니 말이에요. 나에게 그 말을 전해준 동료는 뱅상이 한 말을 그대로 옮기는 거라고 했어요. 말하는 것만으로는 외국인 티가 별로 안 날 정도로, 뱅상은 우리말을 잘했다네요. 한국말을 배우러 프랑스로 돌아갔던 것도 아닐 텐데…… 혹시 쭉 여기서 살았던 게 아닐까요? 좀 낡기는 했지만 아주 비싸 보이는 정장을 입고 있었다고 했고…… 아무튼 형편이 좋아진 것 같아 다행이에요. 솔직히 뱅상이 옛날에 묵었던 그 방, 좀 심란한 데였거든요. 뭐 그쪽 사람들이라고 해서 모두 부자는 아닐 테고, 나야 식당에 딸려 있던 옛날 우리 방이 생각나서 금방 적응이 됐지만요. 그런데……"

"난 미아씨에게 가야 한다는 생각을…… 못 했어요."

나는 코디어 얘기를 건성으로 흘려듣고 있지는 않았지만, 그래서 코디어의 능숙해진 우리말을 듣고 싶다는 생각도 하면서 미아의 얘기를 듣고 있었지만, 그 얘기가 다 끝날 때까지 기다릴 수가 없었다. 미아는 여전히 내 말에 반응하지 않았다.

"그런데 뱅상은 왜 이 나라에서 살고 있는 걸까요? 쭉 살아왔든 다시 돌아왔든, 뭐가 좋아서, 무슨 중요한 일을 하고 있기에…… 우체국을 그만두면서 동료들에게 당부한 게 있어요. 누구든 나를 찾는 사람에게 절대로 연락처를 알려주지 말라고. 누구긴 누구였겠어요. 하긴 이미 뱅상도 다시 만나고 싶지 않기는 마찬가지였으니까. 기다렸던 적이 있는 것처럼요. 뱅상이 누군가를 사랑하냐고 물었을 때, 난 대답을 못하고 내가 사랑했다고 여겼던 사람들을 생각했죠. 뱅상이 약속을 지켰다면, 그래서 같이 여행을 갈 수 있었다면, 내 수첩에 적혀 있는 그 물음 아래 내가 나중에 써놓은 대답을 보여줄 생각이었어요. 메이비 유……"

그 말을 들으며 나는, 나를 사랑한 줄 알았던 여자들을 떠올렸다. 그녀들은 모두 떠났고, 내 앞에 앉아 있는 미아도 나를 떠나보냈다는 것을 알았다.

"내 주소도 전화번호도 바뀌어서 모른다는 말을 듣고 뱅상이 울상을 짓길래 딱해 보여서 그쪽 연락처를 남겨놓고 가라고 했대요. 혹시 연락이 되면 나한테 전해주겠다고요. 그랬더니 자기는 사는 데가 일정하지 않다고, 대신에 나를 만나게 되면 꼭 전해달라고 하면서 아까 그 말을 남기더래요. 그래서 동료가 삐삐나 휴대폰은 없냐고 했더니, 뱅상이 뭐라고 말했는지 알아요? 그런 거 안 키운대요. 정말 한국 사람 다 됐나봐요. 그런 말도 할 줄 알다니…… 그 흔한 호출기도 없이, 그 사람은 도대체 뭐 하며 살고 있는 걸까요?"

나는 미아에게 뭔가 말을 해야 한다는 생각을 잠깐 접고, 뒤늦게 코디어가 정말로 미아를 찾아 우체국들을 뒤지고 다녔을지도 모른다는 생각을 하고 있었다. 미아가 없는 우체국으로 코디어는 어떻게 찾아갔을까. 땅 속에 묻혀 있는 임기의 뼛가루처럼 그곳에는 미아의 흔적이 남아 있기라도 해서 코디어의 영혼을 잡아당겼을까. 나는 코디어에게 생겼다는 그 신비한 힘이 도대체 어떤 것인지, 그런 힘이 정말 생기기는 한 것인지 종잡을 수가 없는 느낌이었다. 그런 혼란스러움 속에서 듣고 있는 미아의 얘기는 좀처럼 끝날 기미를 보이지 않고 있었다.

"걔가 왜 쓸데없는 소리를 지껄였는지 모르겠어요. 우체국 동료 말이에요. 내 눈이…… 내가 다쳤다는 말을 듣고 뱅상이…… 왜 이제서야 오게 됐는지 모르겠다고 하더래요. 자기가 내 옆에 있었어야 했다고. 내 눈을…… 날 지켜주지 못해 또 미안하다고…… 다 자기 탓이라고……"

코디어가 했다는 말이 내 입을 계속 가만히 있도록 내버려두지 않

았다. 코디어를 앞지를 수 없다면 뒤라도 부지런히 따라가야 한다는
마음 같은 것이었을까.

"미아씨, 나는…… 내가 그때…… 미아씨 곁에서…… 미아씨를
내가……"

"상현씨."

나는 두서없이 꼬이고 있는 내 혀를 멈추게 해준 미아에게 차라리
고맙다고 말하고 싶은 심정이었다. 그래…… 할말이 없으면 역시 제
대로 말이 안 나오는구나. 내가 미아에게 무슨 말을 한다 해도 그것
은 나를 위한 것일 수밖에 없다는, 그리고 그것은 결코 나를 위하는
것이 될 수도 없다는 깨달음 속에서, 나는 왜 미아가 쉬지 않고 나에
게 말하려 하는지, 그렇게 내 입을 막고 왜 자신의 말을 들려주기만
하려는지, 그 마음을 이해할 수 있을 것 같았다. 나는 내 잔에 남은
술을 들이켜고 난 뒤에, 미아가 어서 중단된 코디어 얘기를 다시 이
어나가기만 기다릴 뿐이었다.

"꽃들과 함께 술을 마셔본 적 있어요?"

내 빈 잔에 천천히 술을 따라주며 미아가 말했다. 그리고 자신의
잔을 들어 역시 천천히 내게로 팔을 뻗어왔다. 나는 허공에 떠 있는
미아의 잔에 내 잔을 갖다대고 한참 동안 떼지 않았다. 그것만이 내
가 미아에게 전할 수 있는 유일한 말인 것처럼.

"술집에서 술을 마시는 게 참 오랜만이에요. 상현씨를 만나지 않았
으면 지금도 꽃들에게 둘러싸여 술을 마시고 있겠죠. 아까 건배를 좋
아하지 않았냐고 상현씨가 물었을 때 한 말은 괜히 해본 소리구요,
실은 습관이 그렇게 들어서요. 꽃은 건배할 줄 모르잖아요. 나 꽃집

의 아가씨가 됐어요. 아줌만가요? 아빠 보상금이랑 내 퇴직금이랑
다 털어서 작은 꽃가게를 하나 차렸죠. 그래서 내 방에도 꽃이 아주
많아요. 걔들이 예쁜 건 말을 안 해서죠."

나는 말없이 꽃을 바라보며 술잔을 기울이고 있는 미아의 모습을
떠올려보며 마음이 차분하게 가라앉는 것을 느꼈다. 미아와 함께 처
음 술을 마신 날, 밤이 깊어가며 나를 감쌌던 편안함과도 같았다.

"우리 꽃집 이름이 뭔지 맞혀볼래요?"

미아의 목소리에는 공연장에서부터 줄곧 나를 불편하게 했던 날카
롭고 팽팽한 기운이 가셔 있었다. 어느 순간부터 그녀는 더이상 취하
지 않고 알맞은 상태를 유지하는 듯한, 어쩌면 술을 마실수록 술이
깨고 있는 것 같은 느낌을 주고 있었다. 나는 그녀에게 동화되어간다
는 느낌이 싫지 않았다.

"들국화?"

나는 어렵지 않게 꽃집의 이름을 맞혔다고 생각했지만, 미아는 웃
으며 고개를 저었다.

"하지만 아주 틀리지는 않았어요. 머리에 꽃을."

역시 들국화였다. 들국화 이름으로 나온 앨범에 실린 곡은 아니었
지만, 전인권과 허성욱이 함께 불렀으므로 나에게 그것은 들국화였다.

"상현씨…… 왜 결혼 안 해요?"

갑작스런 질문이었지만 나는 당황하지 않았다. 들국화를 생각하고
있으면 생겨나는 나만의 힘, 마음의 여유 같은 것이었을까.

"내가 결혼 안 한 줄은 어떻게 알았어요?"

"결혼한 남자들은 상현씨처럼 결혼 안 한 남자로 보이지 않죠. 아

직 내 질문에 대답 안 했어요. 왜 결혼 안 하냐구요?"

그 순간 나는 뜬금없이, 까맣게 잊고 있던 임기의 애인이 생각나서, 그 얼굴도 모르는 여자는 어디서 뭘 하며 살고 있을까, 헛수고일 수밖에 없는 생각에 빠져드느라, 별로 신통할 것도 없는 대답을 꺼내지도 못하고 있었다. 미아는 더이상 내 대답을 재촉하지 않고 조금은 쓸쓸한 표정이 되어 말했다.

"내가 웃기는 얘기 하나 해줄까요? 난 섹스하다가 소리내서 웃는 버릇이 있어요. 좋아서요. 나도 해보기 전에는 몰랐죠. 뱅상이랑 할 때도 그랬는데…… 그러면 남자들은 대개 당황하거나 기분 나빠하거든요. 오해를 풀어주느라 애를 먹기도 하죠. 그런데 뱅상은 어땠는지 알아요? 내가 막 웃으니까 자기도 따라서 좋아하더니…… 갑자기 입에 손을 대고 소리를 질러대는 거예요. 왜 그 인디언들이 내는 소리 있잖아요. 안 웃겨요? 안 봐서 모를 거예요…… 그런데 이상하죠? 꽃집 이름을 뭐라고 할까 생각하다가 뱅상의 그 모습이 떠오른 까닭이 뭘까요? 그리고 바로 머리에 꽃을…… 그 노래가 생각나더라구요. 꽃집 이름이 그게 뭐냐고 말리는 사람도 있었어요. 미친 여자가 연상이 돼서 느낌이 안 좋다나. 하지만 좋잖아요. 머리에 꽃을……"

나는 내 침묵이 또 섹스 얘기가 나온 데 대한 어색함의 표현이 아니라는 것을 미아가 알아줬으면 좋겠다는 생각을 하며, 코디어와 뮤즈와 함께 술 마시고 깔깔대던 옛날을 돌아보고 있었다.

"그 노래에 이런 가사가 나오잖아요. 그러나 지금은 지난 얘길 뿐이라고…… 지금은 달라…… 될 수가 없다고……"

그러다가 미아는 안경을 벗고 나를 향해 밝게 웃어 보이고 나서는,

눈을 감고 작은 소리로 천천히 그 노래를 처음부터 부르기 시작했다. 미아의 약간 풀어진 발음이, 카페 전인권에서 나를 자꾸 형, 형, 하고 부르며 우리말을 더듬거리던 코디어를 생각나게 했다.

"형들이 모이면…… 술 마시며 밤새도록…… 하던 얘기 되풀이해도…… 싫증이 나질 않는데…… 형들도 듣기만 했다는…… 먼 얘기도 아닌…… 십여 년 전에 바로…… 지금 내가 살고 있는…… 이 지구 안에…… 어떤 곳에…… 많은 사람들이…… 머리에 꽃을…… 꽂았다고……"

긴 휴가

그날 미아와 나는 술집을 나와서 함께 내 방으로 갔다. 내가 그녀를 내 방으로 데려갔다기보다는, 그녀가 자신의 방으로 돌아가지 않았다고 하는 편이 옳을 것이다. 방에 들어서자마자 불을 켤 새도 없이, 미아는 내 옷을 벗기고 나서 자신도 순식간에 알몸이 되어 침대에 누웠다. 밤이 깊어 있었고, 내 방의 창문에는 두꺼운 커튼이 드리워져 있었다. 열려 있는 문틈으로 새어드는 가느다란 불빛에 사물들의 희미한 윤곽이 드러나 보일 뿐이었다. 아무런 애무도 나누지 않은 채 발가벗겨진 두 몸뚱어리가 낯설어서였을까. 나는 미아 곁에 눕고 나서도 쉽게 그녀의 몸을 만질 수가 없었다. 미아가 안경을 벗고 내 몸을 더듬기 시작한 다음에야 내 팔다리는 움직임을 되찾았다.

습관처럼 동작을 리드하려는 내 몸짓을 멈추게 하고 나서, 미아는 내 몸 위로 올라와, 그녀의 혀가 닿을 수 있는 내 모든 살들을 씻어주려는 듯, 천천히 아래로 내려갔다. 나는 문득 미아에게, 다시 올라와

내 눈 속까지 들어와달라고 말하고 싶었지만, 그 말을 입 밖으로 내
지는 못했다. 나는 가만히 있어도 되는 것이 너무 좋아서, 두 팔을 벌
리고 비를 맞듯이, 미아의 차갑고도 따스한 타액으로 온몸을 적시고
있었다. 그녀의 혀가 마침내 딱딱하게 커진 내 몸에, 피부로 덮이지
않은 그 살 끝에 닿았을 때, 내 몸은 전에 느껴보지 못한 아주 특별한
감촉에 놀라 꿈틀거렸다. 그 순간 내 귀는 전에 들어보지 못한 내 이
상한 목소리가 새로워 파들거렸다. 그렇게 몇 번의 소리와 움직임을
거친 후에, 미아의 작고 부드러운 입 속으로, 나는 천천히 빨려들어
가고 있었다. 그녀의 이빨이 아득한 내 정신을 살짝 깨물었을 때, 나
는 코디어가 꿈속에서 봤다는 틀니를 생각했다. 미아는 두 눈을 꼭
감은 모습으로 내 두 다리 사이에서 출렁이고 있었다.

그날 밤 내 방에서 미아는 갑자기 다른 사람이 된 것처럼 말이 없
었다. 그녀의 입에서는 많은 소리들이 흘러나왔고, 그중에는 웃음소
리도 섞여 있었지만, 섹스를 다 끝내고 나서도 그녀는 좀처럼 말하지
않았다. 그녀가 입을 다물자 우리 사이에는 침묵이 흘렀고, 침묵 속
에서 나는 피임이 제대로 됐는지 걱정하는 게 고작이었다. 나는 미아
의 몸 속으로 들어가면서 피임을 해야 하냐고 묻지 못했고, 마지막으
로 빠져나올 때까지도 묻지 못했다. 왜 그랬을까. 그러고 보니 그날
밤 내 방에서 한마디도 말하지 않은 쪽은 나였다. 내가 말을 하는 순
간 미아의 몸이 돌처럼 차갑게 굳어버리기라도 할까봐 두려웠던 것
일까. 나는 중간에 미아의 몸에서 떨어져나와 콘돔을 찾는다고 서랍
을 뒤질 엄두도 나지 않았고, 될지 안 될지 알 길 없는 임신을 피하기

위해, 가까스로 그녀의 배 위에 정액을 쏟아냈다. 그러고도 한참 동안 내 몸을 휘감은 다리를 풀지 않는 미아의 감긴 눈을 내려다보면서, 이 여자와 함께 아이를 낳아 기르며 사는 건 어떨까, 잠깐 생각했던 것도 같고……

우리는 둘 다 똑바로 누워 말없이 천장을 바라보고 있었다. 내가 도무지 오지 않을 것 같던 잠에 막 빠져들려고 할 때였다. 미아가 내 내 얘기를 해왔던 것 같은 목소리로 한마디 말을 남기고, 다시 입을 다물었다. 우린…… 아무 약속도 하지 않았죠…… 아침에 내가 잠에서 깼을 때는, 미아가 내 방을 떠나고 난 후였다. 흔적도 없이, 정말 메모 한 장 남기지 않고, 그렇게 미아는 사라졌다.

한동안 나는 미아가 찾아오기를 기다렸다. 내 방에 다른 여자가 있을 때는 좀 덜한 편이었지만, 어떨 때는 같이 있는 여자 때문에라도 제법 견딜 수 없이 그녀가 보고 싶어져서, 이름만 알고 있는 그녀의 꽃집을 찾아나설까 망설이기도 했다. 미아가 말한 대로, 찾고자 하면 찾지 못할 이유가 없었다. 하지만 그런 마음이, 행동으로 옮겨질 만큼 강하거나 오래 간 적은 없었다. 그런 식의 만남은 코디어에게나 어울릴 것이라는 생각이, 내 발목을 붙잡았는지도 모를 일이다. 미아가 다시 내 방으로 오는 일은 없었고, 들국화의 공연이 또 열린다는 소식도 들리지 않았다. 나는 전인권이 다시 감옥으로 갔다는 것도 모른 채 살아가고 있었다.

그 무렵 나는 국가적으로 행복했고, 개인적으로는 사는 게 말이 아니었다. 삼십대 후반에 접어들어서야 이 나라의 정권이 바뀔 수도 있다는 기적을 체험한 나는, 나 죽기 전에 다시는 정권이 바뀌지 않아도 여한이 없었다. 하루아침에 여당 지지자로 돌변한 나는 기분이 이상했고, 뉴스에 나오는 대통령을 흐뭇하게 바라보다가 또 기분이 이상했다. 어쩌다 집에 들르면 아버지는 나라 걱정이 태산같았지만, 그런 모습을 볼 때마다 나는, 역전된 부자관계에 무사히 적응하기 위해서라도, 정말 새 정권이 적어도 내가 살아온 세월만큼은 자꾸 재창출되어야 마땅하다고 믿었다. 그 믿음만이 직장을 잃은 당시의 내가 받을 수 있는 유일한 보상인 것처럼. 같이 죽자고 할 처자식도 없어 실의에 빠진 나를 구원해줄 희망의 밧줄인 것처럼…… 정작 나를 실직의 구덩이에서 건져준 사람은 오경택이었다.

오경택은 외환 위기가 몰고 온 시장의 위축에도 아랑곳하지 않고 사업 확장에 여념이 없었다. 이벤트 용역 회사를 차리더니 결혼 정보 서비스에도 손을 대 짭짤한 재미를 본 그는, 기존 사업체의 경영을 기완이에게 일임하고 새로이 연예 매니지먼트업계로 뛰어들려 하고 있었다. 나야 그 방면에 문외한이었지만, 그것을 이유로 오경택의 정중한 부탁을 물리칠 만큼 여유만만한 처지일 수는 없었다. 그는 모시고 싶다는 표현을 썼고, 그게 아니더라도 오경택은 확실히 달라져 있었다. 사람 속까지야 들여다볼 수 없으니 그런 것은 애초에 따질 필요가 없는 것이었고, 그는 적어도 생각 없이 자기 속을 내비쳐서 상대를 불편하거나 불쾌하게 만드는 저급한 인간 부류에서는 완벽하게 벗어난 모습이었다. 설사 내 카드의 대금 결제일이 속수무책으로 다가오고 있지 않았더라도, 아마 나는 오경택을 사장님으로 모시는 선택에 별 거리낌이 없었을 것이다.

그 회사에 적을 두고 있었던 몇 달 동안, 나는 그 판이 어떻게 돌아가는지 자세히 알 수 없었지만, 그래서 내가 힘들었던 적은 없었다. 내 명함에 박힌 직함은 기획실장이었지만, 기획실 인원은 나 하나뿐이었고, 내가 실제로 기획을 하거나 기획에 관여하는 일은 없었다. 모든 일은 매니저들의 의견과 오경택의 결정에 따라 이루어졌고, 나는 보도자료를 작성하는 직원을 도와주거나 아예 기자 대신 기사를 써주기도 하면서, 이따금 회사에 소속된 연예인들이 합석한 술자리에 끼는 것으로 소일했다. 어차피 회사에서 필요로 한 것은 내가 몸담았던 분야의 인맥이었고, 그 사실을 미리 알았든 나중에 알았든 그런 것은 중요하지 않았다. 내가 그런 쪽으로도 별 소용이 안 된다는 것을 오경택은 금방 알아챘고, 나는 다른 일이라도 배워서 밥값을 해내라고 요구하지 않는 그의 배려가 고마웠다. 오경택은 사석에서 여전히 나를 깍듯이 대했고, 회사에서 그와 내가 마주할 일은 거의 없었다.

회사를 그만둬야겠다는 생각을 하지 않은 날은 없었지만, 그 생각을 행동으로 옮길 만큼 견디기 힘든 날들은 아니었다. 생각 없이 사는 습관을 익히려고 노력하면서, 우습게도 나는 여배우의 스캔들 기사에 이름이 오르내리는 상상을 줄기차게 하고 있었다. 하지만 그런 일은 상상처럼 쉽게 일어나는 것이 아니었다. 회사에서는 소속 연기자들을 모두 유망주로 분류해놓고 있었는데, 그들 중에 내가 이미 알고 있던 얼굴은 하나도 없었다. 나는 어리다고 해야 좋을 그 젊고 늘

씬한 미남 미녀들이 두려웠다. 애들이 나를 업신여기면 어쩌나. 그들
은 도리 없이 나를 실장님이라고 불렀지만, 내가 회사에서 무슨 일을
하는 사람인지 무척 궁금했을 것이다. 나는 한 번도 그들에게 반말을
하거나, 한 손으로 술을 따라준 적이 없었다.

시간이 좀더 있었다면, 스캔들의 주인공이 될 가능성은 전혀 없어
보였지만, 스타가 되고 싶어하는 어린 여자와 하룻밤을 같이 보낼 수
는 있었을지도 모른다. 새로운 식구들을 뒤늦게 환영하는 술자리에
서, 새로이 식구가 된 그녀는 내 옆에 앉게 되었다. 오경택이 잘 아는
나이트클럽이었고, 그 가게에서 가장 좋은 룸이었다. 밴드로 불려온
청년의 기타 연주 솜씨가 일품이라는 게 나는 무엇보다도 마음에 들
었다. 오경택이 나에게 밉지 않은 미소를 보내며 들국화를 청했고,
나는 들국화가 해체된 후에 전인권이 부른 〈사랑한 후에〉를 불렀다.
오경택의 '한 곡 더'를 마다하고 자리로 들어오는 나를 그녀는 친근
한 미소로 맞았다.

실장님 노래 잘하시네요. 나도 그 노래 좋아하는데. 그렇게 말하며
건배를 청하는 그녀에게 나는 들국화를, 전인권을 아냐고 물었다. 들
국화를 모르는 사람이 어디 있어요? 당연한 걸 묻는다는 듯이 웃는 그
녀의 표정이 귀여웠다. 나는 오래 전 어느 무대에서 전인권이 객석을
향해 비틀즈를 아냐고 물었던 장면이 기억났다. 청중은 실없는 질문을
받은 사람들처럼 웃었고, 전인권은, 비틀즈를 안다는 게…… 하면서
자신들의 비틀즈에 대해 들려줬다. 내가 그런 생각을 하고 있는데, 귀
여운 그녀가 전인권을 알고 있음을 증명하려는 듯 말했다. 참, 그 아저
씨 또 마약 하다가 잡혀들어갔다면서요? 난 왠지 이해가 돼요.

이후의 노래판은 흘러간 노래와 최신 가요들이 주종을 이루었고, 나는 따라 부르기 지겹거나 힘겨운 그 노래들에 귀를 맡긴 채, 내가 모르고 있던 전인권의 구속에 대해 생각했다. 나는 이 어린 여자처럼 그를 이해하고 있을까. 예전에는 그를 잡아넣은 정권을 향해 욕을 퍼붓는 것으로 모든 이해를 대신할 수 있었지만, 이제는 정말 그의 정신이 희망하는 자유와 그것 때문에 결박당하는 육신의 자유를, 내가 이해할 수 있다고 말할 수 있을까. 내가 알 수 있는 것은, 그가 어서 감옥으로부터 나오기를 바라는, 그리고 다시는 그곳으로 가지 않게 되기를 바라는 내 마음뿐이었다.

나는 들국화가 무대에서 들려줬던 팝송을 부르고 싶었고, 전인권과 최성원이 화음을 맞췄던 폴 매카트니의 노래가 생각났다. 나는 그 노래도 비틀즈가 헤어진 후에 만들어졌다는 것을 생각하며, 어렸을 때 들국화의 음악을 듣고 기타를 치기 시작했을지도 모를 긴 머리의 밴드 청년에게 곡목을 전했다. 그는 반가운 기색을 숨기지 않으며 원곡을 방불케 하는 연주를 들려주기 시작했고…… Some people want to fill the world with silly love songs…… It isn't silly, not it isn't silly, no it isn't silly at all…… 룸을 가득 채우며 흐르는 내 어리석은 사랑 노래를 귀 기울여 듣고 있는 사람은, 전인권을 이해한다고 말한 나이 어린 스타 지망생이 전부였다. 자리로 돌아온 나는 그녀에게 가사가 좋지 않냐고 물었고, 그녀는 어떤 내용의 가사였는지 가르쳐달라고 말했다.

그녀는 자신이 좋아하는 노래 〈사랑한 후에〉가 외국 곡의 번안이라는 것도 모르고 있었지만, 아는 게 그 정도라고 해서 그녀가 귀엽다는 내 느낌이 사라진 것은 아니었다. 술자리가 파한 뒤에도 그녀는 사라지지 않고 길가에서 택시를 잡고 있었다. 그녀는 아직 자동차와 전담 매니저가 필요치 않은 애송이였다. 방향이 같아 함께 탄 택시 안에서, 나는 그녀에게 나의 들국화에 대해 들려줬다. 나에게 들국화 는 감옥의 창살 틈으로 불어오는 자유의 바람 같은 거였어…… 맨정 신이었다면 말하다가 스스로 닭살이 돋을 표현들을, 나는 서슴지 않 고 골라 썼다. 어느새 나는 그녀에게 말을 놓고 있었고, 내가 혼자 거 북했던 것은 내 말끝마다 매달려 나오는 과거형이었다.

애기를 다 듣고 난 그녀는 두 눈을 반짝이며 말했다. 실장님 말씀 도 잘하시네요. 전에 기자였다는 애기 들었어요. 그런데 실장님이 사 장님 군대 선배라는 애기도 사실이에요? 그녀는 나에 대해 이것저것 묻기 시작했고, 내가 혼자 산다는 것을 안 다음에는 한번 놀러 가고 싶다는 말도 스스럼없이 꺼냈다. 나는 농담 반 진담 반으로 당장 갈 까? 하려다 참았고, 그런 말을 할 기회는 다시 찾아오지 않았다.

매니지먼트 사업이 생각보다 만만치 않다는 것을 오경택이 깨닫는 데 많은 시간이 걸리지는 않았다. 그리고 오경택은 그 사업만큼 초반 의 성패가 회사의 존폐를 좌우하는 일도 드물다는 것을 일찌감치 깨 우치고 있었다. 회사 안의 유망주가 진짜 유망한 신인으로 뜨는 일은 일어나지 않았고, 그런 일은 쉽게 일어나는 것이 아니었다. 그나마 가능성이 엿보이는 재목들은 제 살길들을 찾아 떠났고, 남아서 회사 와 운명을 같이할 수밖에 없는 몇 명 중에는, 내가 유일하게 편히 대 할 수 있었던 귀여운 그 여자도 끼어 있었다.

그녀를 가까이할 시간이 좀더 주어졌다면 내 방에서든 어디서든 서로의 벗은 몸을 부벼댈 기회가 있었을지는 모르지만, 아무리 충분한 시간이 주어졌더라도 그녀와 내가 그 이상 가까워질 수는 없었을 것이다. 그것은 이를테면 들국화에 대해 서로가 알고 있는 것의 차이와 같은 것이고, 잘 모르고도 쉽게 이해할 수 있는 그녀의 천성과, 이해하는지 의심스러워서 아는 게 뭔지도 모르게 되어버리는 내 오랜 습관 사이의, 좁혀질 수 없는 거리와 같은 것이다.

하지만 오경택과 나 사이의 까마득한 거리에 비하면, 그녀와 나는 피를 나눈 남매지간처럼 닮았다 해도 크게 틀린 말은 아니었다. 오경택은 결코 모든 것을 시간에 맡기고 보는 안일한 유형의 인간이 아니었다. 그는 깨끗하게 실패를 인정하고 물러설 줄 알았고, 내가 보기에 그것은 성공을 경험한 자만이 지닐 수 있는 자신감의 표현이었다. 그리고 나는, 회사가 문을 닫는다 해도 아쉬울 게 하나 없는 한심한 족속이었다. 오경택의 소개로 나는 어느 신생 기업의 홍보실로 출근할 수 있게 되었고, 그 일이라면 내가 그런대로 해낼 수 있는 일이었다. 나는 단 한 달의 공백도 없이 봉급을 타먹을 수 있게 되어 마음이 놓였고, 오경택이 베푼 은혜에 보답하기 위해서라도 열심히 일해야 한다는 각오를 다졌을 뿐이다.

그렇게 내 짧았던 연예계 생활은 아무런 과오 없이 막을 내렸다. 나는 그 기간에 아주 긴 휴가를 유급으로 다녀오는 행운을 누린 셈이라고 나 자신에게 둘러댔다. 휴가에서 돌아온 나는 이전보다 조금 더 멍청해져 있었고, 멍청해진 만큼 부지런할 수 있었다. 코디어가 죽었는지 살았는지 따위는 도무지 궁금할 겨를이 없었다.

친구의 무덤

코디어의 죽음을 나에게 알려준 사람은 임기의 동생인 연기였다. 그녀가 그렇게, 코디어가 죽었노라고 말한 것은 아니었다. 그녀가 전하는 한 남자의 죽음에 대해 들으면서, 나는 단박에 그가 코디어라는 사실을 알았고, 그 사실이 너무도 명백한 것임을 인정해야 했다. 하지만 그뿐이었다. 슬퍼해야 할 것 같다는 생각을 하기는 했지만, 그런 생각을 하면서 오롯이 슬픔에 잠기기란 힘든 노릇이었다. 나는 겨우, 둘 다 죽었구나…… 하는 생각만을 되풀이했을 뿐이었다. 그중 한 사람을 오빠로 둔 여자가 무심히 돌리고 있는 찻잔의 꽃무늬만 물끄러미 바라보았을 뿐이었다.

연기가 나를 만나고자 했을 때, 나는 그녀가 할 얘기를 대충 짐작할 수 있었다. 그 부부는 몇 달째 별거중이었고, 기완이는 다른 여자와 동거나 다름없는 관계를 갖고 있었다. 나야 결혼을 안 해봐서 알 수 없지만, 매력 있는 여자와 같이 살다보면 그런 쪽의 감각이 무뎌지기도 하나보다, 그런 짐작을 하게 만드는 여자였다. 그 매력이라는 게 외모에만 국한된 것은 아니었고. 하지만 내가 모르는 무엇은 어디에나 늘 있는 법이다. 실제로 기완이에게 형은 잘 모른다는 말을 들은 다음부터는, 일체 그 부분에 대해서 함구하고 지내온 터였다. 저러다 말겠지. 그때까지 들키지만 말기를 바라는 마음이었다. 그런데 너무 오래 갔던 것이다. 연기는 용납하지 않았고, 기완이도 수습할 생각이 없어 보였다. 어느 쪽이 먼저인지 나로서는 알 수 없었다.

그저 얘기나 들어줘야지. 연기를 만나러 가는 나에게 뾰족한 궁리가 있을 리 없었다. 이혼 얘기를 꺼내면, 조금만 더 기다려보라고 해야 하나? 애들을 생각해서…… 흔히 듣던 그 말까지 떠오르자, 애 하나도 키워본 적 없는 내 주제에 어울리지 않는 상담이라는 씁쓸한 자각과 함께, 오죽하면 나를 불러내서 신세 한탄을 하려 할까 싶어 기완이가 괘씸해지기도 하는 것이었다.

연기에게 맛있는 저녁이나 사줘야겠다고 생각을 추스르며, 나는 교통 정보를 듣기 위해 라디오를 켰다. 최근 몇 해 동안, 운전을 하고 다니게 되었다는 것 말고 나에게 일어난 변화가 또 있을까. 기업 홍보를 우습게 알았다가 쩔쩔맸던 처음에 비하면 회사 생활도 많이 달라진 축에 속하기는 했다. 새 직장에서야말로 나는 기획실장처럼 일했고, 그 결과 내 위치는 홍보실 차장까지 올라 있었다. 더도 덜도 말고 나한테 딱 어울리는 자리. 쾌적한 원룸 오피스텔에 살며 중형 자동차를 굴리고 직장에서의 위치 또한 적당한 내 근황에 대해, 나는 이대로 살다 죽어도 좋을 만큼 만족했다. 변하지 말기를. 아무것도 달라지지 말기를……

라디오에서는 촛불 시위로 인해 도심의 교통이 혼잡하니 알아서 하라는 식의 소용없는 정보가 흘러나오고 있었다. 어차피 그 길로 가야 하는 사람들은 막히는 줄 알면서도 갈 수밖에 없는 것이다. 나는 강을 건너지 않아도 되기 때문에 안심했다. 강 건너 불 구경하듯 할 수는 없는 일이었지만, 어쨌든 강 건너 저편에서 일어나고 있는 상황임은 분명했다. 촛불 시위에 대한 내 느낌은 그런 것이었다.

그 시위의 발단이 된 사고가 처음 보도되었을 때 나는 특별히 분개하지 않았다. 일어나지 않았으면 좋을 사고였지만 이미 일어난 사고였고, 앞으로 또 일어나지 않는다고 누구도 보장할 수 없는 사고였다. 두 소녀의 허망한 죽음 앞에서 잠시 마음이 무거워지기는 했지만, 하염없는 슬픔이야 죽은 아이들의 가족이 짊어져야 할 몫이었고, 어쨌든 그 사고는 고의로 저지른 살인사건이 아니었다. 나는 진짜 미군의 행패가 어떤 것인지 알고 있었고, 그것으로 그들 전체를 매도할 수도 없다는 입장이었다.

미군측의 대응에 대한 여론의 분노를 이해하지 못한 것은 아니었다. 문제는 미국 정부의 무지막지한 세계 경영에 있었고, 그런 대통령을 뽑아놓은 그 나라 국민들에게도 없지 않았다. 그러니까 미국 대통령 선거에는 지구상의 모든 나라 성인들이 참여해야 되는 거 아니냐…… 사태를 인식하는 내 수준은 그런 정도였다. 촛불 시위로 인해 길이 막힌다면 참아낼 줄 알아야 한다는 정도였고, 실제로 내 차가 그 막힌 길에 갇히게 되어도 투덜대지 않을 수 있을지는 자신할 수 없는 정도였다.

　시위가 처음 열렸던 날, 나는 요즘 같아서는 카투사들의 처지가 심히 난처하지 않을까 하는 쓸데없는 걱정을 하며 뉴스를 보고 있었다. 그러다가 화면 가득히 피어 있는 촛불들이 참 아름답다고 느꼈고, 이내 그것은 촛불을 켜들고 그 인파 속에 섞이는 순간 사라지게 될 종류의 아름다움이라는 것을 알았다. 아이들과 함께 나와 밝게 웃으며 앉아 있는 젊은 부부의 아름다운 모습을, 나는 흉내낼 수 없다…… 나에게 가족이 없기 때문에 그런 것만은 아니라는 생각을 하고 있는데, 뉴스에서 한 시민의 인터뷰 장면이 나오고 있었고, 화면 뒤쪽에서 촛불 하나 들고 뭐가 좋은지 히죽히죽 웃으며 어슬렁거리는 외국인이 보였다. 코디어였다.

　시위가 없는 곳에서도 교통은 어김없이 혼잡했다. 약속장소가 바로 코앞이었지만, 나는 연기를 기다리게 하고 싶지 않다는 마음에 시계를 보는 횟수가 잦아지고 있었다. 라디오에서는 어떤 여론 조사에 대한 전문가의 뻔한 해설이 지루하게 이어지고 있었다. 또다시 대통령 선거를 앞두고 있었고, 내가 희망하는 후보가 당선될 가능성은 지극히 희박해 보이는 판세였다. 하지만 내 희망이 수년 전처럼 절실한 것은 아니어서, 나는 당선이 유력한 야당 후보가 예상대로 청와대의 주인공이 된다 해도 과거 어느 때처럼 홧술을 퍼마시거나 하게 될 것 같지는 않았다. 그 또한 나에게 일어난 변화라면 변화였다.

　말하자면, 내가 스스로는 변화할 능력도 없으면서, 그 힘으로 사회를 변화시키기 위해 노력한 경험도 그럴 의지도 없으면서, 때만 되면 뭔가 달라지기를 원하고 나섰던 것은…… 그것은 내가 사회의 변화를 갈망해서라기보다는, 아무리 봐도 변할 게 없는 내 삶이 지겨워서, 그래서 대신 질러보는 고함 같은 것이었다. 다는 아니더라도 다분히 그랬다고 인정할 만큼은, 나도 달라져 있었다. 정권이 바뀌면 변화가 가로막히게 되는 이 나라 초유의 선거를 앞두고, 내가 바라지 않는 결과에 대해 미리 관대해질 수 있게 된 만큼. 움켜쥐어야 할 것들이 늘어난 만큼, 딱 그 만큼……

　주차를 대신 해주는 청년에게 차를 맡기고 나는 서둘러 레스토랑의 문을 열고 들어섰다. 연기는 구석자리에 앉아 있었다. 내가 많이 늦은 게 아닌데도, 연기 앞에 놓인 커피잔은 비어 있었다. 오래 기다렸냐는 내 물음에, 그녀는 집에 있기도 답답하고 해서 일찍 나왔다고 대답했다. 생각보다는 좋아 보이는 얼굴이었다. 여전히 예뻤고, 사장 남편 둔 사모님 분위기를 풀풀 풍기지는 않았고…… 뭐랄까, 오랫동안 안 보는 사이에 화사하고 발랄했던 인상이 좀 가신 듯한 느낌이었다. 우리는 음식을 주문했고, 음식이 나오기를 기다리는 동안 주로 내 근황에 대해 얘기했고, 별 대화 없이 식사를 마쳤다.
　"제수씨, 요즘 많이 힘들죠."
　그렇게 말해놓고 나서 나는 다시 입을 다물었다. 후식으로 커피가 날라져왔고, 커피가 식어서 손으로 잔을 감쌀 수 있을 만큼 시간이 흐르도록, 연기는 찻잔만 돌릴 뿐 입을 열지 않고 있었다. 남편이 바람나서 사는 게 괴로울 여자에게 선거 얘기를 늘어놓을 수도 없었고, 침묵이 어색해서 할 수 없이 내가 먼저 운을 뗐지만, 역시 더 이어나가기가 쉽지 않은 애기였다.

"그냥 연기야…… 하고 부르세요, 오빠."

내 말을 받아 기완이에 관한 애기를 꺼낼 줄 알았는데, 연기는 그렇게만 말하고 또 침묵으로 돌아갔다. 생각해보니 둘만 있는 자리는 처음이었다. 연기는 나를 늘 오빠라고 불렀지만, 기완이가 보는 앞에서 나도 덩달아 동생 대하듯 할 수는 없었고, 그 습관은 그녀의 말 한마디로 바뀔 수 있는 게 아니었다. 나는 말하기가 더욱 곤란해져서 커피잔만 들었다 놨다 하고 있었다. 연기가 나를 도와주기라도 하려는 듯 할 애기를 꺼내기 시작했다.

"오빠는 오 사장을 어떻게 생각하세요?"

연기는 기완이를 칭할 때 '애들 아빠'라는 표현을 즐겨 썼다. 그런데 오 사장이라…… 기완이를 그렇게 부르는 그녀의 말투에서 어떤 단호함 같은 게 느껴졌다. 그 자식이라고 부르지 않는 게 다행일까. 나는 뜻밖의 질문을 받고 어떤 대답을 해야 할지 망설여졌다. 기완이를 변호하자니 나마저 그녀 눈 밖에 날 것 같고, 그렇다고 나마저 기완이를 나쁘게 말해서는 부부사이에 도움이 안 될 것 같고…… 그래도 그렇게 묻는 걸 보면 아주 마음이 돌아선 것은 아닌가보다는 생각이 들기도 했다.

"걔가 원래 그런 사람이 아닌데…… 제수씨도 알잖아요. 기완이가 얼마나 제수씨를……"

"애들 아빠 애기가 아니에요. 오경택 사장…… 오빠가 아는 경택 씨는 어떤 사람이냐구요."

내가 아는 오경택? 그야 내가 큰 신세를 진 사람이고 유능한 사업

가이고 돈이 많고…… 하지만 그렇게 말하기에는 내 마음이 편치 않
았고, 연기가 그런 얘기를 듣고 싶어서 물어본 것도 아닌 게 분명했
다. 나는 한 대 얻어맞은 기분이 되어 아무 대답도 못 한 채 그녀의
입술이 다시 움직이기만 기다렸다.

"오빠, 나 그 사람 좋아해요."

"제수씨, 그건……"

그건 뭐? 하는 소리가 내 안에서 들려왔다. 나는 이거야말로 내가
끼어들 사안이 아니라는 쪽으로 마음을 추슬렀다. 연기가 비로소 나
를 만나 하고 싶었던 얘기를 토해내기 시작했다.

"처음부터 그랬어요. 그 사람이 처음 우리집에 왔을 때……"

두 사람이 만나기 시작한 것은 오경택이 매니지먼트 회사를 차리
고 나서부터였다. 그 시기는 기완이가 외도를 시작하기 삼 년쯤 전이
었다. 그전의 몇 년 동안 연기 혼자서 마음이 타들어간 사연들을 들
으면서, 나는 오경택이 먼저 연기에게 접근했다면 마음이 훨씬 편할
거라는 생각을 했다. 최소한 연기가 끌린 것이 오경택의 부와 지위
같은 것이었다면. 내가 느낀 언짢음이 꼭 기완이를 생각해서 갖게 된
마음이라고 할 수 있을까. 기완이는 아직도 둘의 관계를 모르고 있었
다. 연기는 남편이 알게 될까 두려운 기색 없이, 자신이 좋아하는 남
자의 마음을 완전히 붙들지 못하고 있는 것 같아 불안해하고 있었다.

"그 사람 속을 잘 모르겠어요. 어떨 때는 날 많이 아끼는 것 같다가
도, 가끔 너무 차갑게 느껴지는 때가 있고…… 난 경택씨와 어떻게
되든…… 이혼할 생각이에요. 그런데 그 사람은 나와 어떻게 되든

부인과 갈라설 마음이 없나봐요. 부인 때문이 아니라 부인 아버지 때문이겠죠. 내가 왜 그런 사람을 좋아할까요……"

"제수씨, 난 내가 왜 그 얘기를 듣고 있어야 하는지 모르겠네요. 기완이와 내가 어떤 사인지 누구보다 잘 아는 제수씨가 그 얘기를 나한테 하는 이유도 이해할 수 없구요."

내가 간여할 문제가 아니라는 것을 분명히 해두겠다는 생각으로 그렇게 말했는데, 말해놓고 보니 그렇게 들릴 말을 한 것이 아니었다. 정말 나와 무관한 얘기라는 것을 알게 하고 싶었다면 끝까지 아무 말도 하지 않고 듣고만 있었어야 하는 거라는 낭패감이 뒤늦게 밀려왔다. 나는 다만 더이상 그 얘기를 듣고 싶지 않았던 것이다. 연기가 나를 뚫어져라 바라보고 있었다. 이런 얘기를 나 말고 누구한테 할 수 있겠냐는 듯이.

"오빠는…… 경택씨를 좋아하지 않는군요."

그런가. 내가 아직도 오경택에 대한 옛 감정을 씻어버리지 못하고 있나. 그러면서 겉으로는 다 털어버린 척, 내가 그를 용납하는 거라는 착각 속에서 일신의 안녕을 꾀했던 것일까. 수모를 수모라고 여기지 않으려 애쓰면서. 나는 연기가 내 속을 꿰뚫어본 것인지도 모른다는 생각이 들어 그녀의 말을 부정하고 나설 수 없었다. 그래, 그 말이 맞는지도 모르지. 아무리 사람이 달라졌어도, 오경택은 결국 내가 좋아할 수 있는 사람이 아니라는, 아니 나 따위가 좋아할 수 있을 만큼 만만한 상대가 아니라는, 아니었다는……

"오빠 생각이 나요. 이 모든 게 오빠가 맺어주고 간 인연인가 싶고……"

연기는 더이상 나와 더불어 오경택에 관한 얘기를 나눌 생각이 없어 보였다. 나도 이제 그만 자리에서 일어나자 해야겠다고 생각하며 오랜만에 임기의 얼굴을 떠올렸다.

"오빠 왜 그때 우리집에 찾아오지 않은 거죠?"

나는 그 오빠가 나를 뜻한다는 것을 간신히 알아듣고 한 템포 느리게 입을 열었다.

"그때는 기완이가 오경택을…… 오 사장을 우연히 만나서 제수씨까지 보게 됐던 거니까, 당연히 내가 같이 못 갔죠."

대답을 하면서도 내 느낌은 개운하지 않았다. 그걸 몰라서 묻는 건 아닐 텐데…… 그보다도 나는 오경택을 칭할 때 성을 떼지 않는 습관이 있다는 것을 새삼스레 깨닫고는, 그것이 그에 대한 내 마음을 보여주는 것이라는 생각에 혼자서 씁쓸한 기억들 속으로 빠져들려 하고 있었다.

"제수씨라고 하지 말고 내 이름을 불러달라니까요. 오늘 오빠와 난 계속 어긋나네요. 내가 말한 그때는…… 오빠가 우리 오빠랑 더 가까운 사이 아니었나요? 애들 아빠는 가기 귀찮아하는 오빠 묘에도 혼자 찾아가셨잖아요."

나는 그제서야 그때가 언제를 말하는지 알 것 같았고, 그래서 연기가 하려는 얘기가 뭔지 어렴풋한 감을 잡고는 당황스러워 비어 있는 커피잔을 입에 가져갔다.

"결혼하기 전에 애들 아빠랑…… 기완씨하고 같이 오빠를 만난 적 있었잖아요. 기분 좋은 자리였어요. 그날 내 방에 돌아와서 난…… 우리집에 찾아온 사람이 오빠였으면 어땠을까 하는 생각을…… 아주 잠깐…… 나 참 웃기는 여자죠? 오빠는 내가 경택씨 얘기 또 꺼내는 거 싫겠지만, 그 사람 만나면서 문득문득…… 오빠와 닮았다는 느낌을 받곤 했어요. 생김새는 전혀 다르지만…… 이런 얘기도 듣고 싶지 않으시겠죠?"

연기가 오경택을 좋아한다는 말만 하지 않았으면, 겉으로는 난감한 표정을 지으면서도 나는 그 얘기를 더 듣고 싶어하지 않았을까. 오빠였으면 어땠을까…… 그 다음에 계속 이어질 수도 있었던 연기의 그때 그 마음을. 그런데 내가 오경택과 닮았다니. 나는 연기가 느낀 그와 나의 닮은 점이 무엇인지 알고 싶지도 않았고, 이제는 정말 나 먼저 일어나 나가기라도 해야겠다는 생각을 꾹 누르며 화제를 돌렸다.

"오빠에게는 자주 가봐요? 난 그때 한 번 가본 뒤로는 아직…… 벌써 십 년이 넘었네."

그랬다. 나는 내 입에서 십 년이란 세월이 너무 간단하게 흘러나온 것 같아 공허했다. 죽은 임기도, 죽었는지 살았는지 모를 코디어와 미아도, 그리고 나도…… 어디서 불어오는지 알 수 없는 바람에 떠밀려 살다가 죽고, 헤어지고, 잊혀지고……

"며칠 전에 다녀왔어요. 나도 명절 때나 간신히, 그것도 부모님이 올라와야 같이 가보는 정도예요. 기완씨는 그나마 이 핑계 저 핑계 대고…… 나도 뭐, 세월 따라 점점 잊고 살게 되네요."

연기는 내가 돌려놓은 대화의 줄기를 순순히 받아줄 생각인 것 같았다. 하기야 임기 생각을 먼저 한 쪽은 그녀였으니까. 나는 그런 얘기나 몇 마디 더 나누고 헤어지자는 쪽으로 마음을 정하고 앉은 자세를 편히 가져갔다.

"실은 이번에도 다녀올 계획이 있었던 건 아닌데, 아침 일찍 묘지 관리실에서 연락이 왔어요. 오빠 묘 앞에 누가 죽어 있다고……"

나는 그 말을 듣는 순간 이미 코디어를 떠올리고 있었다.

"외국 남자라기에 우리와는 무관한 사람일 거라고 일러줬죠. 그런데 관리인이 무덤에 꽃이랑 술도 놓여 있다면서 아무튼 확인을 좀 해달라고, 어차피 경찰이 부를 거라고…… 전화를 끊고 나서야 오빠가 미군부대에 있었는데, 하는 생각이 들었어요. 그리고 왜 오빠랑 같이 병원에 실려갔다던 미군 있잖아요. 문득 그 생각이 나서 혹시…… 기완씨하고 같이 가기는 싫고, 경택씨한테는 그런 말 하기가 좀 그렇잖아요. 그리고 그 사람 성격에…… 오빠한테도…… 일하시는데 괜히 귀찮게 해드리는 것 같아서 연락을 망설이고 있는데, 전에 오빠가 그 사람이 인디언이라고 했던 게 기억났어요. 맞아요, 오빠?"

나는 연기와 코디어에 대한 얘기를 나눈 적이 없었다. 그렇다면 그 말을 한 사람은 임기였을 테고…… 임기는 코디어를 진짜 인디언이라고 생각했던 것일까. 나는 다른 말을 덧붙이지 않고 그냥 맞다고 대답해줬다.

"그런데 역시 아니었어요. 생각해보니 아직도 한국에 남아 있을 리가 없고, 다시 돌아왔다 해도 오빠 무덤을 어떻게 알고…… 또 이제 와서 왜…… 아무튼 아니었어요. 막상 죽은 사람을 보려니까 기분이 이상했는데…… 이상하죠? 금방 얼굴을 돌리게 될 줄 알았는데…… 그 사람 얼굴이 너무 평온해 보이더라구요. 무덤에 기대어 쪼그리고 잠든 사람처럼, 살짝 웃고 있는 것도 같고, 얼굴에 핏기는 없어서 창

백해 보였지만…… 워낙 백인이니까요. 잘생긴 백인이었어요. 외투
도 안 입었으니 얼어 죽은 거겠죠. 그런데 오빠, 우리나라 묘지에서
외국인이 정장 차림으로 죽어 있다는 게 참 인상적이지 않아요? 그
것도 상복처럼 검정색이었고…… 무지 낡기는 했지만, 재킷이 젖혀
있어서 슬쩍 보니까 상표가 알마니더라구요."

나는 연기가 '알마니'를 발음하기 전부터, 그 옷을 입고 눈감은 코
디어의 모습을 상상하고 있었다. 그리고 십 년도 훨씬 전에, 눈부셨
던 그 옷을 얻어입고 으스대던 그의 모습까지 어른거렸다.

"경찰은 신원을 알 수 있는 단서가 없다고 난감해하더라구요. 동사
로 처리를 하려 해도 누군지를 알아야 할 거 아니냐고, 더군다나 외
국인이고…… 소지품이 잔돈 몇 푼하고 보관함용으로 보이는 열쇠
하나가 전부였대요. 불쌍하지 않아요? 어느 나라 사람인지는 몰라도
외국 땅에서 살다가 혼자 추운 데서……"

연기는 더 할 얘기가 없다는 듯 말을 멈추고 웨이터를 불러 커피를
더 달라고 주문했다. 나도 왠지 속에 냉기가 찬 것 같아 웨이터에게
비어 있는 내 잔을 가리켜 보였다. 그리고 코디어의 죽음에 대해 뭐
든 더 듣고 싶어서 연기에게 말을 걸었다.

"오빠 무덤에 꽃이 놓여 있었다고 했잖아요, 술하고."

"그랬어요. 내가 갔을 때도 치우지 않고 그대로…… 술 빛깔이 너
무 곱던데…… 종이컵에 가득 따른 술이 정말 예쁜 색이라서 빈 병
을 봤더니, 싸구려 국산 포도주였어요."

코디어는 임기에게 술 한 잔 따라주고 나서 병째 마셨겠지. 임기
무덤에 기대고 앉아 미아 어머니의 무덤을 바라보면서…… 그런 자

세로 미아를 기다렸던 것은 아닐까.

"꽃도 참 예뻤는데…… 아직 시들지 않은 게, 들에 피는 국화 같기도 하고…… 그런데 꽃을 보니까 생각나는 게 있었어요. 처음에는 오빠 무덤에 철마다 갔었는데, 언제부턴가 갈 때마다 시든 국화가 몇 송이씩 놓여 있곤 해서 이상했거든요. 오빠 갔을 때는 혹시 못 보셨어요? 한 일 년 그러다 말기에 잊어버렸는데…… 그냥 그 꽃 생각이 나더라구요. 누굴까…… 죽은 그 남자, 오빠가 아는 사람이었을까요? 오빠는 혹시 뭐 짚이는 거 없으세요? 그 인디언 말고 다른 미군들 중에서라도……"

연기는 이제 자신의 문제를 다 잊고, 오빠 무덤에서 죽은 낯선 외국인에 대한 의문에 빠져 있었다. 나는 그녀에게 옆 무덤에도 같은 꽃이 놓여 있지 않더냐고 묻지는 못했다. 연기에게 코디어에 대한 얘기를 들려줄까도 싶었지만, 그러다보면 나오게 될 내 얘기가 번거로워서, 그녀의 물음에 고개만 젓고 입을 다문 채 나대로 생각에 잠겨 있었다. 그날 꽃을 가져간 사람은 코디어였을까 미아였을까. 미아가 그날 어머니의 무덤을 찾아갔다면, 코디어는 그녀를 만났을까. 아니면 둘은 다시 한번 어긋나고 말았을까. 마지막으로, 영원히……

연기는 버릇처럼 찻잔을 돌리며 창 밖을 물끄러미 내다보고 있었다. 나는 돌아가는 찻잔의 꽃무늬를 무심코 바라보다가 어쩔 수 없이 또 코디어를 생각했다. 죽었구나. 이제 둘 다 죽었구나……

"오빠, 지난 가을에 성묘 갔다가 오빠 무덤에서 어떤 언니를 만났는데……"

해줄 얘기가 생각났다는 듯이 연기가 고개를 돌리고 다시 말하기 시작했다. 나도 모르게, 찻잔을 감싸고 있는 두 손에 힘이 들어갔다.

 "오빠가 사고당한 날 말이에요…… 그날 왜 오빠가 그 도시에 갔는지 알았어요."

 남은 커피를 다 마실 때까지 연기는 자신이 알게 된 오빠의 죽음에 대해 얘기했다. 나는 연기가 만난 여자가 미아일 거라는 짐작이 틀렸음을 바로 알고 나서도, 다 아는 얘기라고 흘려들을 수는 없었다. 모두들 무덤으로 모여드는구나. 연기는 내가 미처 모르고 있던 것들까지도 말한 뒤에, 임기의 죽기 직전 모습을 상상했다. 면회를 마치고 교도소에서 나온 오빠는 한적한 그 길을 따라 걸었겠죠. 버스 정류장을 지나치고도 한참을, 가로등도 없어 어두컴컴한 그 길을 오빠는 무슨 생각을 하며 그렇게 하염없이 걸었을까요? 나 역시 알 도리 없는 그 생각 속으로 임기를 빠뜨렸을 감옥의 여자는, 임기의 애인이 아니었다. 그녀를 임기의 애인이라고 부를 수 있을지는 몰라도, 임기는 그녀의 애인이 아니었다. 그녀에게 임기는 서클에서 만난 후배일 뿐이었고, 세월이 흘러 찾아온 무덤 속에 잠들어 있는 애처로운 영혼일 뿐이었다.

 오빠는 서클에 가입한 적이 있다는 얘기를 아무에게도 하지 않았어요. 나한테도…… 같은 과 친구들까지도 몰랐죠. 그 사실을 아버지가 알았으면 가만히 안 있었을 거예요. 늘 그랬죠. 오빠는 아버지에게 억눌려서 자기 뜻대로 뭘 해본 적이 없었어요. 죽은 다음에도, 오빠가 그 무덤에 들어가고 싶었을까요? 임기의 병은 그래서 생긴 거라고 연기는 단정했다. 임기는 스스로도 서클 생활을 버텨내지 못했고, 나는 그래서 그의 병이 더 깊어졌을 거라고 추측했다. 임기는 서클에서 나왔고, 나왔다기보다는 더이상 들어가지 못했고, 그렇게 힘들어하는 후배가 걱정스러워 돕고자 했던 선배가 있었고, 그 선배가 여자였고…… 어느 날 그녀는 임기가 보는 앞에서 끌려가 감옥으로 갔고, 임기는 가지 않아도 될, 가서는 안 되었을 곳으로……

집으로, 아니 내가 집이라고는 부르지 않는 어떤 곳으로 돌아가는 길이었다. 퇴근시간이 훨씬 지났어도 길은 여전히 시원스레 뚫리지 않았고, 차가 멈출 때마다 나는 주머니에 들어있는 전화기를 만져보며 새로 저장된 번호가 주는 무게를 느꼈다. 그 언니 남편도 몇 달 전에 교통사고로 죽었대요. 그 말을 듣지 않았어도 내가 연기에게 그녀의 전화번호를 알고 싶다고 말했을까. 나는 까닭없이 그녀를 보고 싶어했던 날들을 까마득한 옛날처럼 떠올렸다. 내가 그녀에게 전화할 수 있을까. 너무 많은 시간이 흘러가버린 것이다.

나는 좀 피곤했다. 평온했던 내 일상의 틈을 비집고 들이닥친 한 남자의 죽음과 한 여자의 등장 앞에서, 나는 약간 기우뚱거리고 있었다. 어디서 술이라도 한잔 마신 뒤에 내 방으로 가고 싶었지만, 그것도 좀 귀찮은 일이었다. 기완이를 불러내서 술김에 녀석이 오경택과 옛날 사이로 돌아가야 하는 이유를 알게 해줄까. 하지만 나는 그에게 코디어의 죽음에 대해서조차 말하고 싶지 않을 것이다. 귀찮으니까. 내 조니 워커를 고이 보관해둔 단골 술집에 혼자 가서, 바텐더에게 선거 얘기나 떠들며 홀짝여볼까. 그래봐야 입만 아프지. 무엇보다도 나는 내 차를 남에게 맡기기가 싫은 것이다. 내 차를 남의 가게 앞에 두고 가는 것도 싫고.

　나는 오경택이 생각났다. 그 녀석도 대리운전을 절대로 안 시키지. 아직도 기사를 안 두고 손수 운전을 하는 데 대해 자세가 됐다고 칭찬하는 사람들이 있지만, 그건 아첨일 뿐이고 알 사람은 다 안다. 사업을 제대로 하려면 운전쯤은 남에게 맡길 수 있어야지. 다 못 믿어서 그러는 거야. 그런 생각을 하다가 나는 연기가 했던 말이 떠올랐다. 오빠와 닮았다는 느낌을 받곤 했어요. 그래, 한 가지 있긴 있구나. 대리운전 사절.

　하지만 나는 이내 고개를 흔들었다. 아니지, 내가 그 자식과 닮을 수야 있나. 나는 대리운전이 싫어서 음주운전을 감행하고, 오경택은 술이 깰 때까지 술을 더 안 마시지. 시간 봐서 잔을 엎을 수 있다는 건 정말 무서운 자제력이야. 바람을 피워도 딱 그 정도만, 들키지도 않고 절묘하게. 나는 흉내도 못 낼 거라니까. 그러니까 나는 술 마시고 모는 자동차처럼 위험한 지 인생, 지가 책임지지도 못하면서 남에게 책임져달라고도 못 하고…… 그러면서 꼴에 움켜쥐려고 기를 쓰기는…… 나는 얼른 다른 생각을 했다. 연기는 아까 저녁을 맛있게 먹었을까? 그것도 확인 못 했군. 제대로 하는 게 없어.

　나는 확실히 뒤틀려 있었다. 연기와 같이 있을 때는 몰랐는데, 차에 올라 시동을 걸면서부터 나는 내가 오래 전에 버린 것으로 알았던 빈정거림이, 나든 남이든 가리지 않고 과녁으로 삼아 고개를 치켜드는 것을 느낄 수 있었다. 큰길로 나와서부터는 길이 막혀 짜증이 난 거라고 핑계를 댈 수 있었지만, 어느덧 뻥뻥 뚫린 도로를 거칠 것 없이 달리면서도 나는 되살아난 내 냉소의 열기를 좀처럼 식힐 수가 없었다. 그것은 그만큼 오래 나를 떠나 있었던 어떤 느낌을 불러내고 있었다. 나는 목이 말랐다.

내가 사는 오피스텔 건물이 눈에 들어왔다. 이대로는 안 되겠다 싶어서, 나는 눈에 띄는 편의점 앞에 차를 세웠다. 내 방에 남은 술로는 모자라겠다는 생각이었다. 진열대에는 연기가 빛깔에 반했다는 포도주도 놓여 있었다. 한 병 집어들까 하다가 웬 청승이냐 싶어 외면하고 스카치 위스키를 한 병 골랐다. 요즘은 국산 위스키도 마실 만하지. 계산을 하는데 투명 아크릴 선반에 쌓인 각종 담배들이 눈에 들어왔다. 나는 문득 군대에서 피우던 은하수가 생각났다. 하지만 그 옛날 고리짝 물건이 아직도 살아 있을 리 없었다. 나는 조금 망설이다가, 일 년 가까이 끊어왔던 담배도 아무 걸로나 한 갑 샀다. 그만큼 끊었으면 다시 피울 때도 됐지, 뭐 그런 심사였다.

나는 방에 들어오자마자 담배를 피워물려고 했지만 라이터를 찾지 못해 허둥대다가 할 수 없이 가스 불로 붙이고는 식탁 앞에 앉아 술병을 따서 잔에 따르지도 않고 벌컥벌컥 들이켰다. 병째 마셔서 바닥을 볼 생각이었다. 하지만 첫 모금에 나는 이미 얼굴이 뜨거워져 있었고, 담배를 빨아댈 때마다 머리가 핑핑 돌았다. 설거지가 밀린 싱크대에 피우다 만 담배를 던져넣고 나서, 나는 술병을 옆구리에 낀 채 침대에 걸터앉았다. 리모컨을 집어들고 TV를 켰더니 와, 하는 함성이 들려왔다. 내가 응원하는 팀의 마무리 투수가 막 끝내기 홈런을 맞은 뒤였다. 채널을 바꿨더니 내가 좋아하는 뉴스 앵커가 참으로 어처구니없는 일이 아닐 수 없다며 안타까움을 금치 못하고 있었다. 나는 그 일이 무슨 일인지 알고 싶지 않아 리모컨의 파워 버튼을 필요

이상으로 세게 눌렀다. 누르면 켜지기도 하고 꺼지기도 하는 그 물건이 새삼스레 신기하다고 느꼈던 것도 같고……

전기가 통하지 않아 까맣게 죽어 있는 TV 모니터를 바라보고 있는데, 일전에 뉴스 화면에 잡혔던 코디어의 모습이 떠올랐다. 그 자식은 얼마 뒤면 죽을 녀석이 뭐가 좋아서 그렇게 히죽히죽댔을까. 나는 술병의 마개를 열고 다시 한 모금을 마셨다. 비로소 가슴속에 타올랐던 갈증이 가라앉는 느낌이었다. 나는 한 모금 더 마신 뒤에 술병을 바닥에 내려놓고 침대 위에 엎드렸다. 언제 잠이 들었는지는 나도 모르고, 나는 기억날 아무런 꿈도 꾸지 않았다.

아주 특별한 하루

아침이 밝아오고 있었다. 비교적 맑은 하늘이었다. 나는 창가에 서서 기지개를 한 번 켜보며, 겨울이면 회사에 나와 아침을 맞는 이 생활에도 제법 이력이 붙었다는 생각을 했다. 오늘은 꽤 여유가 있었지. 여느 날보다 한 시간 일찍 잠에서 깬 나는 오랜만에 푹 잤다는 개운한 느낌이었다. 오래 잤으니까. 나는 누구 봐줄 사람도 없는 웃음을 흘리며 화장실로 가려다 말고, 내 몸을 씻기 전에 밀린 설거지부터 해치우고 싶어져서 앞치마를 둘렀다. 설거지통에는 꽁초라고 하기에는 너무 길다란 담배 하나가 물에 젖어 누렇게 색이 변한 채 떠 있었다. 담배를 건져서 쓰레기통에 버리려는데 식탁 위에 거칠게 뜯겨 놓인 담뱃갑이 보였다. 나는 그것도 함께 쓰레기통에 집어넣으려다가, 필요할 때가 또 있겠거니 싶어 서랍에 넣어두었다. 설거지를 마치고 내친 김에 어질러져 있는 방까지 치우기로 마음먹었다. 치우다보니 시간이 너무 오래 걸릴 것 같아 대충 안 보이게 쑤셔넣는 것

으로 청소를 마감했다. 나는 몇 모금 안 댄 술병의 마개를 열어둔 채
로 잠든 것을 후회했다. 알코올이 날아갈 만큼 날아가서 이미 술이라
할 수 없는 술을 미련없이 하수구로 흘려보내고 나서도, 시간은 남아
돌았다. 오랜만에 아침 식탁을 차려볼까 하고 냉장고를 열었다. 절인
고등어 같은 알뜰한 찬거리가 들어 있었다 해도, 쌀을 씻어 안칠 의
욕까지는 생기지 않았을 것이고…… 나는 냉동실에 베이컨이 남아
있나 따져보며 계란 두 개를 집으려다가, 군대 시절 즐겨 고르던 아
침 메뉴를 아직도 고집한다는 생각이 들어 반사적으로 냉장고를 닫
았다. 대신 느긋하게 샤워하고 면도하고…… 다행히 다림질된 와이
셔츠가 한 벌 남아 있어서, 나는 금세 말쑥한 차림으로 거울 앞에 설
수 있었다. 평소대로 커피 한 잔 마시고 방을 나서는데 알람 소리가
울렸다. 그냥 두고 방을 나온 나는 주차장에서 차를 꺼내 가로등 불
빛 환한 거리로 나왔다. 나는 그런대로 기분이 괜찮았다. 지난밤 나
를 지배했던 느낌들이 아직은 내 가슴 언저리에 남아 있는 듯하기는
했지만, 곧 씻은 듯이 사라지리라 자신할 수 있었다. 신호등에 걸릴
때마다 습관처럼 주머니 속의 전화기를 만지작거리면서도, 나는 별
다른 느낌이 들지 않았다. 그녀에게 전화할 일이 있을까. 오랜 시간
이 흐르지 않아 다 잊고 살게 될 것이다…… 신호등 말고는 걸리는
것 없는 도로를 쌩쌩 달려 회사 앞에 도착했을 때까지도, 하늘은 검
은 장막을 걷지 않고 있었다. 주차장이 있는 지하로 접어드느라 차가
앞으로 기울었다. 나는 그 지점을 통과할 때마다 내 몸에 전달되는
익숙한 느낌이 정다웠다. 사무실 문을 열고 불을 켜려다가 어둠 속을
더듬어 내 자리로 걸어갔다. 그리 어려운 일이 아니었다. 컴퓨터 모

니터가 밝아지자 주변의 사물들이 나를 포근하게 둘러쌌다. 가끔 이래보는 것도 괜찮겠다는 생각이 들었다. 바탕화면으로 깔아놓은 고흐의 그림이 유난히 위태로워 보였다. 바꿀 때도 됐어. 다른 그림을 찾기 위해 마우스를 움직이며, 내 생각은 잠깐 그 불안하면서도 따뜻한 그림의 제목에 머물렀다. 빈센트의 방…… 바탕화면 바꾸는 일을 나중으로 미루고, 나는 온종일 해야 할 일들의 목록을 챙기기 시작했다. 여러 화면들을 불러오는 가운데 하루분의 시간표가 완성됐고, 그 사이에 사무실 안이 희부옇게 밝아 있었다. 집에 다녀왔습니다. 부하직원이 농담으로 인사를 대신했다. 신혼여행에서 돌아온 지 며칠 안 되는 녀석이었다. 나는 웃으면서, 다녀올 집이라도 있는 걸 다행으로 알라고 말했다. 나는 자리에서 일어나 어둠이 걷혀가는 창 밖의 하늘을 올려다봤다. 계획대로 진행될 내 하루의 시간들이 점점 다가오고 있는 게 느껴졌다. 그렇게 새로운 아침은 밝아오고 있었고…… 그렇게 빨리, 나는 잠시 동안 나에게서 떠나 있던 일상의 평온함을 되찾고 있었다.

강을 건너보는 게 얼마 만인가. 다리 위를 천천히 구르는 차 안에서 내다본 강물은 흐름을 멈춘 듯 잔잔했다. 직장에 이어 거주지까지 강의 남쪽으로 옮긴 뒤부터는, 도시를 관통하는 이 사연 많은 강이 존재한다는 사실마저 잊고 살아온 것 같은 느낌이었다. 그나저나 회사로 들어가서 급한 일은 처리하고 나올걸 그랬나. 그렇게 서두를 이유는 없었는데. 그런 생각을 하다 말고 나는 코디어의 얼굴이 떠올라서 입술을 깨물었다.

예정에 없던 확대 간부회의가 길어지는 바람에 실장과 둘이서 늦은 점심을 먹고 있을 때였다. 빈센트 코디어라는 미국인을 아십니까? 자신을 경찰이라고 밝힌 전화 속의 남자는 나에게 의아해할 틈도 주지 않고 그렇게 물었다. 코디어의 완전한 이름이 생소하게 들려서였을까, 나는 분명히 알아들었음에도 불구하고 네? 누구요? 하고 되물었다. 모를 수 없는 이름이 다시 한번 내 귀를 파고들었고, 나는 이제야 기억난다는 듯이 아는 사람이라고 대답했다. 어떤 사이였습니까? 그 과거형의 질문으로 코디어의 죽음이 확정된 느낌이었다. 나는 머뭇거리다가 군대 동료였다고 대답했다. 아, 미군부대에서 근무하셨군요. 코디어의 신원은 밝혀진 모양이었다. 빈센트 코디어……씨가 사망했습니다. 나는 알고 있다고 말할 수도 없고 어떻게 죽었냐고 물을 수도 없어서 가만히 있었다. 정확한 사인이 곧 밝혀지겠지만, 아마도 동사일 것으로 추정됩니다. 나는 겨우, 어쩌다가…… 하고는 말끝을 흐렸다. 간단한 참고인 진술이 필요합니다. 서울역 건너편에 있는 경찰서였다. 나는 왜 거기일까 생각하며 전화기를 닫았다.

전화를 끊고 나서야 나는 경찰이 어떻게 알고 전화했을까 궁금해졌다. 연기를 통해 알았다면, 처음부터 그렇게 묻지는 않았을 테고 내가 코디어의 죽음을 안다는 것도 이미 알고 있었을 텐데…… 하긴 상대는 경찰이었다. 경찰에게 내 전화번호를 어떻게 알아냈냐고 묻는 것처럼 싱거운 짓이 또 있을까. 그러고 있는데 실장이 생각에 잠겨 있던 나를 깨웠다. 무슨 전화길래 그렇게 심각해? 나는 무심결에 친구가 죽었다고 대답했다. 실장이 얼굴을 찡그리며 안타까워했다.

어쩌다가? 나는 얼어 죽었다고 말할 수 없어서 둘러댔다. 그냥……
과로사래요. 실장은 남 일이 아니라며 혀를 끌끌 찼다. 군대 동기였
나본데, 아직도 연락이 되는 거 보니 보통 친했던 사이가 아닌가봐?
카츄샤들 전우애가 대단하군그래. 나는 갑자기 더 자리에 앉아 있고
싶지가 않아졌다. 실장님, 제가 일찍 좀 가봐야 할 것 같습니다. 그
친구가 혈혈단신이라서…… 그래? 정말 불쌍한 친구군. 그럼 어서
가봐야지. 실장은 그렇게 말하고 나서 몇 가지 업무에 대해 확인했
다. 나는 그 시간이 너무 길다고 느꼈다.

오늘은 좀 특별한 날이야. 생전 안 하던 조퇴를 다 해보고…… 뭐,
친구가 죽은 것은 사실이니까. 경찰서를 나서면서 나는, 외근 나온
것도 아닌데 그 시간에 회사 아닌 곳에 있다는 게 좀 머쓱해졌다. 회
사로 다시 들어갈까? 급한 일만 처리해놓고 일단 돌아왔다고 하면,
실장 빼고는 다들 내가 싫겠지? 볼일을 너무 일찍 마쳐서, 그렇게 하
기도 마땅치 않은 시간이었다. 나에게는 조사에 참고가 될 만한 진술
거리가 별로 없었고, 상대도 나로부터 뭘 더 알아야겠다는 의지가 있
어 보이지 않았다. 오히려 얻어들은 쪽은 나였고, 그래서 나는……
그래, 잠시 혼자만의 시간을 가져보는 것도 괜찮겠지. 특별한 날이었
고, 그러니 내 기분도 조금은 특별해질 필요가 있었다. 어디로 갈까.
나는 내 차를 향해 걸어가면서 큰길 건너편의 광장을 바라봤다. 둥근
지붕의 낯익은 역사가 눈에 들어왔다. 나는 뭔가 특별한 느낌으로 심
장을 쪼아대야만 할 것 같았다.
코디어가 죽은 직접적인 원인은 약물 과다 복용에 의한 심장마비

였다. 혹시 루비킹이라고 들어보셨나요? 들어보니 그것은 약국에서
도 파는 일종의 진해거담제였다. 진짜 마약에 비하면 거저나 다름없
으니까, 특히 애들이 많이 합니다. 한 백 알쯤 먹으면 뇌에 이상이 오
고…… 그 말을 들으면서 나는 왜 고개를 끄덕였을까. 보통의 중독
증세는, 보고 싶은 환각을 본다거나 헛소리를 해대는 정도라고 했다.
나는 촛불을 든 채 히죽히죽 웃고 있던 코디어의 얼굴을 떠올렸다.
내가 마지막으로 본 코디어의 모습.

마지막으로 본 게 언제였습니까? 구 년 전의 만남이 어제 일처럼
선명했지만, 나는 기억을 더듬어보는 척했다. 형사는 카페 전인권을
알아듣지 못하더니, 내 설명을 듣고는 의외로 아는 척을 했다. 아, 그
사람 사인이 적힌 종이도 나왔는데, 팬이었나보군요. 나는 코디어와
왜 만났고 어떻게 만났고 만나서 무슨 얘기를 나눴는지에 대해서는,
요령 있게 이해시킬 자신이 없어서 기억나지 않는다는 대답으로 일
관했다. 장소만 기억하시는군요. 형사는 더이상 묻지 않았고, 내 시
간을 뺏는 것에 대해 미안해했다. 미국 대사관측에서 철저한 사인 규
명을 요구하니 저희도 어쩔 수 없이…… 요즘 분위기도 그렇고 해서
말입니다.

경찰은 아직 코디어와 임기의 관계를 모르고 있었지만, 곧 알게 될
것이므로, 내가 나서서 미대사관에 협조할 이유는 없었다. 경찰은 타
살의 가능성은 제로이고 자살의 가능성은 충분한 한 외국인 부랑자
의 죽음에 대해, 조사를 서둘러 매듭짓는 것 이외의 관심을 가지고
있지는 않은 듯했다. 그나마 도움이 되기에는 내가 코디어를 마지막
으로 본 게 너무 오래 전 일이었다. 형사는 어쩔 수 없이 할 만큼은

했다는 듯 나머지 대화를 여담으로 돌리기 원했다. 직장을 여러 군데 옮기셨더군요. 따라잡느라 힘들었습니다. 나는 웃어주면서, 보관함을 찾아낸 것에 비하면 일도 아니었겠다는 말로 그를 도왔다.

그렇게 코디어에 관한 나의 참고인 진술은, 미군 헌병대에서의 그 것보다도 손쉬운 일이었다. 코디어가 죽은 장소와 시간을 전해 들었을 때의 표정 관리가 조금 힘들었을 뿐, 나머지 과정은 형식적인 조사에 걸맞도록 매끄러워서, 내 궁금증도 저절로 풀렸을 정도였다. 처음에 인사를 나누고 나서 형사는 나에게 명함 한 장을 건넸다. 오래된 듯 색은 바랬지만 네 귀퉁이가 멀쩡한 명함에는, 내 이름이 박혀있었다. 내 첫 직장이었던 잡지사에서 내준, 내 첫 명함. 쓸모 없게 된 여권 갈피에 아주 얌전히 간직되어 있더군요. 코디어의 낡은 여권은 가방에서 발견됐고, 지퍼가 고장난 그 가방은 관내 보관함에 들어 있었다. 나는 그 명함에 의지해 나를 불러냈을 여인숙 시절의 코디어를 생각했다. 그리고 형사와의 대화가 이어지는 동안, 나는 끊임없이 코디어를 생각했다. 어쩔 수 없이…… 조사를 받든 여담을 나누든, 그것은 코디어에 관한 것이 아닐 수 없었으므로.

인디언을 좋아했나보죠? 형사가 여담 중에 꺼낸 말이었다. 나는 전화로 코디어의 이름을 들었을 때와 비슷한 반응을 보였다. 가방에 인디언에 관한 책이 두 권 들어 있었습니다. 나는 가본 적도 없는 요세미티의 인디언 마을이 생각났다. 영어로 된 책이었나요? 아니오, 둘 다 번역된 거던데, 우리말을 잘했나봐요? 나는 그랬을 거라고 대답했다. 오래 살았으니까요. 나는 미아의 우체국에서 나온 코디어가 또 살아내야 했던 이 땅에서의 세월을 헤아려봤다. 제목이 뭐였습니까? 나는 경찰을 취재하는 기자나 된 듯 묻고 있었다. 하나는…… 나를 어디에 묻어달라, 그런 제목이었는데 깨끗한 새 책이었고, 나머지 하나는 확실히 기억납니다. 돌아온 인디언. 그 책을 열심히 읽었더군요. 밑줄까지 쳐가면서. 나는 또 물었다. 가방 안에 또 뭐가 있던가요? 뭐, 옷가지들하고 세면도구를 제외하면, 이름이 무슨 꽃이었는데…… 하여간 노래 테이프가 하나 있었고…… 그게 전부였습니다. 나는 혹시 영어 단어들로 채워진 수첩은 없었냐고 묻고 싶었다. 아, 하나 더 있군요. 선생님 명함하고 아까 그 가수의 사인이 적힌 종이와 함께, 두 장짜리 기차표가 꽂혀 있었습니다. 나는 계속 이어지는 그의 말을 듣고만 있었다. 누구랑 같이, 근무했던 부대에 찾아갈 생각이었나본데…… 왜 못 갔을까요? 십 년도 더 지난 걸 버리지도 않고……

　그게 전부였다. 코디어가 남기고 간 것들은…… 쓸모 없는 여권과 쓸모 없어진 명함과 쓸모가 분명치 않은 두 권의 책, 경찰이 쓸모 없어서 기억도 못 하는 들국화의 노래와 쓸모를 따질 것이 아닌 전인권의 사인, 그리고…… 본래의 쓸모로도 쓰이지 못한 기차표 두 장. 나는 기차표를 미리 구해놓기 위해 코디어가 해야 했던 약속이 무엇인지 알지 못한다. 아마도 그것 때문에, 두 장의 노란 종이는 제대로 쓰이지도 못한 채 무용지물로 남게 되었을 거라는 짐작을 할 수 있을 뿐. 그러다보니, 촛불 밝힌 외국인들 틈에 멋모르고 끼어들어 뜻없는 웃음을 흘리게 되면서까지, 코디어는 이 땅을 떠나지 못하게 되었을 거라는…… 그리고 이제 떠나 다시 돌아올 수 없게 되었다는…… 하지만 그게 전부였을까. 코디어가 제 나라로 돌아가지 못한 까닭이, 그를 돌아가지 못하게 한 약속이…… 나는 점선으로 붙어 포개어져 있었을 두 장의 기차표를 자꾸 그려보고 있었다.

나는 특별히 갈 곳이 더 없어서 그냥 길 위에 있었다. 그전에 나는 커피를 한 잔 마셨고 서점에 가서 책 구경을 했고, 아무래도 낯익은 풍경이 편할 것 같아서 강을 건넜다. 차를 몰고 경찰서를 벗어난 나는 빙 돌아서 건너편 기차역으로 갔고, 역사 안의 그릴을 찾아 들어갔다. 자리에 앉자마자, 오래 있을 만한 곳이 못 된다는 것을 알았고, 거기서 긴 시간을 보내려 했던 생각을 버렸다. 서둘러 커피잔을 비우고 있는데, 언젠가 막연히 던져봤던 질문이 실감나게 다시 솟았다. 여기서 미아는 코디어를 몇 시간이나 기다렸을까.

서점에 즐비한 서가들을 기웃거리다가, 나는 형사가 말해준 책을 찾고 있는 나를 발견했다. 나는 직원의 도움을 받아 책 한 권을 손에 쥐었다. 나를 운디드니에 묻어주오…… 붉은 색조의 표지에 젊은 인디언 남자가 앉아 있는 그 책에는, ‘미국 인디언 멸망사’라는 부제가 붙어 있었다. 코디어가 이 책을 읽을 수 있었을까. 나는 목차가 적혀 있는 페이지를 펼쳤다. 그들의 태도는 예의 바르고 훌륭하다…… 이 책을 읽지 못했더라도, 코디어는 죽기 전에 다시금 자신이 인디언이 라고 자랑할 수 있게 되었을까. 좋은 인디언은 죽은 인디언이다…… 그 문장까지 읽은 나는 책을 덮어 서가에 도로 꽂았다. 그리고 다시 직원에게 다가가 ‘돌아온 인디언’을 찾아달라고 부탁했다. 컴퓨터로 목록을 뒤지던 직원이 그 책은 절판되었다고 말했다. 어떤 내용인지 알 수 있겠습니까? 직원은 나를 인터넷이 연결된 컴퓨터로 안내했다. 찾아보니 그 책이 나온 것은 구 년 전이었다. 나는 줄거리를 읽다가 웃음이 나와서 눈가를 매만졌다. 위기에 처한 인디언 마을을 구하기 위해 돌아온 꼬마 인디언. 개구쟁이 소년이 마법의 힘으로 이백 년 전으로 거슬러가고……

나는 계속 길 위에 있었다. 방금 전에 경찰이 없는 것을 확인하고 노란 선을 넘어, 오던 방향으로 차를 돌렸다. 그쪽에 급히 가야 할 곳이 있어서 그런 것은 아니었다. 신호등이 이끄는 대로 직진과 좌회전과 우회전을 거듭하며, 불법 유턴을 해서라도 차가 멈춰 있는 시간을 줄이는 것만이 목적이라는 듯, 나는 목적지 없는 운전에 열중하고 있었다. 열중하고 싶었다. 회사로 돌아가도 될 만한 시간이었지만, 나는 이제 그러고 싶지가 않았다. 친구의 죽음이 새삼 슬퍼져서가 아니라, 친구가 누구냐고 어떻게 죽었냐고 캐물을 게 뻔한 몇몇 화상들이 귀찮아서.

코디어는 내 친구였을까. 신비한 마법의 힘을 지닌 인디언 친구. 그는 왜 능력을 제대로 발휘하지도 못한 채 약 기운에 의존해 살았고 또 죽었을까. 그 능력이란 게 바로 약발이었을지도 몰라. 그런 실없는 생각 말고는 코디어에 대해 생각할 것도 별로 없었다. 군대에서 우리는 친하게 지냈고, 그때는 정말 많이 친했지만, 그때가 언젠데…… 제대한 뒤로 나는 그를 딱 세 번 만났을 뿐이다. 겨우 그런 사이였을 뿐이었다. 만나서 덕을 본 것도 없고, 만날 때마다 내 인생이 피곤하기만 했지…… 가끔 보고 싶기는 했지만, 그럴 때는 나타나지도 않고…… 그나마 이제 더이상 마주칠 수도 없는……

친구는 무슨 얼어죽을…… 진짜 얼어 죽었군. 죽고 나서 얼었든지. 알 게 뭐야. 나는 내 속에서 뭐가 도지려 하는지 알 수 있었다. 그래서 별로 할 것도 없는 코디어 생각을 하지 않으려고 애썼다. 하지만 내가 코디어 생각 말고 다른 생각을 한다는 것은 쉬운 일이 아니었다. 나는 아무 생각도 하지 않기 위해 운전에만 집중하려 애썼지만, 빌어먹을…… 운전은 집중하지 않아도 저절로 되고 있었다. 지가 운전을 했으면 얼마나 했다고……

나는 운전보다도 내 마음의 움직임에 더 조심할 필요가 있었다. 전날 밤 같은 상태가 되고 싶지는 않았다. 조심조심…… 실없는 생각일지라도 코디어를 물리치지 않는 것이 내 마음을 진정시키는 길이라고 나는 판단했다. 그래, 판단하자. 잘 되지도 않는데 자꾸 뭘 느끼려 하지 말고, 판단을 내려야지. 건조한 마음으로, 쉽게 쉽게…… 하지만 나는 코디어에 대해 어렵게라도 어떤 판단을 내릴 만큼 아는 게 없었다. 무슨 짓을 하고 돌아다녔는지…… 조무래기 패거리와 엮인 거는 같은데, 혼자 지낸 때도 있었던 것 같고, 그뒤에는 또 어떻게 됐을까? 그리고 또 그 해괴한 출현들은 다 뭐야? 무덤에, 카페에, 우체국에, 또 무덤에…… 불쑥불쑥 나타나지만 않았어도, 내가 이 시간에 이렇게 거리를 헤매고 다녀야 할 이유가 없잖아. 뭐? 진해거담제라고? 뒈지는 방법도 참 여러 가지구나. 그래, 가는 마당에 기관지는 깨끗이 청소가 돼서 기분이 날아갈 것 같더냐. 이 망할 놈의 인디언 자식아……

역시 어려운 일이었다. 나는 신호등이 바뀌었는데도 꾸물대고 있는 앞 차에 대고 필요 이상으로 길게 빵빵거렸다. 깜빡이도 켜지 않고 끼어드는 외제 스포츠카를 향해 욕을 퍼부으면서, 내가 제일 싫어하는 하이 빔 쏘는 짓을 가까스로 참았다. 갈 길이 바쁜 것도 아니면서…… 그렇군, 바쁠 게 하나도 없잖아. 나는 음악을 듣는 게 좋겠다는 생각을 했다. 여태까지 왜 그 생각을 못 했지? 그런 것은 생각해서 될 게 아니니까. 벌써 차 안에는 나도 모르게 음악이 흐르고 있었어야지. 하지만 오늘같이 특별한 날에 그 정도 불찰이야…… 나는 시디 케이스를 열려다 말고, 남이 틀어주는 대로 듣는 게 좋겠다는 생각을 했다. 라디오를 켰더니 내가 좋아하는 디제이가 특유의 웃음소리와 함께 걸걸한 목소리를 거침없이 내보내고 있었다. 나는 기분이 좀 좋아지는 느낌이었다. 그리고 노래가 흘러나오기 시작했다. I want love…… But it's impossible…… A man like me…… so irresponsible…… 내가 좋아하는 엘튼 존이, 나 같은 사람은, 너무 무책임해서, 사랑을 원해도, 그건 불가능하다고, 얼버무리지 않는 분명한 발음으로, 나를 씹어대고 있었다.

나 같은 사람은…… 남들이 활개치는 곳에서 무기력해…… 빈 구멍을 꽉 채우는 사랑을 할 수가 없어…… 아무것도 느끼지 못하고…… 난 그저 추울 뿐이야…… 아무것도 느끼지 못하고…… 오래된 상처가 내 마음을 둘러싸고 단단해질 뿐…… 하지만 난 사랑을 원해…… 단지 다른 종류이기만 하다면…… 내가 원하는 사랑은…… 나를 억누르지도 않고…… 내 숨을 틀어막지도 않고…… 울타리에 나를 가두지도 않을 그런…… 나란 인간은 쓸데없이 많은 짐을 짊어지고…… 젠장 차들은 왜 그리도 많이 다니는지……

나는 길가에 차를 세워놓고 노래를 계속 들었다. 난 멍투성이야…… 나에게 때묻지 않고 반들반들한 사랑을 줄 생각은 마…… 더 거친 사랑을 할 준비가 되어 있다구…… 달콤한 로맨스는 지겨워서 싫어…… 난 사랑을 원해…… 나는 길 위에 갇혀버린 느낌이었고, 빠져나가려면 어디론가 가는 길밖에 없다는 것을 알았다. 이렇게 특별한 날을 혼자 보낸다는 것은 너무 무책임한 처신이었고, 하지만 내가 만나온 많은 사람들은 지겨워서 싫었다. 나는 좀 다른 종류의 만남을 원해야 한다고 스스로에게 주문했다. 내가 원하는 사람은…… 나는 마음의 준비를 끝냈지만, 외운 줄 알았던 그녀의 이름이 얼른 떠오르지 않았다. 나는 내 전화기에 들어 있는 이름들을 하나하나 확인하기 시작했다.

들국화였다. 전화로 그녀의 가게 이름을 듣고 난 다음부터, 나는 코디어를 생각해도 견딜 만했고, 그 생각이 미아를 불러와도 거북하지 않았다. 그러다가도 내 가슴 한쪽이 묵직해지거나 허전해지려 할 때마다, 들국화의 노래를 부르던 두 사람의 모습을 떠올리며, 나는 다시 강을 건너 그녀에게 갔다. 노란 글씨의 '들국화'가 꽃잎처럼 붙어 있는 아담한 레코드 가게였다. 안에서는 두 여자가 박스에 담긴 음반들을 꺼내 진열하고 있었고, 내 나이만큼 들어 보이는 한 여자가 그녀임을 알아보는 것은 어려운 일이 아니었다. 문을 열고 들어서서 그녀에게 다가간 나는, 아까 전화로…… 하고 나서, 임기와 연기 중에 누구 이름을 댈까 잠깐 망설였다. 그녀가 활짝 웃는 얼굴에 어울리는 목소리로 내 말의 빈자리를 대신 채웠다. 이상현씨?
그녀는 내가 원하는 만큼 많은 시간을 내줄 수 없었다. 우리는 짧은 저녁식사를 함께 한 후에 헤어졌다. 나는 그녀가 감옥을 나온 뒤 살아온 날들에 대해 묻지 않았고, 그녀는 감옥에 들어가기 전에 살았던 날들에 대해서도 말하지 않았다. 무슨 말을 하고 싶거나 무슨 얘기가 듣고 싶어서 그녀에게 간 것이 아니었기에, 나는 말없이 흘러가는 시간들이 아깝지 않았다. 우리는 짧은 시간 동안 간간이 음악에 대해서 얘기했고, 선거에 대해서도 얘기했다. 같은 후보를 지지한다는 이유만으로도, 그 특별한 날을 보내고 있는 나에게는, 그녀가 같이 있어도 좋을 만한 사람이었다. 그리고……

　가게 이름이 좋아요. 이 말만큼은 처음부터 하고 싶었던 말이었다. 그녀가 물었다. 들국화를 좋아하시나요? 어떻게 말해야 내가 얼마나 좋아하는지 알게 할 수 있을까. 많이 좋아하죠. 그녀는 아스라한 표정이 되어 말했다. 저는 임기 때문에 들국화를 좋아하게 됐어요. 그녀석 얘기가 전혀 안 나올 수는 없는 자리였다. 임기가 휴가 나가서 한 일은 감옥에 있는 그녀에게 편지 쓰는 게 전부였던 것 같았다. 편지에 군대 사람들 얘기가 많았어요. 그중에 들국화에 미친 사람이 하나 있다고…… 혹시? 아니라고 하지 않는 나를 향해, 그녀는 처음 봤을 때처럼 환하게 웃었다. 바깥세상에 나오자마자 들국화를 샀어요. 누군가가 미치도록 좋아하는 음악을 꼭 들어보고 싶었죠. 나는 그때 왜 그랬는지 모르겠다고, 혼자 쇼를 하고 다녔다고 말했다. 누구나 그런 게 있을 거예요. 어떻게든 겪어내야 했던 거겠죠. 나는 그렇게 말하는 그녀에게 뭐든 나에 관한 얘기를 하고 싶어졌다. 대학 다닐 때 잔디 덮인 광장에 성냥불을 던져본 적이 있어요. 전날 나는 한 친구가 끌려가는 모습을 꼼짝 못 하고 지켜봐야 했다. 불이 그렇게 빠른 속도로 번질 줄 몰랐어요. 돌을 던진 연못에 파문이 퍼져가는 것처럼, 잔디밭은 삽시간에 검게 그을려갔다. 불을 끄지 않고 도망가다가 학교 직원들에게 붙잡혔죠. 나는 교문 앞에서부터 대학 본부까지 멱살을 붙들린 채 끌려갔다. 늦은 오후였고, 학교를 떠나는 사람들이 떼를 지어 내려오고 있었다. 고의로 불을 지른 게 아니라고 우겼지만, 전 알고 있었죠. 난 느낄 수 있었다. 내 손을 떠난 불이 마른 잔디를 확 사르기 시작한 순간 온몸을 감쌌던 이상한 열기. 저를 도망가게 한 건 쫓아오는 사람들이었을까요, 무섭게 타들어가는 불길이었을까요? 그녀는 듣고 나서 가만히 있더니 나에게 물었다. 우리…… 좋아해요? 나는 그녀가 뭘 묻는지 알 수 없어 가만히 있었다. 들국화 노래요. 우리……

다시, 나는 길 위에 있었다. 다시 한번 강을 건너기 위해, 차들이 꾸역꾸역 몰려드는 다리의 진입로 앞에서 가다 서기를 반복하고 있었다. 태양은 숨어버린 지 오래였고, 강을 네 번씩 건너야 할 만큼 특별한 하루가, 그렇게 변함없이 어둠 속에 묻혀 있었다. 나는 음악을 듣고 있지 않았다. 옆자리에는 그녀가 준 들국화의 시디가 놓여 있었지만, 듣기 전에 꼭 해야 할 일이 있기라도 한 것처럼, 비닐 커버만 벗겨놓은 채 선뜻 알맹이를 꺼내지 못하고 있었다. 그래, 3집도 나왔지. 카페 전인권의 멤버들이 낸 그 앨범을 이제야 곁에 두게 되었을 만큼, 나는 들국화에게서 멀어져 있었다. 그게 아니라면, 나의 들국화는 오직 처음의 들국화에서 멈춰버린 것이 아닐까. 내가 모르는 들국화의 노래가 있다고 생각하니 좀 겸연쩍은 기분이 되어, 나는 그녀

가 좋아한다는 가사들을 속으로 되뇌어 보기만 하고 있었다. 움츠리
고…… 달래며……

　나는 그녀에게 간 것을 후회하고 있었다. 다른 날, 그녀가 더 많은
시간을 나와 함께 보낼 수 있는 날까지 기다리지 못한 나를 나무라고
있었다. 그녀에게 좀더 많은 것을 물어봐도 괜찮았을 텐데…… 어두
웠고 힘들었을 과거는 그녀만의 추억으로 남겨두더라도, 그녀의 현
재에 대해, 움츠린 것들을 좋아한다는 그녀가 또 좋아하는 다른 것들
에 대해…… 물어볼 게 생각나지 않으면 나에 대해, 특별할 것 없는
나의 생활에 대해 말하는 것도 나쁘지 않았을 텐데…… 그리고 또
뭐가 있을까. 스파링하다 죽은 그녀의 오빠에 대해 묻기는 좀 그렇
고…… 그렇지, 코디어에 대해 그녀에게 얘기할 수 있지 않았을까.
다른 누구와도 나누고 싶지 않은 그 얼치기 인디언 녀석에 관한 얘기
를, 그녀에게는 들려줘도 좋았을 텐데…… 그러면 혹시 그녀가 자기
도 아는 사람이라고 반기지는 않았을까 몰라. 설령 임기가 그녀에게
쓴 편지에서 코디어 얘기를 하지 않았더라도…… 나는 어느 날 코디
어가 그녀의 가게 들국화의 문을 열고 성큼성큼 그녀에게 다가가서
캥, 하고 짖는 모습을 상상했다. 우리 같이 캥을 보러 가요……

　앞쪽에서 사고가 났는지 차는 다리 중간에서 꼼짝도 못 하고 있었
다. 나는 다시 코디어 생각으로 돌아왔지만, 기분이 가라앉거나 조바
심이 일지는 않았다. 주머니 속의 전화기를 매만지면서 그녀와의 다
음 만남을 그려보다가, 나는 코디어가 나타났던 순간들이 생각났다.
그때마다 그는 혼자였고, 혼자만의 힘으로 우리를 찾아왔다는 생각.
임기의 무덤으로, 카페 전인권으로, 미아의 우체국으로…… 왜 그때

뿐이었을까? 가끔씩 떠올려보던 그 의문이 다시 고개를 들었고, 나는 어떤 답이든 구하지 않으면 그 생각을 그만두지 못하게 될 것 같았다. 코디어는 왜 자신의 이상한 힘을 아무 때나 자유자재로 쓸 수 없었을까. 마치 잔뜩 움츠리고 있다가 한 번씩 펴지는 공작의 날개처럼…… 코디어의 힘은 그런 것이었을까. 수도꼭지에서 똑똑 떨어지는 물방울이 고여 넘치듯, 그가 속으로 꾹꾹 눌러쌓고 있던 어떤 갈망이 가장 절박해지는 순간, 자기도 모르게 휩싸이게 되는 그런 기운이었을까.

나는 서울역 지하도의 보관함과 그 안에 들어 있었다는 코디어의 낡은 가방, 그리고 그 속에 간직해두었던 오래되고 쓸모 없는 종이쪽들이 차례대로 떠올랐다. 내가 여인숙에서 도망치듯 빠져나오던 순간이 뒷덜미를 당겼고, 길거리에서 기약 없이 멀어지던 코디어의 뒷모습도 눈에 밟혔다. 힘없는 발걸음으로 우체국에서 나오는 코디어의 모습과, 무덤에 기대어 평온한 얼굴로 잠들어 있는 그의 주검까지…… 코디어는 스스로 목숨을 끊었을까. 나는 고개를 흔들었다. 기다렸겠지. 오래 기다리려면 많은 약이 필요했겠지. 기다린 것이 아니었다면, 죽을 곳을 찾아간 것이었다면…… 그랬다면 코디어는 가방을 품에 끌어안고 죽어 있었을 거라는 생각을, 나는 하고 있었다.

앞차가 조금씩 움직이기 시작했고, 그것이 신호이기라도 하듯 나는 옆자리에서 내 손길을 기다리던 들국화를 꺼내 데크 속으로 집어넣었다. 나는 여전히 그녀에게 명함 한 장 불쑥 건네고 돌아선 것을 후회하고 있었다. 그녀를 다음에 만나면, 들국화가 다시 무대에 설

때를 같이 기다리자는, 기다렸다가 같이 보러 가자는 약속을 할까. 그런 생각을 하면서 나는 오디오의 볼륨을 한껏 올리고 잠깐 숨을 죽였다. 단순한 연주의 어쿠스틱 기타 소리가 차 안을 가득 채우며 흘러나오기 시작했다. 그리고 전인권의 목소리…… 그대 가슴속에 숨었던…… 파란 싹들 다시 돋아나고…… 가사를 새겨들을 틈도 없이, 나는 너무도 오래 못 들었던 그 목소리에 가슴이 뭉클해서 눈물이 날 것 같았다. 코디어는 이 노래를 들어봤을까? 그 파란 눈의 내 친구와 함께 이 노래를 들을 수 있는 방법을 도무지 찾을 수가 없는 것이다. 기댈 곳 없었던 그대…… 사랑 그대 곁에 피어날 때 우리…… 처음 듣는데도 이미 오래 전부터 들어왔던 것 같은 멜로디가, 잘 맞는 옷처럼 내 몸을 감싸는 느낌. 다리 위의 길은 다시 막히고 있었지만, 나는 그렇게 강물이 보이는 허공에 떠서, 그 노래를 몇 번이고 되풀이해 다시 듣고 싶었다. 오월의 날개를 움츠리고…… 시월의 가슴으로 서로 달래며…… 바라고…… 바라던…… 자유로 숨쉬고 싶었던…… 우리……

언제나 들국화처럼

2002년 가을에 이 소설을 쓰기 시작했다. 첫 소설을 어떤 공모에 보내놓고 결과를 기다리던 때였다. 놀면 뭐 하냐는 생각이었다고 말해도 괜찮을지…… 뭐든 쓰지 않고는 버티기 힘든 시간이었다고 말하는 게 좋겠다. 출발은 순조로운 편이었다. 주인공의 이름이 어렵지 않게 떠올랐고, 그것으로 많은 준비가 되었다는 느낌이었다. 비빌 언덕이 있었으니까. 들국화는, 이 소설의 인물이고 사건이고 배경이다.

들국화를 모르는 사람들을 위해 이 소설을 쓰지는 않았다. 모르는 것을 알게 하는 것처럼 어려운 일이 또 있을까. 모르는 것도 아는 것과 마찬가지로 의지와 노력의 소산이어서, 웬만한 공력과 정성으로는 꺾이지 않는 것이다. 나 또한 이 소설을 쓰기 위해 들국화를 더 알아보려 하지 않았고…… 그저 끼리끼리 놀아보자는 편한 마음이었는데, 그런 마음이 꼭 편하기만 할 수는 없었다. 소설이 안 씌어지는 고비가 찾아오면, 내가 아는 들국화의 노래를 조금씩 꺼내 들으며 버

텄다. 막바지에는 거의 들국화를 한 송이 한 송이 머리에 꽂는 심정
으로, 온종일 헤드폰을 끼고 살았다.

1998년 여름에 기억할 만한 들국화의 콘서트가 있었다. 들국화를
잊고 살던 때였다. 잊는다는 게…… 뭐든 아주 잊을 수는 없는 것이
다. 어쩌다 그들의 노래가 들려온 적도 있었고, 이따금 내가 그들의
노래를 부르기도 했었고…… 하지만 매일 듣고 부르지 않았기에, 내
가 들국화를 잊고 살았다는 말은 온당하다. 잊고 사는 데 무슨 특별
한 이유가 있겠나. 들국화도 할말이 없는 것이다. 뿔뿔이 흩어져서
자기들끼리도 잊고 사는 것처럼 보인 지 오래였으니까.

십 년 만이라고 했다. 무슨 바람이 불어 다시 모였을까. 탁자에 놓
인 하얀 국화 몇 송이가 한 멤버의 부재를 일깨워주는 무대였다. 그
가 불러모은 들국화 무리 속에 정작 그의 자리는 비어 있는 풍경……
허성욱의 피아노는 언제나 최고였다. 이제 다 모였으니 그 소리만 살
아 돌아온다면 얼마나 좋을까…… 그런 내 마음을 어루만지는 경건
한 노래가 들려왔다. 생명의 양식을 마음이 빈 자에게 내려주소
서…… 그날 전인권의 목소리는 최악이었다.

그 최악이 주는 감동을 이해하지 못하면 들국화를 알아도 아는 게
아니다. 전인권의 발성은 자꾸 끊기고 막히는데 객석은 왜 불평하지
않았을까. 불평하지 않은 정도가 아니라 갈수록 왜 뜨겁게 달아올랐
을까. 나에 관해서만 말하면, 나는 처음에 몹시 미안했다. 호흡이 겨

워 보이는 전인권에게 미안했고, 주제넘게도 청중에게 또한 미안했
다. 그러니까, 나는 들국화가 얼마나 잘 하나 지켜보러 간 것이 아니
었다. 도대체 내가 미안할 까닭이 무엇인가. 어떤 식으로든 이미 나
는 들국화와 하나였다고 말할 수밖에 없다. 때로는 미안한 마음이 감
동을 길어올리는 두레박이 된다. 환호하는 객석을 향해 전인권은 두
엄지손가락을 치켜세웠다. 최고의 청중이 된 우리가 최고조의 열기
를 뿜어내는 동안, 기적과도 같이 전인권의 목소리가 회복되는 짧은
순간이 있었다.

*

　1985년 봄에 나는 입대할 날만 기다리며 빈둥거리는 신세였다. 어
느 날 외출에서 돌아온 나는 씻지도 않고 내 방으로 들어가 누웠다.
특별한 일이 없어도 피곤하고 우울한 청춘이었다. 내 방은 부엌에 딸
린 아주 작은 방이어서, 누우면 내 몸에 꼭 맞는 둥지처럼 아늑했다.
밤은 깊었지만 그날 따라 잠은 안 오고, 피할 수 없는 생각들에 쫓겨
눈을 떴을 때, 마침 내 이름을 부르는 누이의 음성이 들려왔다.
　누이는 음악을 좋아했다. 누이가 시집가고 나면 내 차지가 될 크고
예쁘고 냄새 좋은 방에서, 누이는 라디오를 듣거나 턴테이블을 돌리
며 밤을 보내곤 했다. 그날 내가 부름을 받고 그 방으로 들어서자 누
이는 약간 흥분한 모습으로 나를 반겼다. 이것 좀 들어봐. 어쩜 이렇
게…… 라디오 공개방송인 듯 청중의 소리와 섞여서, 내가 좋아하는
팝송 하나가 라이브로 흘러나오고 있었다. *He ain't heavy, he's my*

brother…… 나는 누이가 한밤중에 동생을 호출한 까닭을, 불러놓고
는 또 제대로 말을 잇지 못한 까닭까지 단숨에 알아차릴 수 있었다.
그것은 생전 처음 들어보는 기가 막힌 소리였고, 더이상이 있을 수
없는 최고의 소리였다. 신기하기도 해라, 그 순간 나는 태어나서 처
음으로 위로받는 기분이었다. 노래가 끝나고 다음 노래를 기다리는
우리 남매의 침묵은 아름다웠다. 들국화를 향한 내 사랑은 그렇게 시
작되었다.

*

　'들국화 세대' 라는 게 있지 않을까. 지금으로부터 한 이십 년 전
약속 없던 이 땅 위에 피어나서 아직 시들었다 할 수 없는 노래의 꽃
들국화. 그 긴 머리의 아름다운 사내들을, 이름처럼 거칠고도 여린
그들의 소리와 몸짓을, 대책 없이 사랑했고 여전히 사랑한다 아니할
수 없는 사람들. 그들을 하나의 세대로 묶을 수 있는 연대의 밧줄 같
은 게 있지 않을까. 그 세대는, 나이와 학번과 출생연도 따위 팍팍한
숫자들과 상관없는, 그러나 그 숫자들의 조합으로 일컬어지는 어떤
세대와 아주 상관없다 할 수는 없는…… 겁이 많아 물러서기 잘하
고, 정도 많아 취하면 울기도 잘하는데, 돈은 많지 않아 추위를 잘 타
기도 하는. 어쩐지 흔히 볼 수 없을 것만 같은 그 세대가 어디 숨어서
라도 존재하기만 한다면…… 나는 거기 꼭 끼고 싶다. 그 속으로 들
어가 함께 '우리' 가 되고 싶다.
　우리는…… 혼자 있기 좋아하지만 혼자서 오래 가지는 못하는 사

람들. 외로움을 견디기에는 궁금한 게 너무도 많다. 전화를 걸까 말까 망설일 때 걸려오는 전화만큼 반가운 게 또 있을까. 반가움은 언제나 두려움이다. 떨리는 손, 뛰는 가슴, 그렇게 뛰다가는 멎어버리고야 말 것만 같은. 어떤 종류의 통신이란 그토록 치명적이다. 그리고 만남, 만남들. 둘이 만나서는 말이 없다가도 여럿이 모여들면 웃고 떠들고 노래하고…… 어떤 날은 저마다의 십팔번이 지겨워서 시름시름 넋두리나 중얼대다가, 썰물처럼 하나둘 떠나가서 다시 돌아오지 않기도 했던. 우리는 같이 있어야 안심이 되는 마음의 병이랄까, 해묵은 짐 같은 것 내려놓지 못하면서, 같이 있으면 또 짐이 되는 병든 마음 품고 살았다. 누구는 그것을 역사라 했고, 누구는 그것을 허무라 말했지만, 이제 와서 그것은 차라리 사랑이 아니었을까. 그 사랑의 때늦은 약속이 이제야 우리 앞에 다가온 것은 아닌지…… 광장에 피어나는 촛불처럼.

*

　너무 들국화 얘기만 늘어놓은 것이 마음에 걸린다. 하지만 어쩌랴, 마음 같아서는 소설이라서 어쩔 수 없는 이 소설의 빈 구멍들을 여기서라도 모두 채워주고 싶은 것을. 전인권은, 지난 시절 들국화의 존재 의미가 '저항'을 달래는 것이었다고 말했다. 아마도 그것은 두 가지 의미를 담고 있을 것이다. 저항하다 다치고 지친 이들을 달래는 것과, 저항하지 못해 움츠리고 멍든 이들을 달래는 것. 이제는 저항을 뭐라고 불러야 하나. 좋은 이름이 지어질 때까지 나는 그것을 희망이라 부르고 싶다. 이 소설이 들국화처럼, 우리 세대의 희망을 달래는 작은 이야기가 될 수만 있다면 더 바랄 것이 없겠다.

한 사람이라도 빠뜨릴까 두려워, 내가 아는 누구에게도 고마움을 전할 수 없다. 내가 모르는 독자들에게는 한 사람도 빠짐없이 사랑과 감사를 드릴 수 있어서 좋다. 그들에게 올인한다. 이 허구의 기록으로……

문학동네 장편소설
머리에 꽃을
ⓒ 이해경 2004

초판인쇄 | 2004년 6월 23일
초판발행 | 2004년 6월 30일

지 은 이 | 이해경
펴 낸 이 | 강병선
책임편집 | 차창룡 조연주 김송은
펴 낸 곳 | (주)문학동네
출판등록 | 1993년 10월 22일 제406-2003-045호

주   소 | 413-756 경기도 파주시 교하읍 문발리 파주출판도시 513-8
전자우편 | editor@munhak.com
전화번호 | 031) 955-8888
팩   스 | 031) 955-8855

ISBN 89-8281-841-3 03810

www.munhak.com